le rose tea

Della stessa autrice in edizione TEA:

La metà di niente
La moglie che dorme
Il viaggio verso casa
Una vita diversa
L'amore o quasi
Un mondo ignorato
Se stasera siamo qui
Donna alla finestra
Tutto per amore
Quel che ora sappiamo

Catherine Dunne

La metà di niente

Romanzo

Traduzione di
Eva Kampmann

TEA

Per informazioni sulle novità
del Gruppo editoriale Mauri Spagnol visita:
www.illibraio.it

TEA - Tascabili degli Editori Associati S.r.l., Milano
Gruppo editoriale Mauri Spagnol

www.tealibri.it

Edizione su licenza della Ugo Guanda Editore

Titolo originale
In the Beginning

Prima edizione TEADUE febbraio 2001
Ventiduesima ristampa TEADUE settembre 2012
Prima edizione SuperTEA giugno 2014
Prima edizione Le Rose TEA marzo 2016

Questo libro è dedicato a Denis

Prologo

In principio c'è una famiglia. Non è niente di eccezionale, è una famiglia normalissima, proprio come la vostra e la mia.

Questa famiglia è composta da cinque persone. Il padre si chiama Ben. Ha quarantacinque anni, è pelaticcio e ha un accenno di pancetta. Lavora in proprio e porta a casa il pane. Vuole bene ai figli e non picchia la moglie.

Rose è la madre. Ha quarantadue anni, ed è un po' affaticata da vent'anni di guerra con il giro vita. È una madre affettuosa, una massaia efficiente e non tradisce Ben.

I figli sono tre. Hanno un'età compresa tra i sei e i diciassette anni. Si danno grande importanza, ma, per quanto ci riguarda, per il momento saranno semplicemente I Figli.

Questa famiglia anonima tira avanti vivendo alla giornata. Spesso Ben e Rose si chiedono: tutto qui? Però non se lo chiedono a vicenda.

Un giorno Ben entra in cucina. Sta cercando Rose, che è occupata a bollire le uova.

«Rose.»

Ultimamente non l'ha quasi mai chiamata per nome, perciò lei alza lo sguardo sorpresa.

«Dobbiamo parlare.»

Il mondo crolla, anni e anni precipitano turbinando, vite vengono distrutte. Adesso Rose sa che tutte le sventure sono state annunciate da quella frase. Dobbiamo parlare.

«Devo andar via per un po'. Penso che abbiamo bisogno di stare ognuno per conto proprio, solo per un periodo. Mi dispiace farlo così, ma è che non sono felice.»

Rose fissa le uova. È affascinata dal modo in cui salgono gorgogliando in superficie, sospinte da un getto d'acqua bollente. Uno si è appena rotto e trasuda un candore gelatinoso nell'acqua agitata. Ora sa che sarà tutto acquoso dentro.

Questa è una mattina fatta per i cliché. Dobbiamo parlare. Mi sono sentita le gambe tremare. Non credevo alle mie orecchie. Abbiamo deciso di separarci per un periodo di prova.

Rose scruta la faccia di Ben alla ricerca di risposte, di qualche indizio che spieghi la borsa bell'e pronta ai suoi piedi.

«Adesso?» gli chiede stupidamente.

Lui alza le spalle.

«Non vedo perché dovremmo aspettare. La cosa era nell'aria da parecchio. Lo sai.»

Lo sa? È questo che Ben voleva dire con i suoi lunghi silenzi, la sua insoddisfazione crescente nei riguardi del lavoro, la sua irrequietezza? Rose è consapevole che da un po' di tempo qualcosa covava sotto la superficie, ma magari, chissà, una vacanza, un week-end fuori insieme senza i figli...? Adesso, a quanto pare, non è così facile da definire, qualunque cosa sia.

Si sente estremamente calma. Spegne il fornello e toglie gli spruzzi con un panno, sforzandosi di non guardare Ben.

È convinta che sia così per tutte le grandi crisi della vita delle persone. Il momento in sé passa senza grandi drammi. I drammi vengono dopo.

È consapevole del momento, di lui, di se stessa, della casseruola che ormai fuma placidamente. Sa che tutti questi dettagli si stanno imprimendo in fondo ai suoi occhi, per poi, in seguito, essere riproiettati all'infinito. Scosta gli occhi dalle cose rassicuranti, familiari, e li fissa su Ben.

«Non possiamo parlare? Devi andare proprio adesso, senza darci nemmeno la possibilità di discuterne?»

Lui fa un gesto di impazienza.

«Sono anni che cerco di parlarti. Devo andare via per chiarirmi le idee. Ti chiamo quando torno.»

Rose sa che Ben è deciso, e anche esasperato.

«Non sei nemmeno arrabbiata?» le chiede. «Lanciami qualcosa, picchiami se vuoi, ma Cristo, reagisci.»

«No, non sono arrabbiata» risponde Rose. «Non so che cosa provo, ma non ho certo voglia di picchiarti.»

Di colpo Ben si dirige verso la porta.

«È per sempre, non è vero? Non è solo per un periodo.»

Ben si volta verso di lei, la faccia pallida.

«Credo di sì. Non ti amo più.»

Ed ecco che se n'è andato. La porta si chiude alle sue spalle senza far rumore. Rose grida ai figli che è ora di andare.

Mette sul tavolo le merende da portare a scuola e un altro giorno ha inizio.

PARTE PRIMA

Lunedì 3 aprile 1995; ore 8.00

«Avanti, ragazzi, ci siamo?»

La voce normale, la solita intonazione. L'urlo teso che si stava formando nella testa e nel petto non doveva uscire. Tempo, aveva bisogno di tempo.

Damien entrò in cucina, stringendosi nelle spalle per infilarsi la giacca.

«Ci vediamo più tardi, Ma'.»

Da quando gli aveva raccontato che una volta lo chiamava il suo agnellino, la chiamava sempre Ma', prolungando la vocale per stuzzicarla.

Rose gli faceva credere che detestava quel nome, e così lui insisteva. In realtà le piaceva: Damien stava diventando grande, ma manteneva ancora aperti i canali di comunicazione.

Gli guardò la testa bruna, china sullo zaino che usava per la scuola. All'improvviso Rose si sentì molto, molto più vecchia.

«Solita ora?»

Solita domanda. Fare come se niente fosse.

Lui annuì prendendo un'altra fetta di pane tostato. Ancora una volta Rose si stupì di quanto mangiava. Sembrava una pratica costante: prima, durante e dopo i pasti. Aveva smesso di preoccuparsi che si guastasse l'appetito.

Quella mattina la cosa aveva ben poca importanza.

«Ciao, Ma'!»

La porta di servizio sbatté e Damien sparì.

Rose lo seguì con lo sguardo mentre pedalava giù per il vialetto. Per un momento, ebbe uno straordinario lampo di penetrazione, una visione di Damien come un estraneo, non come suo figlio, o il figlio di qualcuno. Semplicemente come un adulto in mezzo a tanti. Alto, capelli scuri piuttosto lunghi, braccia e gambe smisurate. Portava la bicicletta con sicurezza, quasi con arroganza. Ebbe paura, mentre invece normalmente avrebbe dovuto sentirsi orgogliosa.

Ma oggi non era un giorno normale.

Brian e Lisa stavano di nuovo litigando. Questo, almeno, era normale, e con uno sforzo fisico Rose si allontanò dalla finestra per incitarli a non fare tardi a scuola. Un senso di spossatezza le invase pian piano le ginocchia. Le mani cominciarono a tremarle leggermente. Si sentiva la bocca secca.

«Su, voi due, sto aspettando!»

Sempre la stessa dose di autorità nella voce. Portarli fuori di lì, farli sparire per poi poter *pensare*. Improvvisamente la normalità le faceva uno strano effetto: doveva diventare padrona della situazione.

«Era ora!»

Finalmente i due bambini irruppero in cucina. Oggi Brian aveva il broncio e Lisa un'aria trionfante. Per Rose cominciava il secondo round, ovviamente. D'un tratto si sentì esausta al pensiero del terzo, del quarto e del quinto round.

Atteggiò con cura l'espressione del viso e parlò con tono squillante, la sua voce da mamma che comanda.

«Andiamo! Non vogliamo mica fare tardi!»

Non era la prima volta che era seccata con se stessa perché dava inizio a quella routine. Avrebbe dovuto lasciarli andare a piedi. Non sarebbero morti per un po' di pioggia. Ma Lisa camminava con una lentezza estrema e negli ultimi giorni era una gran frignona. Era più semplice accompagnarli in macchina.

Rose sentiva le lacrime premere impetuosamente, la bocca piegarsi all'ingiù. Sperava di non esser costretta a parlare.

Forse intuivano qualcosa. Seduti sul sedile posteriore tacevano entrambi; non erano abituati a essere ignorati, a essere messi al secondo posto.

Mogi mogi la salutarono con la mano sul portone della scuola, e Rose mantenne il controllo fino a quando sparirono.

Per diversi minuti non riuscì a muoversi.

Guardò le dozzine di madri con carrozzine e passeggini, i rari padri in giacca e cravatta. Si chiamavano a vicenda, si rivolgevano un cenno di saluto, sorridevano e abbracciavano i figli.

Tutto era così normale.

Ora che quel fatto eccezionale era accaduto, Rose si sentiva ancora più isolata. Qui non c'era nessuno con cui potesse parlare. Nessuno a cui potesse dire: «Mio marito m'ha appena lasciata».

Oppure c'era? C'era qualcuno, là, che avrebbe detto: «So quello che si prova»?

Aveva bisogno di un'amica, aveva bisogno di Martha.

Rose fece un'inversione e si allontanò lentamente. Doveva concentrarsi, mille pensieri le passavano per la testa, gli anni le sfilavano davanti agli occhi.

D'un tratto inchiodò.

Non aveva visto la vecchietta sul passaggio pedonale.

Furiosa, la donna prese a picchiare sul cofano della macchina con l'ombrello chiuso. Alcuni passanti scoppiarono a ridere. A Rose parve di vedere un paio di occhiali e una bocca rugosa e adirata che le urlava contro.

Era mai possibile che non lo sapessero? Non ce l'aveva forse scritto in faccia?

Riconobbe vagamente un viso che la guardava con preoccupazione. Non adesso, Jane. Adesso proprio non ce la faceva a essere gentile. Non riusciva nemmeno a chiedere scusa alla vecchietta che ancora le sbraitava contro e agitava l'ombrello, godendosi il suo momento di celebrità.

Ora sarebbe tornata a casa e avrebbe assaporato la sua ira davanti a svariate tazze di tè con la famiglia e le vicine di casa. Si sarebbe rallegrata di essere viva. Con piacere ancora maggiore se la sarebbe presa con le ricche signore e i loro macchinoni, aggiungendo che non c'era da stupirsi se i giovani non avevano alcun rispetto visto che i genitori trattavano gli anziani come spazzatura.

Mentre accelerava, diretta verso casa, Rose era consapevole di tutto questo. Aveva un bisogno disperato della sicurezza delle sue quattro mura.

Si rendeva conto dell'effetto di quell'episodio, di come doveva sentirsi la vecchietta. Ma non poteva cambiare quel copione.

Ora doveva andare a casa a scrivere il proprio.

Giugno 1972

Il telefono sta squillando.

È ancora una novità abbastanza grande da far accorrere tutti nell'ingresso da ogni angolo della casa. Kevin spalanca la porta della sua camera, Grace arriva di corsa dal salotto dove ha abbandonato i compiti, la penna in mano. Rose rimane in disparte seduta sull'ultimo gradino in alto, per non sembrare troppo impaziente.

La madre precede gli altri. Occupata com'era ad appendere i cappotti sotto le scale, raggiunge l'apparecchio per prima.

Rose nota che cammina molto più impacciata. Ogni movimento richiede sforzi enormi. Se si affretta le viene l'affanno. E a volte le dura per ore.

Kevin e Grace aspettano, tutt'e due trepidanti.

«È per te, Rose.»

Kevin e Grace si ritirano sconfitti.

«Grazie, mamma.»

Rose si siede sul primo gradino, la mano sul ricevitore, e aspetta che la madre finisca la sua lenta avanzata verso la cucina; aspetta che la porta si chiuda con uno scatto.

«Grace, chiudi la porta!» dice con voce brusca.

Rose è seccata per la mancanza di privacy. Prima non ci aveva mai fatto caso, ma ora questo fatto la riempie di rabbia. È mai possibile che l'ingresso sia l'unico posto dove mettere un telefono?

Infine risponde. Il cuore le batte un tantino più forte, ha le mani sudaticce.

«Pronto?» Il tono è proprio quello giusto. Sorpreso, come se non se lo aspettasse.

«Rose? Sono Ben. Come stai?»

Rose si sente salire il rossore.

«Bene, e tu?»

Non riesce a non lasciar trapelare l'entusiasmo dalla voce. Sente una stretta al cuore, e nota che le sue dita lasciano cerchi umidi sulla bachelite nera.

«Benone... Sono nel Donegal in questo momento, perciò non posso parlare a lungo.»

Rose si sente assurdamente felice. Nientemeno che dal Donegal!

Il resto della conversazione procede spedito. La stretta si allenta; Ben è nervoso quanto lei. Rose chiacchiera con maggior disinvoltura, lo incoraggia. Ormai ne è sicura: le chiederà di uscire.

Rose pone fine alla conversazione bisbigliando qualcosa a proposito del costo della telefonata. È contenta che il primo contatto vero e proprio sia avvenuto per telefono: è più facile che a quattr'occhi. Si salutano. Rose riaggancia con estrema delicatezza.

Venerdì: si vedranno venerdì prossimo. Il suo primo vero appuntamento con lui. Il suo primo vero appuntamento in assoluto. Ellen non sarà più l'unica in casa ad avere il ragazzo.

D'un tratto Rose si sente grande, donna. Che cosa si metterà?

Ha voglia di stare con la madre. Va in cucina.

La madre sta raschiando le patate novelle davanti al lavandino. Sono i tempi in cui tutti consumano il pranzo all'una e non lo chiamano colazione. La cena è alle sei: un altro pasto da cucinare. A diciannove anni, Rose è rammaricata per la madre e per le fatiche della sua vita. Pranzo per sei, cena per sei, sette giorni alla settimana. Rose pensa che la vita non può essere fatta solo di questo.

«Serve aiuto?»

«Sì, grazie, tesoro. Apparecchia la tavola. Papà sarà qui a momenti.»

Tutti i giorni all'una torna a casa in bici per pranzo; poi, alle due e un quarto, raggiunge di nuovo gli uffici della Società. Gentile, affidabile, preciso come un orologio.

Rose nota sempre di più l'affetto che unisce i suoi genitori. È sorpresa dal fatto che dopo venticinque anni ci sia ancora.

«Era il tuo bello?»

La madre fa un cenno con la testa in direzione del telefono.

Rose si sente di nuovo avvampare.

«Sì, era Ben.»

La madre lascia a lei il compito di colmare il silenzio.

«Venerdì sera usciamo insieme.»

Con le forchette in una mano e spazzando via le briciole dall'incerata che copre il tavolo con l'altra, Rose fissa la madre.

La donna più anziana sciacqua le patate sotto il rubinetto dell'acqua fredda, e poi sistema i panciuti ovali giallo cera in una capiente casseruola che è già sul fornello.

«Sempre acqua bollente per le patate novelle. Ricordatelo. Fredda per quelle vecchie.»

Rose annuisce.

«Allora, pensi che sia una storia seria?» domanda dopo una pausa.

Rose alza le spalle in maniera poco convincente.

«Veramente non lo so. Lo conosco appena. Però mi piace molto.»

«È inutile ricordarti che hai solo diciannove anni, immagino.»

Rose scoppia a ridere.

«Mamma, tu ti sei sposata a venti.»

«Lo so; e proprio per questo è inutile ricordartelo.»

Entrambe le donne sorridono. Margaret si asciuga le mani nel grembiule a scacchi azzurri e raggiunge la zona pranzo. Senza dire una parola abbraccia Rose e la stringe a sé.

La guarda inclinando il viso giovane.

«Abbi cura di te, e non dar via il tuo cuore troppo presto.»

Rose è un po' imbarazzata. Sente di aver già dato via il suo cuore. Sa che la madre sta cercando di dirle anche qualcos'altro, qualcosa che riguarda il sesso. Rose si sente stringere lo stomaco, e spera che la madre non vada oltre. Poi il momento passa.

«È il benvenuto qui, lo sai. Ci farà piacere conoscerlo.»

Rose si sente colmare il cuore d'amore. Ha un grande impeto di tristezza guardando la madre che, la schiena curva, pulisce il cavolo con il coltello.

Ha quarantacinque anni. È già vecchia. A volte la sua faccia è grigia come i capelli che porta raccolti in una crocchia. A volte ha due intense macchie rosse di rabbia sulle guance. Rose ha paura per lei. E si sente anche in colpa, come se fosse responsabile della gracilità della madre, del fatto che a poco a poco li sta lasciando.

Finisce di apparecchiare, mette i piatti a scaldare nel forno e porta le bucce delle verdure in giardino, aggiungendole al mucchio di composta del padre.

Rose è contenta. È giugno, il tempo è bello e fa caldo. Ha tutto il week-end davanti. Stasera esce con Martha. Non vede l'ora di spendere una parte della busta paga della sua prima settimana di lavoro.

Grace irrompe nella cucina.

«Chi era al telefono?»

Solleva i coperchi delle casseruole senza aspettare la risposta di Rose.

«Che c'è per pranzo? Muoio di fame!»

Rose sorride tra sé. Guardando Grace all'improvviso sa che effetto fa essere grandi.

Le dispiace per Grace, che ancora non lo sa.

Lunedì 3 aprile; ore 9.30

Rose credeva che non sarebbe mai arrivata a casa. Non c'era verso di far sparire l'immagine della vecchietta con l'ombrello. La faccia gentile di Jane l'aveva fatta vergognare. La sua mano era malferma, e aveva difficoltà a infilare la chiave nella serratura.

Quando sentì la porta dei vicini che s'apriva fu colta dal panico: Suzanne.

Non aveva voglia di parlare con nessuno. Il senso d'umiliazione era bruciante, le dava un dolore fisico. Una volta entrata nell'ingresso dovette fermarsi a riprendere fiato. Raggiunse tentoni la cucina, armeggiò con il bollitore e la teiera.

Poi si sedette al tavolo e scoppiò a piangere. Ondate di angoscia e vergogna la sommersero. Più tardi girò irrequieta per casa, alla ricerca di indizi.

Fu spinta a guardare le vecchie fotografie, mettendosi alla prova per vedere quanto dolore riusciva a provare. Lui era dappertutto. Nelle fotografie di nozze, in quelle della famigliola felice in vacanza, dei ragazzi da soli. Ben era tutti quanti loro.

Telefonò a Jane e le chiese se poteva andare a prendere Brian e Lisa a scuola. Jane non fece domande e si offrì di dare da mangiare ai bambini e di tenerli fino a quando sarebbe venuta a prenderli. Rose non riusciva a parlare. Riagganciò senza nemmeno dirle grazie.

Per il resto della mattinata vagò per la casa. A volte il cuore le saliva in gola quando sentiva sbattere la portiera di una macchina. Lo aveva frainteso. Sarebbe tornato. Si sarebbe pentito di essersene andato così all'improvviso, si sarebbero messi a piangere entrambi, e avrebbero ricominciato daccapo per davvero.

Il telefono la fece trasalire di speranza due volte. Puntualmente si precipitò a rispondere. Puntualmente era per Ben. La seconda volta fu tentata di dire: «Mi dispiace, Ben non abita più qui» ma appuntò il messaggio, come sempre.

Il silenzio della casa la spaventava. Ogni angolo traboccava della presenza di Ben e allo stesso tempo era stranamente vuoto. Rose si rendeva dolorosamente conto in che misura la sua vita, la sua casa, lei stessa ruotassero intorno a Ben.

Alle quattro aveva gli occhi gonfi e rossi, i capelli in condizioni pietose e lo stomaco in subbuglio per i litri di tè trangugiati. Piangere non le dava sollievo ma non farlo era insopportabile. Riconosceva il dolore, ma era diverso da quello che aveva provato per Michael. Questo era pieno di vergogna. Non era stata capace di tenersi stretto il marito. Lui non l'amava più. Era indegna; la colpa era tutta sua.

Quando Damien rientrò era distesa esausta sul letto. Voltò le spalle alla porta in modo da non farsi vedere in faccia. Ma lui non venne a cercarla, deducendo che fosse andata a fare la solita passeggiata pomeridiana con i bambini. Lo sentì muoversi rumorosamente in cucina, alla ricerca di qualcosa da mangiare. Infine la porta di servizio si chiuse, e lo sentì gridare a John della casa accanto di non schiodarsi di lì, che stava arrivando.

E poi si addormentò. Quando si svegliò aveva gli occhi incollati, la bocca secca e la testa le martellava. Si alzò pian piano dal letto. Intrise la spugna di acqua fredda e se la premette sugli occhi. In cucina prese due analgesici con un bicchiere d'acqua. Era ora di andare a prendere Brian e Lisa. A quest'ora Damien doveva essere già rientrato per mettersi a fare i compiti. Andando da Jane sarebbe passata a chiamarlo.

La cena. Non c'era niente per cena. Ben era un buongustaio e Rose era diventata un'ottima cuoca. Per vent'anni, eccettuate le vacanze, non aveva mai mancato di cucinare un pasto. Le cene della domenica erano diventate veri e propri banchetti da re. Durante la settimana Ben gradiva un piatto gustoso e ben preparato, un dessert semplice e un bicchiere o due di vino buono. Apprezzava a tal punto queste cose che Rose provava un gran gusto a fargli trovare tutto pronto per le sei.

Ora non aveva appetito, ma sapeva che Damien avrebbe avuto una fame da lupi. Tirò fuori dal freezer una porzione di lasagne fatte in casa. I ragazzi mangiavano volentieri la pasta quando Ben era fuori per lavoro. Con movimenti decisi pulì due patate e aprì lo sportello del forno a microonde. Sentì la chiave di Damien nella porta principale.

Tutto faceva pensare che avrebbe mangiato una montagna di pasta.

Giugno 1972

Ellen sta leggendo distesa sul letto. Rose è irragionevolmente seccata perché la sorella maggiore è in casa. Esce sempre il venerdì sera.

«Hai litigato con Richard?» le chiede con leggerezza.

«Non sono affari tuoi.»

Rose si rammarica di non avere una camera tutta per sé. Vuole prepararsi con tutta calma. Vuole godersi l'attesa.

Comincia a passare in rassegna l'armadio. Tutto ha un aspetto frusto, fuori moda. Non c'è niente che potrebbe andare. Non ha niente da mettersi.

Ellen continua a leggere. La frustrazione di Rose comincia a riempire la stanza. Arrabbiata, con movimenti bruschi attacca i vestiti all'asta, spingendoli in fondo al massiccio armadio all'antica. Deve girarli di lato per riuscire a chiudere l'anta.

«Se vuoi, puoi metterti i miei jeans nuovi e il giubbotto.»

Ellen ha posato il libro e guarda la sorella.

«Come?»

Ellen alza le spalle, facendo finta di niente.

«Ti ho detto: se vuoi, ti presto i jeans e il giubbotto. *Io* non vado da nessuna parte.»

Rose è troppo contenta per reagire alla lieve enfasi.

«Sei sicura?»

Si sente illuminare tutta dentro.

Ellen alza di nuovo le spalle.

«Sì, sono sicura. Spero solo che ne valga la pena» aggiunge imbronciata.

Lunedì 3 aprile; ore 18.30

Jane aprì la porta quasi nello stesso istante in cui Rose bussò.

«Dai, entra, Rose. Non far caso al solito macello.»

Rose si fece strada scavalcando un mucchio multicolore di Lego e un garage fatto con una scatola di Pampers. In salotto qualcuno gridava, e qualcun altro alzava ancora di più il volume della tv. La sigla di una telenovela inondò tutto il pianterreno.

Jane aprì la porta, scostando automobiline e barchette con la punta di un sandalo consunto. «Abbassa quel coso! Brian, Lisa, venite a salutare la mamma.»

«Ciao, Mami. Possiamo vedere la tv qui? Jane dice che a lei sta bene se sta bene a te.»

«Certo» acconsentì Rose con voce squillante. Questo non era il momento di chiedersi se le telenovele australiane fossero politically correct. Jane accennò una risatina.

«Fa un gran piacere sapere quanto gli sei mancata, non è vero? Dai, vieni con me; tanto per cambiare sono in cucina.»

A volte il caos della casa di Jane le aveva fatto un effetto sgradevole. Oggi, invece, era rassicurante. Quattro bambini sotto i dodici anni e un marito spesso assente; una suocera malaticcia al piano di sopra e un lavoro part time. Rose pensò che al suo posto avrebbe perso la testa.

«Siediti, Rose. Abbiamo mezz'ora di pace garantita. Jim è fuori e mamma è di sopra che riposa. Ti va un caffè?»

Rose non aveva ancora salutato veramente Jane. Non riusciva nemmeno a guardarla in faccia. Se Jane se n'era accorta, non lo dava a vedere. Adesso doveva rispondere. Per la seconda volta quel giorno fece scena muta.

Poi, inorridita, scoppiò a piangere in silenzio; enormi lacrimoni schizzarono sul tavolo dove teneva appoggiati i gomiti mentre si copriva gli occhi con entrambe le mani.

Jane aspettò che quei singhiozzi violenti e convulsi cessassero. Baciò Rose sulla testa e le diede una manciata di fazzolettini. Rose alzò gli occhi e la guardò, soffocata da quel dolore al petto che spariva solo con il genere di pianto che invadeva ogni recesso del suo intimo. Una volta sparito, sembrava riformarsi all'infinito, bisognoso di trovare uno sfogo attraverso gli occhi, il naso, la bocca, ogni singolo poro.

Quindi Rose abbozzò una risata, sforzandosi di buttarla sullo scherzo.

«Stamattina Ben mi ha piantata. Mi ha detto che non mi amava più.»

Il dolore al petto si rinnovò a ondate.

Jane la strinse a sé fino a quando smise di piangere. Poi si sedette al tavolo accanto a lei, e in silenzio le prese la mano.

«Che posso dire? Mi dispiace moltissimo. Ti va di raccontarmi come è andata?»

Rose annuì. Le avrebbe fatto bene vedere che effetto faceva la cosa raccontata ad alta voce. Forse, dopo tutto, non era tanto grave. Forse si trattava solo di una brutta lite, di quelle su cui le coppie in seguito scherzano. Il genere di scontri feroci che lei e Ben non avevano mai avuto. Raccontò a Jane i semplici fatti, ben consapevole che semplici non erano, ma sentendo la necessità di dar loro una forma a modo suo. Condividerli li rendeva più reali, ma anche meno pesanti da sopportare. Perfino il senso di vergogna cominciò a dissolversi quando vide il dolore negli occhi di Jane.

«Quindi, a quanto pare, la cosa è definitiva: ha detto che era infelice e che si sarebbe fatto vivo appena tornato. E questo è quanto.»

«Non ne ha voluto parlare?»

«Ha detto che aveva cercato di parlare con me per anni. Non so che cosa mi abbia fatto più male: questo, oppure quando mi ha detto che non mi amava.»

«Tornato da dove?»

«Scusa?»
«Hai detto che si sarebbe fatto vivo appena tornato. Da dove?»
Rose si guardò intorno lentamente. Tutti i dettagli della cucina di Jane si stavano stampando, superfluamente, nella sua memoria.
«Non lo so. Non me lo ha detto. E, che Dio mi perdoni, io non gliel'ho chiesto.»
Un litigio furibondo scoppiò di là. Jane saltò su dalla sedia e afferrò la maniglia della porta proprio nel momento in cui Kate, la figlia più piccola, stava per precipitarsi in cucina strillando come un'isterica.
«Smetti immediatamente di urlare così» le ordinò Jane. «Alison, per favore, porta Kate di sopra e aiutala a mettersi il pigiama, e non svegliare la nonna. Derek, voglio vederti nell'ingresso. James, va' a letto... subito. Niente discussioni, ho detto subito.»
Rose sorrise mentre il chiasso scemava. Nell'ingresso si udivano voci basse. Jane parlò con tono fermo, poi tornò in cucina e chiuse la porta.
«Tolta dalla circolazione Kate, non avranno nessuno con cui prendersela, quindi per un po' dovrebbe esserci più calma. Allora, dov'eravamo rimaste?»
«Non so dove sia andato mio marito. È successo tutto così all'improvviso che non ho avuto nemmeno il tempo di pensare.»
Jane annuì.
«Sai dove tiene il passaporto?»
«Sì, nella sua scrivania, e io ho i doppioni delle chiavi. Appena torno a casa ci guardo.»
All'improvviso sapere dov'era Ben divenne importantissimo. Anche se non voleva tornare a casa, lei doveva sapere dov'era. Se fosse successo qualcosa durante la sua assenza... Che cosa? Che cosa avrebbe fatto lui? Che cosa avrebbe potuto fare lei?
Il Ben che conosceva sarebbe stato accanto a lei, proprio come quando a Damien era venuta la meningite. Aveva pre-

so il primo aereo da Londra, solamente per essere a casa, anche se ormai era fuori pericolo.

Ma il Ben che se ne era andato quella mattina con una borsa? Non poteva essere una decisione improvvisa come era sembrata. Doveva avere un posto dove andare, doveva aver fatto dei programmi. E tuttavia, non le aveva detto niente, non le aveva neanche permesso di cercare di capire i motivi per cui se ne andava. Una bella carognata dopo vent'anni.

Rose ebbe l'impressione che tutto questo stesse succedendo a un'altra. Cominciò a sentirsi distaccata dal proprio corpo. Le parole «moglie abbandonata» fiammeggiavano davanti ai suoi occhi. Quando si snebbiarono vide che Jane aveva aperto una bottiglia di vino e le stava riempiendo un bicchiere. Fece per protestare. «Oh, non per me... I bambini...»

«Bevilo, altrimenti userò la mia voce da mamma con te. I bambini stanno benone. Ho mandato Derek a prendere un video; Lisa e Brian possono fermarsi, se vogliono: non moriranno se dormiranno in due in un letto per una notte. Poi domani mattina posso accompagnarli a scuola, così tu potrai avere un attimo di tregua, e riportarli a casa domani quando la situazione sarà un po' più chiara.»

Rose annuì, le parole le facevano paura.

«Parlerò con loro tra un momento. Posso telefonare a Damien?»

«Certo.»

Rose assunse il suo tono squillante. Damien parve contento di restare padrone della casa ancora per un paio d'ore. Per un momento Rose lottò con se stessa, ma infine decise che qualunque cosa stesse combinando Damien, per quella sera sarebbe stato affar suo.

«Alla tua... O quello che ti sembra meglio.»

«Alla mia va bene. Grazie, Jane. Fa veramente bene parlarne con qualcuno. Quello che non riesco a capire è: perché? Perché adesso? Perché non ho capito che eravamo arrivati a questo punto?»

«Queste domande lasciale per un altro momento. Ora la cosa più importante è farti forza. Circondati dei tuoi amici, prenditi cura di te stessa e dei ragazzi. Hai parecchie questioni pratiche da sistemare, anche nel caso che Ben se ne sia andato solo per qualche settimana.»

Rose la fissò inorridita.

«Cristo, sono senza un soldo. È Ben che maneggia tutto il denaro; e se mi ha lasciata senza niente?»

Jane la tranquillizzò.

«È una cosa improbabile, Rose. Va' in banca domani mattina. Sono sicura che scoprirai che è tutto a posto.»

«Dio mio, Jane, stamattina alle otto avevo una famiglia felice, e un marito che amavo. Adesso, dodici ore dopo, non mi rimane più niente, e mi chiedo se Ben sia tanto bastardo da lasciarci senza un soldo.»

Rose non disse il resto di quello che pensava. Non poteva succedere a *lei*. Quel genere di cose succedeva agli altri, alla gente che viveva in piccole case con frotte di bambini, con l'umidità che colava giù dai muri e gli operai della società elettrica che venivano a staccare la corrente. Non capitava alle famiglie solide e per bene in cui tutti conoscevano le regole del gioco e le osservavano fedelmente da vent'anni. Non succedeva a *lei*.

Jane le riempì il bicchiere.

«Facciamo un piano di battaglia per domani. La cosa peggiore che puoi fare è startene con le mani in mano. Qualunque cosa tu scopra, sarà sempre meglio che essere all'oscuro.»

Rose prese il taccuino e la penna che Jane le porgeva, e insieme cominciarono a fare un elenco delle cose da sistemare prima che Rose potesse farsi un'idea di ciò che sarebbe stato del resto della sua vita.

E così venne la sera del primo giorno.

Giugno 1972

I pantaloni a zampa d'elefante di Ellen le stanno a pennello. Le sue scarpe nuove con la zeppa non le fanno più male. Si sente alta, sicura di sé, quasi avesse preso in prestito la personalità di Ellen.

Quando la macchina di Ben si ferma davanti alla casa di Rose lei lo sta aspettando. Grace, alla quale mancano solo pochi giorni al diploma di scuola media, sta di vedetta. Si mette a strillare a voce talmente alta che Rose l'afferra per il colletto e l'allontana dalla finestra con uno strattone.

«Grace, piantala!» le dice arrabbiata. «Vuoi che ti senta tutta la strada?»

Non vuole che Ben entri in casa, non ancora.

Afferra la borsa dal primo gradino.

«Ciao a tutti!»

Ed esce.

Mentre lo raggiunge, Ben scende dalla macchina e appoggia un gomito sul tettuccio scintillante. Ha le maniche della camicia arrotolate, porta un paio di occhiali da sole, la cravatta storta gli dà un'aria disinvolta.

Rose pensa che sta per morire d'amore.

Il bravo, ambizioso Ben. Età ventidue anni, quaranta sterline alla settimana, macchina della ditta. È sicuro di sfondare. Sa che farà molta strada. E sa anche che vuole Rose.

Il secondo venerdì di giugno del 1972, Ben Holden guarda soddisfatto tutta la sua vita spiegarsi davanti a lei.

Non ci sono ostacoli, solo opportunità sparse da cogliere, come le luci della città lungo la via del ritorno, che serpeggiano da Howth Summit verso il centro.

Martedì 4 aprile; ore 6.30

Rose si svegliò presto. Senza Brian e Lisa la casa era molto silenziosa. Damien dormiva ancora. Tra poco lo avrebbe chiamato. Non sapeva se rivelargli o meno il motivo della partenza del padre. Non sapeva proprio *cosa* dirgli. Sarebbe andata a naso.

Entrò nella doccia. Tutta l'inerzia di ieri era sparita. Ventitré ore. Un'ora per ogni anno trascorso con Ben. Il senso di soffocamento che aveva al petto per il momento era sparito; sentiva il bisogno urgente di scoprire la verità.

Si vestì, si asciugò i capelli e si truccò. Aveva ancora gli occhi gonfi, ma il suo aspetto era abbastanza normale per quello che doveva fare. Alle sette e mezzo chiamò Damien per la colazione. Stava imburrando il pane tostato quando lui entrò in cucina in pigiama sbadigliando e grattandosi la testa.

«Damien, lo sai che tuo padre non vuole che ti presenti a colazione in pigiama. Va' a lavarti e a vestirti.»

Le uscì di bocca prima che si rendesse conto di averlo detto.

«Sì, ma stamattina non c'è, no?» rispose Damien con un ghigno.

Al diavolo. Non valeva la pena di discutere per una simile sciocchezza.

«Brian e Lisa si sono fermati da Jane stanotte. Siamo rimaste a chiacchierare per un'eternità e non mi sono accorta che avevamo fatto tardissimo. La cena è andata bene?»

Damien rispose con la bocca piena di cereali. Un altro vizio che Ben detestava. Rose non disse niente.

«Oggi dopo la scuola andiamo in piscina. Posso avere un po' di soldi?»

Rose gli allungò un biglietto da cinque sterline, tenendo per sé abbastanza monete per il parcheggio.

«Damien, forse stasera dovrai fare il baby-sitter. Perciò non fare programmi per dopo cena.»

«John può fare un salto qui?»

Rose annuì.

«Sì, ma solo lui. Brian e Lisa hanno fatto le ore piccole. Voglio che vadano a dormire presto, altrimenti si incarogniscono. Quando hai intenzione di fare i compiti se John viene qui stasera?»

«Li faremo insieme. Giuro» disse vedendo la sua occhiata. «Tanto, stiamo facendo una ricerca di storia insieme.»

«Va bene. Ma non combinate guai.»

Damien la fissò.

«Stai bene, Ma'?»

«Sì. Ho un paio di cose di lavoro da sbrigare per tuo padre, perciò avrò molto da fare nei prossimi giorni, durante la sua assenza. Avrò bisogno del tuo aiuto.»

Quello che aveva detto conteneva una parte sufficiente di verità per non essere una bugia. Se poteva guadagnare tempo fino a venerdì, forse non avrebbe avuto bisogno di dire altro.

«Questo significa che non posso andare in discoteca venerdì sera?»

«Non ho intenzione di discuterne adesso, Damien.»

«Giovedì? Posso saperlo per giovedì?»

Due giorni. Non dover prendere una decisione sulla faccenda per due giorni.

«Sì» acconsentì Rose.

Appena Damien uscì per andare a scuola, Rose diede inizio alle ricerche. Tutto il suo corpo era come accelerato, pieno di energia. Aveva la strana sensazione di essersi svegliata dopo un lungo sonno ipnotico.

Il passaporto era sparito. Il suo stava ancora nel cassetto, e così anche quello di Damien delle vacanze dell'anno scorso. Ma quello di Ben non c'era. Aprì con la chiave l'archivio e tirò fuori la cartellina degli estratti conto della carta Visa e dell'American Express. Ben era meticoloso. Dall'American Express non risultava alcuna indicazione di un viaggio d'affari. Passò al conto per le spese domestiche della Visa. Ben saldava sempre subito. Non credeva nei guadagni sugli interessi. Questa qui era stata pagata per intero venerdì scorso, stando al timbro del cassiere.

Poi l'intestazione e la data dell'operazione attirarono il suo sguardo. Si sentì cedere le gambe e si aggrappò alla scrivania.

Hedigan's Travel. Milleseicento sterline. Il sette marzo. E oggi era il quattro aprile. Ben sapeva da quasi un mese quello che avrebbe fatto. E lei era la vittima del pesce d'aprile.

Le lacrime sgorgarono di nuovo, questa volta di rabbia. Ormai solo una parte piccolissima di Rose continuava ancora a sperare che si trattasse di uno sbaglio, che ci fosse ancora una spiegazione plausibile. Telefonò a Jane.

L'amica arrivò nel giro di cinque minuti. Rose le mostrò il conto della Visa.

«Sai dov'è andato?»

Rose scosse la testa. «Non c'è scritto.»

«Lo so che non c'è scritto, ma possiamo... telefonare a Hedigan's e scoprirlo.»

«Lo faresti?» La voce di Rose era ridotta a un sussurro; le tremavano di nuovo le mani.

Jane trovò subito il numero e lo compose.

«Buon giorno. Sono Jane Kennedy, la segretaria di Ben Holden. Abbiamo prenotato dei biglietti presso la vostra agenzia il sette del mese scorso, e temo che il signor Holden abbia dimenticato di darmi la ricevuta per la contabilità. Potreste farmi avere una copia? Sì, aspetto.

«Per Malaga. Sì, esatto. Dal tre al diciassette aprile. Sì, per due persone, milleseicento sterline. Per favore, può spedirlo presso la sua abitazione? Grazie infinite. Sì, giovedì va benissimo. Grazie ancora.» Jane riagganciò. «Hai sentito.»

Rose annuì.

«Non riesco a capacitarmi che abbia potuto fare una cosa simile. È meglio che vada difilato in banca.»

«Vuoi che prenda io i bambini anche oggi?»

Rose rifletté un momento, poi scosse la testa.

«Grazie, Jane, no. Penso che sia meglio continuare il solito tran tran. Ma non rifiuterò un altro bicchiere di vino dopo che saranno andati a dormire.»

Jane l'abbracciò.

«Ti aspetto. Metterò i miei a letto presto. Jim torna solo giovedì, perciò non fare complimenti. E comunque, sarebbe felicissimo di andare a farsi una pinta insieme a Joe.»

Rose rimase per un momento stupita da quelle parole. Ben non aveva mai avuto amici. Diceva sempre che l'unico posto dove aveva voglia di stare dopo una dura giornata di lavoro era in casa. Qualche sera aveva un appuntamento d'affari oppure riceveva clienti, ma capitava di rado. Stare a casa gli piaceva talmente che a poco a poco Rose aveva preso l'abitudine di esserci ogni volta che c'era anche lui.

Era una cosa che aveva sempre fatto volentieri. Era felice così. Ne era convinta.

Agosto 1972

Rose e Ben sono usciti in bicicletta. Fa un caldo pazzesco. A lei piace molto andare in bici. Le piace la sfida, il caldo, il vento, l'ebbrezza della velocità. Arrivare alla meta è sempre un po' una delusione.

Ben la precede di poco. Perfino da dietro Rose riesce a vedere quanto è accaldato. Ha la camicia bianca incollata alla schiena. Tende a essere un po' pesante, e di solito resiste ai tentativi di Rose di convincerlo ad accompagnarla. Oggi ha acconsentito, abbastanza di buona grazia. Ma dalla posizione severa della sua schiena Rose capisce che non è contento.

Ben indica a sinistra e svolta bruscamente verso l'imbocco del molo di Howth. Lei lo segue mansueta. Stanno insieme appena da qualche mese, e i litigi che hanno avuto sono stati di poco conto. Nient'altro che battibecchi, nulla di grave. Tutto bell'e dimenticato in fretta. Rose sente che questo sarà diverso.

Ben smonta e si accende una sigaretta, tossendo violentemente. Rose detesta la vista e l'odore delle sigarette, aborrisce le dita macchiate di nicotina. Più di tutto, detesta il fatto che Ben fumi. Non glielo ha detto, non ancora.

«Mai più», le dice lui aspirando lentamente il fumo della sigaretta per aggiungere enfasi ed evitare che le sfugga il punto, «non chiedermi mai più di venire a fare un giro in bicicletta.»

Tutto qui. In un certo senso Rose è sollevata che sia tutto qui, che non ci saranno scenate in pubblico. Ben non sembra né arrabbiato né agitato, né ha voglia di parlare. A quanto pare, non c'è nulla da dire.

«Sei pronta?» Ben butta il mozzicone, spinge la bicicletta fino alla strada e parte con un'andatura estenuante in direzione di Clontarf.

Rose non glielo chiede mai più.

Martedì 4 aprile; ore 10.30

Jack Morrissey fu gentilissimo. Accompagnò immediatamente Rose nel proprio ufficio, e le offrì un caffè. Lei accettò rendendosi conto alle prime avvisaglie di un mal di testa di non aver fatto colazione.

Aveva ripassato il discorso sotto la doccia, infinite volte. Era difficile arrivare al dunque. Imporsi davanti alle piastrelle del bagno era una cosa. Trovarsi faccia a faccia con un abito grigio in un ambiente di rappresentanza un'altra.

«Allora, signora Holden, che cosa posso fare per lei?»

Rose ebbe la stranissima sensazione che lui parlasse a un'altra persona. Con uno sforzo cominciò.

«Ultimamente Ben e io abbiamo attraversato un periodo difficile.»

No! Questo non era il discorso che si era preparata. Doveva essere molto più distaccata. Doveva bastare. Avrebbe voluto ricominciare daccapo.

«Abbiamo deciso di separarci per un periodo, fino a quando non avremo deciso quale sia la soluzione migliore per tutti.»

Questo suonava un po' meglio? Si rese conto che Morrissey si stava preparando a emettere borbottii di comprensione.

«Sta di fatto che Ben è partito lunedì per un viaggio d'affari urgente, e così ho preso io l'incarico di verificare la nostra posizione economica.»

Fiacca, molto fiacca. Rose si accorse che cominciava a sudare. Sentiva un pizzicore alla nuca e alla fronte.

Jack Morrissey si spostava delicatamente di qua e di là sulla sedia girevole, tamburellando sulla scrivania con una penna d'oro.

«Sicuramente posso procurarle gli estratti dei vostri conti cointestati, signora Holden, ma come capirà, certe informazioni riguardo ai conti d'affari di suo marito devono restare riservate.»

«Ma io sono fra gli amministratori della società, signor Morrissey. C'è anche scritto sulla carta intestata, guardi, ecco qui il mio nome.»

Rose aprì con uno strappo la borsetta spargendo monete, carte, rossetto su tutto il pavimento.

Desiderò disperatamente di non essere là, di non comportarsi così.

Lui alzò la mano.

«Non occorre, signora Holden. Le farò preparare immediatamente la documentazione di tutti i vostri conti cointestati; aspetti solo un momento.»

Uscì dall'ufficio e Rose prese un sorso di caffè tiepido. Che voleva dire con «conti»? C'era un conto di deposito vincolato, un conto corrente e un conto della società, tutti intestati a entrambi. Che voleva dire con conti d'affari?

Mentre aspettava che il direttore tornasse, Rose si lambiccò il cervello per farsi venire in mente qualcuno in grado di aiutarla in quella faccenda. Non sapeva ancora di che cosa aveva bisogno; l'istinto le diceva di stare alla larga dagli amici comuni. Avrebbe avuto bisogno di un avvocato? Se sì, come faceva a trovarne uno? Per quanto ne sapeva, poteva anche darsi che quella mattina avesse dato le sue ultime cinque sterline a Damien.

Jack Morrissey tornò con in mano un fascio di stampati e una cartellina di carta grezza gonfia sotto il braccio sinistro.

«Ecco, signora Holden, questa è la situazione del vostro conto di deposito vincolato» e le porse il primo foglio. Rose lo piegò senza guardarlo.

«Questo è il vostro conto corrente cointestato, e questo è il conto della società. Spero che sia tutto in ordine. La prego, non esiti a contattarmi se avrà altre domande.»

Rose si rese conto che le stava facendo fretta. Del resto,

lei aveva voglia di andare via, di chiudersi a chiave nello studio e rivoltare ogni pezzetto di carta su cui fosse riuscita a mettere le mani. Grazie a Dio c'era addirittura di che tirare avanti ancora per due settimane. Un impulso irrazionale la spinse a indugiare mentre piegava e infilava con cura i documenti nella tasca anteriore della borsetta. Si alzò solo quando fu pronta. Tese la mano e sorrise a Jack Morrissey, il quale ora sembrava a disagio. Si toccava in continuazione il nodo perfetto della cravatta. Rose era contenta.

«Tante grazie, Jack, mi è stato di grande aiuto.»

Aprì la porta da sola e poi lo guardò da sopra la spalla.

«Mi rifarò viva verso la fine della prossima settimana.»

Solo quando entrò nell'ascensore del parcheggio cominciò a tremare.

Si sentiva la camicetta incollata alla schiena e aveva le gambe bagnate di sudore. Buttò la giacca sul sedile posteriore e tirò fuori la camicetta dalla gonna. Mentre guidava lungo le banchine abbassò il finestrino, grata per la fresca brezza. La testa le mulinava, piena di cose impossibili.

Gli ultimi vent'anni le apparivano di un'irrealtà estrema, e Ben pareva un lontano ricordo. La realtà era iniziata lunedì mattina alle otto. L'infelicità totale delle prime ventiquattro ore si era trasformata in una volontà di sopravvivere, di riuscire a venir fuori da quella storia. Questo era ancora più importante che dirlo ai figli. Ferma ai semafori, allungava la mano verso la borsetta per dare una scorsa agli estratti conto, ma il verde scattava quasi subito, seguito a ruota dallo strombazzare dei clacson.

Rose spinse la leva del cambio in prima, ignorando lo stridore che emise. Cose come queste non avevano davvero più importanza. Fu stupita al vedere che il traffico cittadino si muoveva ancora, barcollando lungo le strade come al solito. Occupata dagli impegni quotidiani la gente andava e veniva. Nessuno sapeva niente delle calamità individuali che aveva intorno.

Era la stessa sensazione di quando era morta sua madre, poco dopo il fidanzamento. E poi Michael. Aveva provato una rabbia immensa perché tutto andava avanti lo stesso, insensibilmente, come se nulla fosse cambiato. Come osavano i lattai consegnare il latte, i postini montare e smontare dalle biciclette, le madri portare i bambini a scuola mentre lei aveva appena visto calare i coperchi sulle bare?

Veniva preparata la cena, gli alberi fiorivano, la gente smetteva di chiamare e a poco a poco, finalmente, il dolore trovava un posto dove vivere. «Martedì spezzatino», così diceva un'amica. Nel bel mezzo di tutto l'orrore, dell'inimmaginabile, qualcuno da qualche parte preparava il pasto serale. Anche se il mondo si era appena spostato sul proprio asse.

Appena ebbe chiuso la porta si sfilò la gonna. Dio quant'era accaldata e sudaticcia. Aprì la doccia al massimo, con tutta l'acqua fredda che osava. Ansimando si lasciò scorrere l'acqua addosso finché i suoi polpastrelli cominciarono a somigliare a prugne secche, e i margini mangiucchiati diventarono bianchi e sfilacciati.

Doveva mangiare qualcosa. Si asciugò vigorosamente per riattivare la circolazione. Fatto curioso, salì sulla bilancia. Incredula, ridiscese, spostando i pesi. Riprovò: due chili e mezzo. Le era sembrato che la gonna le stesse più larga. Rise tra sé pensando all'ironia della situazione. In fondo, non tutto il male veniva per nuocere. Se continuava così, sarebbe tornata al peso del giorno del suo matrimonio per quando sarebbe tornato Ben... Si bloccò.

«Che idee da farsi venire in testa, in un momento come questo» disse ad alta voce, guardandosi allo specchio e picchiettando con i polpastrelli le macchie blu scuro che aveva sotto gli occhi. Con uno sforzo si diede un po' di trucco, anche se era convinta che peggiorasse il suo aspetto. Tra qualche ora sarebbe dovuta andare a prendere i bambini.

Si domandò quante altre madri della scuola nascondessero un divario tanto grande tra le loro facce pubbliche e quelle private con una spolverata di fard corallo tostato, un kajal zaffiro bruciato e un rossetto cannella rovente. I nomi di questi prodotti erano lontani mille miglia da questa realtà. Rose chiuse lo sportello dell'armadietto, si avvolse nell'accappatoio e scese in cucina per vedere che cosa poteva mangiare per pranzo.

Marzo 1974

A Martha non piace l'atteggiamento invadente di Ben. Sembra essere dappertutto, e si insinua tra loro quando sono insieme. Ma deve stare attenta. A Rose piace, e Rose è la sua migliore amica fin dai tempi dell'asilo. Martha non ha il ragazzo, nemmeno uno «papabile». La sua antipatia potrebbe essere scambiata per asprezza di uva acerba, ma d'altro canto non vuole nemmeno reggere il moccolo. È buffo come i sentimenti sgradevoli somiglino alla frutta aspra. Decide che il paragone è azzeccato.

Ben è indubbiamente premuroso con Rose. Martha sente che è determinato ad averla. I suoi modi sono calmi, educati, sicuri, a volte fino a rasentare l'arroganza. Martha si rende conto con rammarico che lei e Rose si stanno allontanando.

Adducendo come scusa gli esami e la pressione del lavoro, a poco a poco Martha smette di frequentare Rose e Ben insieme. Continua a vedere Rose, più o meno una volta ogni due settimane, nei momenti in cui Ben ha da fare. Martha lo ha già visto succedere talmente tante volte che arriva ad accettarlo come un fatto naturale. Le amiche messe in disparte mentre i ragazzi vengono al primo posto. Sarà pure naturale; anche il cancro lo è. Non deve piacerle per forza.

Il giorno del suo ventunesimo compleanno, Rose si fidanza ufficialmente con Ben, e prima si incontra con Martha per dirglielo.

«Non l'ho detto a nessun altro, Martha. Volevo che fossi la prima a saperlo!»

Rose tende la mano per mostrare l'anello a Martha.

«Non lo porto ancora, aspetto la festa, ma volevo fartelo vedere.»

Martha è commossa dalla sua gioia infantile: all'improvviso si sente molto più vecchia di Rose. Piena di vergogna per quello che prova, qualunque cosa sia, Martha abbraccia l'amica nel bel mezzo del ristorante. Leva il bicchiere di vino rosso scadente.

«A tanti anni di felicità, Rose. Auguro a tutt'e due il meglio che si possa avere.»

Sono entrambe un po' commosse. Martha decide di mettere da parte i suoi dubbi. Tanto, ormai è deciso. Non può dire nulla che non sembrerebbe fuori luogo.

Perciò si limita ad ascoltare. Rose parla all'infinito di Ben e dei loro progetti. Lo adora, e Martha si sforza di stare a sentire con generosità quant'è meraviglioso.

La faccia della sua amica è raggiante, gli occhi sono pieni di futuro.

«Ben è molto determinato, e sono sicura che avrà successo. Ha intenzione di mettersi in proprio molto presto, e all'inizio io continuerò a lavorare. Abbiamo visto una casa che andrà bene per i primi anni. Dopo Ben vuole tornare a Howth, se ce lo potremo permettere.»

E tu che cosa vuoi? si chiede Martha.

«E Martha, ci teniamo molto che tu ci faccia da damigella d'onore.»

Rose ha pronunciato queste parole quasi con timidezza. Martha si chiede fino a che punto abbia captato quello che prova. All'improvviso si sente in colpa. Fa uno sforzo immane per apparire entusiasta.

«Con immenso piacere, Rose. Speravo che non te ne fossi dimenticata!»

Rose si rilassa immediatamente. Per il resto della serata parlano di nozze.

Quando Martha rientra trova Karen ancora sveglia, e siccome non ha voglia di dormire, parlano fino alle due e mezzo. Karen è bravissima a mettere a fuoco le cose. Martha rispetta molto i suoi giudizi, e quando si addormenta non è più oppressa dai sensi di colpa.

Non può fare nient'altro per Rose. Ammette con Karen che detesta Ben Holden, e questo le dà un sollievo enorme. Pensa che sia un prepotente della peggior specie, scaltro e manipolatore; ha paura che Rose si stia scavando la fossa con le proprie mani. Non si rende nemmeno conto di quanto tutto questo la opprima fino a quando Karen la incoraggia a lasciar perdere, a smettere di sentirsi responsabile.

«Karen Davis, diventerai un medico eccezionale» dice sporgendosi per spegnere la luce.

«E la tua amica Rose sarà una moglie meravigliosa, stando a quello che mi dici di lei. Dormiamo un po'. Domani ci aspetta una giornataccia. Lasciala stare.»

E per diversi anni, è proprio quello che Martha fa.

Martedì 4 aprile; ore 14.30

Il cortile della scuola brulicava di bambini. Lisa le corse subito incontro alzando le mani per farsi abbracciare. Rose si chinò e la strinse forte, abbracciandola per la prima volta da quando Ben se ne era andato. Aveva sentito la mancanza della sua bambina. Brian, che stava per finire la sesta, era molto più indifferente. La raggiunse lemme lemme dopo aver dato il cinque ad almeno altri tre ragazzini del cortile, tutte facce che Rose riconobbe. Se ne stavano un po' in disparte rispetto agli altri gruppi, per segnalare il loro imminente passaggio di grado. Però Rose capì che era contento di vederla.

«Bene, voi due, andiamo.»

Rose aprì le portiere della macchina per farli salire. Di solito andava a prenderli a piedi, ma oggi era in ritardo, e non voleva farli aspettare. Soprattutto in questo momento la routine era molto importante.

«Vi sieti divertiti da Jane ieri sera?»

Brian proruppe subito in una incomprensibile spiegazione di un nuovo videogioco di Derek, e Lisa cercò di intervenire per raccontare della cameretta nuova di Alison e Kate. Rose prestò ascolto solo al tono delle voci e quando capì che non sapevano niente, che non sospettavano niente, si sentì soddisfatta.

«Che c'è per cena?»

Oddio, se n'era di nuovo dimenticata. L'idea di fare la spesa non l'aveva nemmeno sfiorata. Fece una rapida rassegna mentale del contenuto del freezer. Ieri sera Damien aveva mangiato lasagne; e questo voleva dire che c'era ancora una porzione a testa per loro due, e una patata al forno. Damien poteva mangiare gli avanzi di pollo al curry del contenitore piccolo. Gli avrebbe cotto una montagna di riso. Più tardi lei si sarebbe preparata due uova strapazzate o qualcosa del genere.

Per il mattino dopo doveva annotarsi la spesa come priorità assoluta dopo che i ragazzi erano andati a scuola. Non c'erano più cereali, non c'era più carne, niente per i pranzi a scuola. Bisognava tenere in piedi lo spettacolo domestico.

Mangiarono con i vassoi davanti alla tv dei ragazzi, mentre Rose si chiuse di nuovo a chiave nello studio. Tirò fuori i fogli dalla borsetta e li spiegò.

Sul conto di deposito vincolato c'erano mille sterline, ottocento sul conto corrente e duecentosettantamila di scoperto sul conto intestato alla ditta.

Rose guardò di nuovo. Il cuore le si fermò per un lungo istante.

Ben non le aveva accennato a uno scoperto di quella portata; credeva di aver capito che la società andasse a gonfie vele. Forse questo significava proprio che andava a gonfie vele. Come faceva a saperlo? Le sarebbe piaciuto saperne un po' di più sulla conduzione degli affari.

Ben era sempre stato un acceso sostenitore di una rigida divisione delle responsabilità. Lei prendeva i messaggi, preparava il pranzo quando venivano colleghi in visita, andava a prendere le persone in aeroporto, le accompagnava alle stazioni dei treni, le portava a casa dopo un numero eccessivo di bicchieri di vino, in realtà tutte cose di poco conto, i dettagli di cui Ben non doveva preoccuparsi. Questo e tre figli l'avevano tenuta indaffarata per tutti quegli anni. Ora cominciava a rimpiangere di non essere stata meno indaffarata e più occupata.

Fece qualche calcolo approssimativo. Fino a due anni prima aveva sempre tenuto la contabilità domestica, finché Ben non le aveva improvvisamente detto di smettere, che non ce n'era bisogno dal momento che aveva un ragioniere alle sue dipendenze per occuparsi di quelle cose. E così aveva smesso, prelevando soldi in banca per le spese di casa ogni volta che ne aveva bisogno.

Non era una spendacciona, faceva sempre la spesa con

oculatezza. Era grata per la sua sicurezza economica, e voleva fare la sua parte per mantenere la situazione com'era. In cuor suo era fiera del modo in cui amministrava i soldi, ma Ben liquidava con un gesto della mano ogni discorso di prezzi convenienti e denaro speso bene. Siccome lui mostrava un garbato disinteresse, Rose si era fatta carico dell'educazione economica dei figli. Aveva introdotto una linea di severità basata sul risparmiare per spendere che aveva i suoi numerosi, estenuanti alti e bassi, soprattutto per quanto riguardava Damien.

Il ragazzo era capace di spendere con una facilità che la lasciava a bocca aperta. Jeans a Cinquanta Sterline. (Non poteva fare a meno di immaginarlo scritto maiuscolo: era quello che guadagnava in una settimana, compresi gli straordinari, prima di sposarsi.) E per le tute sportive non c'erano limiti. Alla fine erano arrivati al compromesso che lei pagava trenta sterline per gli indumenti indispensabili, e Damien ci metteva il resto prendendolo dai propri risparmi. A quanto ammontasse la differenza, Rose proprio non lo voleva sapere.

La rata del mutuo scadeva il dodici. Poi c'era l'energia elettrica, il gas, il telefono, la benzina, il vitto e le spese accessorie. Buttò giù una cifra approssimativa per ogni voce. Se stava molto attenta, quello che c'era sul conto corrente le sarebbe bastato per tre settimane. Decise di chiudere il conto di deposito vincolato e di aprirne un altro intestato a lei. Diceva «pagabile a entrambi», e le serviva come assicurazione. Se le cose si fossero sistemate tra lei e Ben, allora sarebbe stato un altro discorso. Ora come ora, dopo vent'anni, aveva bisogno di qualcosa da considerare suo.

Se non altro Ben aveva lasciato di che tirare avanti. Non era uno stronzo totale. Forse aveva davvero bisogno di un po' di tempo per riflettere.

Poi, tutto a un tratto, Rose si ricordò. Milleseicento sterline. Dovevano essere per *due* biglietti. Jane aveva detto così ieri? Se non altro, era quello che lei aveva sentito. Ma solo adesso cominciava a capire, con un profondo turbamento. Un'altra donna. *Chi* era? Rose tirò fuori gli estratti conto che aveva messo da parte ieri.

Cominciò a cercare le date e i luoghi che non le erano familiari. Prese un evidenziatore giallo, mise in ordine gli estratti conto di un intero anno e metodicamente cominciò a segnare tutte quelle voci che adesso gridavano tradimento. C'erano circa cinquanta operazioni con la carta Visa che non riusciva a ricordare. Erano tutte per alberghi, ristoranti, locali esclusivi. Fece un totale approssimativo. Tremiladuecentocinquanta sterline in un anno. Per un'amante. Sul suo conto per le spese di casa.

Prese il fascio di estratti conto dell'American Express. Qui i dettagli erano più che sufficienti. Ogni singola spesa era specificata. Guardò con attenzione le date e i nomi.

Probabilmente si riferivano a clienti, concorrenti, vattelappesca. Aprì l'agenda di Ben in cui lei stessa aveva scritto le date dei suoi viaggi d'affari, i nomi dei contatti, gli orari in cui bisognava andarlo a prendere in aeroporto.

Si cimentò con il laborioso compito di abbinare date e ricevute. Interruppe per dare da mangiare ai bambini e mandarli a letto presto. Il loro umore era inversamente proporzionale alla bellissima serata che avevano trascorso il giorno prima. Rose non si irritò nemmeno un po' con loro, fu solo ferma e perentoria. Sapevano quando era il momento di arrendersi.

Tornò nello studio e ci rimase fino alle nove e mezzo. John e Damien studiavano in silenzio in cucina. Rose si domandò per quanto sarebbe durata.

Ormai ne sapeva abbastanza. Disse a Damien di chiudere a chiave e di andare a letto alle undici. Vuotò una delle valigette di cuoio più pregiate di Ben e ci infilò tutte le carte su cui aveva lavorato.

Poi prese due delle sue migliori bottiglie di vino bianco e uscì, diretta in fondo alla strada, da Jane.

E così venne la sera del secondo giorno.

Marzo 1975

«Tieni» dice Martha tendendo a Rose un bicchiere alto, in cui il ghiaccio tintinna contro i lati. «Qualcosa per calmare i nervi.»

«Dove l'hai preso? Mio padre non permetterebbe mai al 'beveraggio' di varcare la soglia di casa!»

Martha le ammicca in modo esagerato, tira su il vestito da damigella d'onore fino alla coscia e indica in silenzio la giarrettiera. Avvolte tra nastri e pizzi ci sono due minuscole bottiglie di vodka Huzzar, di quelle che danno sugli aerei.

«Ho pensato che questo fosse il posto più sicuro» confida Martha con un sussurro da palcoscenico. «Tuo padre mi considera una ragazza simpatica. Mi ha consegnato il Seven-Up e il ghiaccio come un agnellino. Gli ho detto che avevi la gola secca. Be', è la verità, anche se non tutta la verità.»

Con gesto teatrale alza il bicchiere e Rose la imita.

Da quanto si conoscono, ricorda Rose. Dalle elementari, anzi, dall'asilo. Poi, alle superiori, erano capitate ancora insieme perché avevano scelto le stesse materie per il diploma. Di nuovo inseparabili. Per Rose Martha è stata una costante; un'amicizia intima e appagante che è durata anche se dopo la scuola hanno scelto due strade diverse. Da piccole si erano promesse di fare ognuna da damigella d'onore alle nozze dell'altra. E adesso Martha sta tenendo fede a quella promessa.

«Dio, Martha, sono nervosissima. È un passo così definitivo. Stanotte ho addirittura sognato che non riuscivo ad arrivare in chiesa. La macchina continuava a girare in tondo, ma non c'era una via d'accesso. Poi, all'improvviso, stavamo costeggiando il mare da qualche parte sotto un sole splendente. Tutti andavano in bicicletta, in calzoncini, e io invece avevo indosso il mio vestito da sposa. Ho detto all'autista di portarmi a casa, e poi mi sono svegliata.»

«La dottoressa Martha diagnostica una classico caso di nervi prematrimoniali. Butta giù quella roba e lasciami sistemare l'acconciatura. Sei veramente favolosa. Ti abbraccerei se non avessi paura di sgualcirti il vestito.» Martha la bacia delicatamente sulla fronte e le stringe la mano. «Starai benone.»

Martha va alla finestra della camera.

«Ormai non c'è più tempo per i ripensamenti» dice con leggerezza. «La macchina è arrivata.»

Rose si sente strana. Non più nervosa, solo indifferente, quasi intontita. Ama Ben, e spera che tutto funzionerà. Nelle ultime sei settimane non hanno avuto un solo momento per stare insieme. I preparativi per questo giorno hanno preso fino all'ultima briciola del suo tempo e delle sue energie. Le è capitato più di una volta di scoppiare in lacrime. La pressione è stata indicibile. E non c'era nemmeno la madre ad aiutarla. Forse si sente triste proprio per questo.

Dà un'ultima occhiata in giro per la stanza che ha diviso con Ellen e Grace. È malridotta e disordinata, ma il suo cuore è attratto dal vecchio orsacchiotto senza orecchie che sta sul letto, il suo letto.

La stanno aspettando. Tutti la stanno aspettando.

Esce dalla sua vecchia camera e si avvia verso le scale. Suo padre l'aspetta di sotto con un sorriso nervoso. Rose si morde il labbro. Sa che sta pensando a sua madre. Quando arriva all'ultimo gradino, i loro visi si trovano alla stessa altezza. Gli butta entrambe le braccia al collo e lo stringe forte. Nessuno dei due dice una parola.

Percorre lo stretto viottolo del giardino al braccio del padre, e a ogni passo sente che si lascia alle spalle un pezzetto di se stessa.

Martedì 4 aprile; ore 22.00

Jane riempiva il bicchiere di Rose più spesso del proprio. Rose non sembrava farci caso. Continuava a sorseggiare distrattamente, sfogliando fatture ed estratti conto di carte di credito con uno zelo maniacale. Appena entrata aveva tirato fuori fasci e fasci di documenti dalla valigetta, e poi si era bloccata di colpo.

«Oh Dio, Jane, mi dispiace. Ho la faccia tosta di dare per scontato che tu non abbia nient'altro da fare. Mi dispiace davvero, non so quello che faccio.»

E cominciò a rinfilare le carte nella valigetta.

«Sono stata io a invitarti, non hai dato per scontato un bel niente. Vado a prendere un cavatappi. Tu ritira fuori quelle carte.»

Jane tornò con due bicchieri, un cavatappi, un quaderno di scuola e una matita.

«Dacci pure dentro e dimmi quando c'è qualcosa che hai bisogno di annotare. Prenderò io gli appunti, e dopo potrai trarre le conclusioni.»

Rose annuì e Jane si fece deliberatamente vigile, ascoltando e guardando con attenzione, per non lasciarsi sfuggire qualunque cosa potesse essere importante. Rose era pallida. Aveva lo shock dipinto su tutta la faccia. Sicuramente aveva già sfogliato quelle pagine. Sembrava conoscerle a memoria. Continuava a ripetere gli stessi particolari all'infinito. Jane capì che aveva difficoltà ad accettare l'evidenza. Ben aveva una... cosa? Un'amante? Un'amica? Qual era la parola? E da un bel po', anche. Le prove erano schiaccianti.

Questo non era il momento adatto per raccontare a Rose della volta in cui lei e Jim avevano visto Ben insieme a una donna al Westbury Hotel. Quando lei glieli aveva indicati,

Jim si era stretto nelle spalle. Le aveva detto che era maligna. Forse aveva ragione, ma nel modo in cui quella donna si era chinata verso Ben, nel modo in cui lui la ascoltava c'era qualcosa che gridava intimità sessuale. Aveva un buon sesto senso, si sbagliava di rado. Quello non era un appuntamento d'affari. Jane se lo tenne per sé.

«Come ho fatto a non accorgermene? Dio, devo essere proprio ottusa!»

Piena di rabbia, Rose vuotò il bicchiere.

«Perché avevi fiducia in lui, Rose; non cercavi gli indizi, tutto qui. Ma per il momento tieni a mente che è lui ad avere una relazione, quindi perché te la prendi con te stessa?»

«Perché sento che è tutta colpa mia.»

Jane cercò di incoraggiare Rose ad aggirare gli immensi macigni di senso di colpa che vedeva disseminati sulla sua via. L'aiutò a passarci in mezzo con prudenza. Allo stesso tempo non voleva parlare troppo.

Rose le piaceva. Sapeva che se lei e Ben si fossero rimessi insieme, con tutta probabilità avrebbe perduto la sua amicizia. Rose avrebbe preso le distanze, imbarazzata per essersi scoperta troppo, sulla difensiva dopo il ritorno del marito. Jane lo aveva visto succedere altre volte. Voleva aiutarla, e voleva mantenere l'amicizia. Doveva tenere una rotta intermedia.

Era mezzanotte passata quando Rose si alzò per andare via. Se non altro, grazie al vino, la sua faccia era un po' meno pallida.

Ringraziò e poi ringraziò di nuovo Jane. Declinò la sua offerta di scortarla fino a casa sostenendo che stava benissimo, che la camminata all'aria fresca le avrebbe fatto bene.

Tuttavia Jane la seguì con lo sguardo fino a quando arrivò all'angolo, quasi a metà strada. Rose si voltò a salutare con la mano, nitidamente profilata sotto un lampione.

Jane aspettò fino a quando il telefono fece tre squilli e poi tacque. Soddisfatta, riordinò la cucina e andò a letto.

Marzo 1977

Dame Street è gremita di gente. C'è il brusio animato di inizio week-end. Rose riesce a vedere il traffico crescente dalla sua finestra al terzo piano. Se non altro, non piove.

«Vieni a bere qualcosa?»

June, l'instancabile organizzatrice della vita sociale dell'ufficio. Gentile, di un'affabilità inesorabile. Le piace prendere sotto l'ala le ragazze nuove e ha cercato di dare a Rose un motivo per esserle riconoscente. Rose detesta sia il lavoro sia le colleghe. Non ha nulla in comune con loro.

Dopo tutto, lei è sposata. Nella sua vita non c'è posto per le discoteche, per le feste, per i pub che frequentano tutte quante. A volte le invidia, e quel sentimento non le piace. Si sente esclusa dai pettegolezzi del lunedì mattina, dalle confidenze della pausa pranzo. Dopo due anni, l'unico suo desiderio è andarsene. Ha tutto quello cui le altre aspirano. Come fanno a farla sentire tanto matronale, tanto insoddisfatta? Rose si sente quasi in imbarazzo in loro compagnia. A volte, quando entra nella stanza, smettono di parlare.

A dire la verità Ben non le è stato d'aiuto.

Sono stati invitati a diverse feste, a innumerevoli riunioni del venerdì sera. Ben sostiene che quello non è il suo ambiente. Alla compagnia di estranei preferisce concedersi di quando in quando un'ottima cena al ristorante. Non sente il bisogno di conversare, di scherzare, della roca purificazione delle chiacchiere da pub.

Rose si diverte, nelle due o tre occasioni in cui accetta di andare, più per un imbarazzato senso del dovere che per altri motivi. A poco a poco, gli inviti si esauriscono, tranne che da parte della cara vecchia June. Questa sera Rose si sente stanca, e irritata dagli ostinati sforzi di June di apparire cordiale. E si vergogna, anche.

«Mi piacerebbe molto, June» mente. «Ma i genitori di Ben ci hanno invitati a cena fuori. È il nostro secondo anniversario di nozze», confida all'improvviso per indorare la pillola. «Devo andare difilato a casa a cambiarmi. Grazie, comunque.»

Finalmente June si arrende.

«Buon divertimento, allora» le grida correndo via per non essere lasciata indietro dalle altre. Rose aspetta che siano tutte uscite dall'edificio. Doversi quasi nascondere a questo modo è una cosa ridicola. Il piccolo tuffo al cuore le ricorda che forse non dovrà più farlo per molto. Due anni, ha detto Ben. Due anni, e poi potranno cominciare a provare ad avere un bambino. Rose non vede l'ora.

Vorrebbe uscire da sola con Ben, ma i suoi genitori sono stati insolitamente persuasivi. Rose si domanda perché. L'idea non la entusiasma affatto.

L'autobus avanza incerto nel traffico e Rose arriva a casa presto. Un biglietto di Ben rivela che è stato a casa ed è uscito di nuovo. Passerà a prenderla insieme ai genitori. Rose sente un altro formicolio di irritazione. Perché non l'ha aspettata?

Si è anche preparato un panino. Come fa un uomo tanto meticoloso a causare un simile disastro casalingo? Sul lungo ripiano cosparso di briciole c'è una vaschetta del burro scoperchiata e un coltello saldato alla superficie con del pâté. Una scia di latte porta fino a una tazza da caffè e la scatola dei biscotti trabocca del suo evidente contenuto. Ha dato la caccia a quelli con la crema al cioccolato.

Rose riordina e mette la tazza nel lavello, in cima alle cose della colazione che non sono state ancora lavate. Una lavastoviglie sarebbe una bella cosa, allora il disordine di Ben non le peserebbe, o no? Magari comincerà a mettere da parte i soldi senza dirgli niente.

Va di sopra per farsi una doccia. Ha due ore prima che

Ben passi a prenderla. Magari si allungherà un po' sul letto. I piedi le fanno un male cane.

In camera Rose toglie gli asciugamani bagnati dal letto. Ben si è fatto la doccia. Perché gli asciugamani finiscono sempre sul suo lato? Ormai il letto disfatto è umido, tutt'altro che invitante. Allora Rose riempie la vasca, e si concede un lussuoso ammollo di un'ora.

L'effetto calmante dell'acqua calda le riaggiusta sempre l'umore. Non si aspettava che la vita quotidiana fosse tanto difficile. Sono solo inezie normali, sono cose che provano tutti? Oppure è il segnale di una falla grave nel suo matrimonio? È paranoico e insensato sentirsi data per scontata fino a questo punto? Rose vorrebbe tanto che la madre fosse ancora viva. Comincia a pensare, per usare le parole della madre, di aver preso una fregatura.

Rose pensa tutte queste cose la sera del suo secondo anniversario. Ultimamente non c'è stato molto da ridere. Vorrebbe sentirsi dire da qualcuno che tutto questo senso di rammarico, a volte intenso, è inevitabile, è assolutamente naturale. Che tutti i matrimoni hanno un periodo di assestamento, di transizione.

Le dispiace che Martha sia andata in Australia. Ma no, Martha sarebbe la persona sbagliata cui rivolgersi.

Rose si asciuga energicamente. Mette alcuni degli asciugamani ad asciugare e gli altri li butta nel cesto dei panni sporchi. Il suo straripante contenuto la fa sospirare. Meno male che c'è il week-end. La spesa, i panni da stirare e la cena con i suoceri.

Mercoledì 5 aprile; ore 6.00

Mercoledì. Terzo giorno. Dopo tutto, forse il mondo era stato veramente creato in sette giorni. Solo in quarantott'ore poteva succedere una gran quantità di cose.

Rose si sentiva la testa annebbiata. Quando la sera prima era andata via dalla casa di Jane il dolore era sparito. Il vino aveva allentato la sua rabbia nei confronti di Ben. Aveva provato un senso di purificazione; Jane era una buona ascoltatrice. Rose si chiese come avesse fatto senza la sua amicizia per tanto tempo. Dio, aveva bisogno di bere qualcosa.

Erano appena le sei. Scostò il piumino e poggiò lentamente i piedi sul pavimento. Se quelli erano i postumi della sbornia, come accidenti faceva la gente a funzionare normalmente al mattino? Tra poco lo avrebbe saputo: anche lei aveva una giornata di lavoro davanti.

Nel frigo non c'era più succo d'arancia. La spesa. Doveva andare a fare la spesa. Riempì d'acqua un bicchiere da una pinta e a furia di battere la vaschetta staccò alcuni cubetti di ghiaccio. Nettare. Riempì il bicchiere per la seconda volta. Poi si sedette a scrivere la lista.

Riaffiorarono tutti i vecchi istinti della risparmiatrice. Programmò i pasti fino a domenica. Poteva rifare un salto lunedì mentre i ragazzi erano a scuola. Un vantaggio di quattro o cinque giorni bastava. Spuntò gli articoli indispensabili. Pollo e carne tritata a volontà. Stufati da preparare in anticipo. Meno tempo possibile in cucina. C'erano troppe cose urgenti da fare.

Le sei e venti. Ormai era escluso che sarebbe tornata a letto. Mise su il bollitore per farsi un caffè e si preparò una fetta di pane tostato. E c'era ancora del porridge. Per quella mattina dovevano accontentarsi.

Aprì l'agenda e annotò le tre cose che voleva fare. Primo, la spesa. Secondo, parlare con Barry Herbert, il collega di lavoro più vicino a Ben. Lui non credeva nell'idea di avere soci. Terzo, chiamare l'avvocato di Jane e Jim per un consiglio.

Tra una cosa e l'altra, doveva accompagnare e riprendere i bambini a scuola, preparare un pasto, soprintendere ai compiti e fare un po' di pulizie. Rose si guardò intorno. Il lunedì mattina la casa era immacolata, splendente. Puliva a fondo due volte alla settimana, sia di sopra sia di sotto. Ogni venerdì, in modo che tutto fosse perfetto per il weekend, e ogni martedì, una volta stirati tutti i panni del lunedì. Ben detestava assistere alle faccende domestiche, e Rose sentiva di tener fede alla sua parte del patto mostrandosi metodica ed efficiente, lavorando zitta zitta nell'ombra.

Adesso tutta quell'attività casalinga doveva passare in secondo piano. Avrebbe pulito il bagno e il gabinetto del pianterreno, e lavato il pavimento della cucina. Lo stretto necessario. Aveva bisogno di essere libera, di sentire che riusciva a tenersi a galla in tutto quel macello.

Damien entrò ciondolando in cucina, in pigiama e senza essersi lavato. Rose non fece commenti.

«Ti sei di nuovo alzata presto, Ma'. Va tutto bene?»

Il suo tono era troppo casuale. Rose percepì subito l'ansia. Damien aveva quasi diciott'anni, era un uomo fatto. Tra poco più di un anno avrebbe finito la scuola. Alla sua età lei già si guadagnava da vivere.

«Siediti, Damien.» Batté con la mano la sedia accanto a sé. «Tuo padre e io stiamo attraversando un brutto periodo. È dovuto andar via per un paio di settimane, proprio nel momento sbagliato per entrambi. Quando torna, decideremo sul da farsi. Nel frattempo dovremo avere pazienza. In tutto questo non c'entrate né tu, né Brian né Lisa. È una faccenda tra tuo padre e me. Vi vogliamo un gran bene tutti e due.»

Rose tacque. Aveva bisogno di fare un profondo respiro. Immaginava che l'ultima parte del discorso valesse anche per Ben; gli lasciò il beneficio del dubbio.

«Vi separerete?»

«Sinceramente non lo so, Damien. Te lo dirò non appena saprò quello che sta succedendo.»

«Tu non volevi arrivare a questo, vero?»

«No, non me lo sarei mai aspettato. Ma forse, alla fine sarebbe successo comunque. Veramente non sono più sicura di niente, Damien.»

Rose si sforzò di non piangere. Non era giusto. Doveva trovarsi di fronte a una situazione del genere a diciassette anni.

«Per quanto rimane via papà?»

«Due settimane, credo.»

«Che cosa posso fare per aiutarti?»

«Che vuoi dire?»

«Be', tanto per cominciare, non c'è bisogno che sia tu ad accompagnare e a riprendere Brian e Lisa a scuola. Sono abbastanza grandi. Io posso accompagnarli a piedi fino al portone della scuola e poi proseguire da lì con l'autobus.»

Rose sorrise tra sé. Ricordò di avergli fatto quella stessa proposta dopo Natale, e che Damien era inorridito al pensiero. Questo avrebbe danneggiato la sua immagine «pubblica», e perciò lei aveva lasciato cadere la cosa. Ora notò con piacere che era convinto che l'idea fosse sua.

«E se il pomeriggio non sarai a casa, ci penserò io a metterli a fare i compiti.»

A Rose vennero le lacrime agli occhi davanti alla sua ansia di aiutare, di assumersi responsabilità da adulto.

«E poi John dice che non è tanto brutto.»

«Che cosa?»

«Avere i genitori separati.»

John, il figlio dei vicini. Bill e Suzanne. Non ci aveva mai pensato che l'impensabile stava diventando la normalità tutt'intorno a lei. Dipendeva forse da qualcosa che mettevano nell'acqua? Probabilmente Suzanne si era sentita esattamente come lei quando Bill se ne era andato. E lei, Rose, non lo aveva mai saputo, non si era mai data la briga di accertarsene.

«Sarebbe magnifico, Damien. Ho diversi appuntamenti da prendere per tutta la prossima settimana o quasi.»

«A una condizione.» Damien alzò il dito.

«Cosa?»

Fece un sorrisetto.

«Che non mi debba lavare e vestire prima di colazione!»

Rose gli lanciò uno strofinaccio e andò a farsi la doccia prima di scoppiare in lacrime. Era proprio un bravo ragazzino. Era da parecchio che non faceva una chiacchierata confidenziale come quella, con lui. Era sorpresa dalla facilità con cui sembrava adattarsi all'idea di una famiglia distrutta. Si era accorto di qualcosa?

Sotto lo scroscio uniforme dell'acqua calda, Rose cominciò a ricordare la freddezza che recentemente si era insinuata tra Damien e Ben. Negli ultimi giorni non ci aveva pensato. Discussioni sulla lunghezza dei capelli, sull'orecchino, sullo studio. L'ostilità tra i due l'aveva rattristata. Incastrata in mezzo, aveva provato infinite volte a fare da paciere. Ma Ben era irremovibile. Così Damien aveva cominciato a evitare il padre, e spesso usciva dalla stanza appena Ben entrava.

Adesso il modo di Damien di accettare l'assenza del padre aveva quasi un che di compiaciuto. L'aveva quasi accolta con piacere, sentendosi giustificato perché era arrivato a detestare tutto quello che il padre rappresentava. Era forse rimasto ad aspettare sperando che andasse proprio così?

Rose cominciò ad avere veramente paura di quello che l'attendeva.

Era mai possibile che solo lei fosse allo stesso tempo la Bella Addormentata e la vittima di un pesce d'aprile?

Be', adesso era sveglia. I suoi sensi erano all'erta. Da questo momento in poi avrebbe avuto bisogno di tutta la sua prontezza di spirito.

Novembre 1978

Tutto quello che Rose riesce a fare è fissare l'acquario rettangolare accanto al suo letto. Conta, di nuovo. Cinque dita su ciascuna mano, cinque minuscole unghiette. Non può fare a meno di guardarlo. Si sente la testa trasognata, vacillante; sa che se si alzasse perderebbe l'equilibrio. Fa un risolino al pensiero di provare a stare in piedi. È troppo indolenzita perfino quasi per stare distesa.

Dopo l'ultima puntura ha avuto la piacevole sensazione di fluttuare. Ora sente che l'effetto sta finendo. Saluta il ritorno alla realtà: ora potrà mettere a fuoco senza difficoltà il piccolo che ha accanto a sé.

Si tira su a sedere a fatica, sentendo sotto di sé il fastidio dell'incerata che si ammucchia e si increspa. Una giovane infermiera, tutta sorrisi e amido, entra nella stanza.

«Sta bene, signora Holden?»

«Benissimo. Mi può dare il piccolo?»

Rose non desidera altro che tenerlo in braccio. All'improvviso teme di farlo cadere cercando di prenderlo da quella posizione scomoda. L'infermiera sorride di nuovo.

«Certo. Come lo chiamerete?»

Rose le invidia la destrezza. È sicura e rapida in tutti i movimenti. Il bebè viene preso, sistemato nella copertina e, caldo e odoroso di saponetta, trasferito tra le sue braccia in un'unica, agile mossa.

«Damien. Lo chiameremo Damien, il nome del nonno di mio marito.»

Chissà come, mentre chiacchiera l'infermiera riesce a rifare il letto. All'improvviso Rose si sente comoda, lucida.

Nello stesso istante gli occhi di Damien si aprono. Sono d'un azzurro scuro e luminoso, e la fissano. Tenendolo vicino al viso, Rose gli parla con tono sommesso. Riesce a vederla, è sicura che riesce a vederla.

Lo cambia, gli dà il latte, e quando Ben torna all'ora di visita lo tiene ancora tra le braccia.

A poco a poco, la stanza si riempie. I genitori di Ben, Grace, Ellen. Rose è fiera di se stessa. Ben è in piedi, come fosse di guardia, entrambe le mani sulla culla trasparente che contiene il suo minuscolo figlioletto.

Risate, regali fanno il giro della stanza, Damien passato da una persona all'altra quasi fosse un pacchetto.

Dorme dimentico di tutto quello che gli succede intorno. Rose è assurdamente fiera del fatto che il piccolo si comporti bene, come se già questo si riflettesse su di lei. Una buona madre.

Rose è contenta quando vanno via. È stanca. Vuole il marito e il figlio tutti per sé.

Ben si ferma mentre dà di nuovo il latte a Damien; ci sta facendo l'abitudine. Guarda Ben che gli cambia il pannolino per la prima volta. È completamente felice.

Quando se ne va, Ben ha gli occhi lucidi.

«È stupendo, è proprio stupendo, e lo sei anche tu. Sono così fiero di voi due.»

La prima notte Rose quasi non chiude occhio, ma non le importa. I suoi sogni intermittenti sono pieni di bimbi dagli occhi azzurri e di felicità.

L'indomani mattina il suo primo pensiero quando riportano i piccoli nella nursery è: questa è l'opera migliore di tutta la mia vita.

Un nuovo inizio. Una nuova famiglia.

Non vede l'ora di tornare a casa.

Mercoledì 5 aprile; ore 8.45

Brian e Lisa si erano messi a borbottare sull'ingiustizia della vita. Brian voleva essere accompagnato a scuola in macchina e Lisa, sospettava Rose, voleva semplicemente stare con lei. Rose promise di farsi trovare a casa al loro ritorno, riorganizzandosi mentalmente la giornata.

Arrivò davanti al supermercato prima che aprisse. Diede una rapida scorsa alla lista in macchina. Puro e semplice pilota automatico. Ripensò a quando era appena sposata. La fatica di dover decidere che cosa comprare, che cosa preparare da mangiare, come variare i pasti: le sembrava una grande impresa. Ben aveva sempre delegato a lei; odiava i supermercati.

Vent'anni dopo, ancora la spesa. Era questo l'unico aspetto duraturo di tutti i rapporti umani? L'acquistare e il cucinare il cibo erano l'unica costante? La routine dava sicurezza. Se non altro, era familiare.

Ma oggi c'era qualcosa di diverso. Non era solo il fatto che comprava con maggiore attenzione, cercando di risparmiare di più. Faceva la spesa da una posizione diversa. La solida normalità delle donne con carrozzine e passeggini, e bambini piccoli pigiati nei sedili dei carrelli sembrava diversa. Le donne truccate di tutto punto, piene di anelli e con le unghie laccate già alle nove del mattino sembravano diverse. Agli occhi di Rose tutto cominciava ad assumere un'aria molto più fragile. Guardò più attentamente le facce che la circondavano. Quello che le era sempre parso un solido, rispettabile muro borghese di stabilità economica e vita agiata ora cominciava a incrinarsi.

Nella sua immaginazione Rose scorse il panico dietro le facce ben truccate e le mani abbronzate e inanellate. Fiutò un'aria di disperazione sotto la maschera discreta di rossetto e fondo tinta. Sicuramente, in quella fase della vita, con tutti i probabili figli bell'e cresciuti, non c'era bisogno di andare al supermercato tanto presto. Il vizio mattutino del supermercato era forse una boa, qualcosa cui aggrapparsi per evitare che i giorni si confondessero gli uni con gli altri senza alcun segno distintivo? L'andare a fare la spesa era una dipendenza necessaria, per dare una forma alla giornata, per evitare la sensazione di non aver combinato niente nella vita?

Rose sentì un prurito di sudore freddo alla nuca. Era questo che l'aspettava tra dieci anni?

Le giovani erano diverse. Perfino il loro modo di camminare era deciso, rivelava la mancanza di tempo. Rose ricordava la velocità e la precisione necessarie per lasciare un figlio a scuola, un altro all'asilo, andare al supermercato, tornare a casa, sistemare la spesa, riandare a prendere il piccolo all'asilo, tornare a casa, metterlo a dormire, pranzare, andare a prendere il più grande a scuola, preparare il pasto della sera, fare il bucato, lavarli, cambiarli, raccontare le favole della buonanotte. Riusciva quasi a leggere il programma delle cose da fare sulle facce delle donne.

Ma lei non era più legata a una così rigida suddivisione del tempo. Tutt'a un tratto, quando Ben l'aveva lasciata, si era resa conto che anche i figli se ne sarebbero andati, e che ormai tutto stava cambiando. Presto non sarebbe più stata nemmeno una mamma nel tradizionale, fondamentale senso della parola.

Provò compassione per quelle giovani donne, ma nemmeno uno sprazzo di nostalgia. Prima pensava che le sarebbe piaciuto avere un altro bambino dopo Lisa. Si inteneriva alla vista di un visino che sbirciava fuori dal suo nido di trine. Ora non le succedeva più. Non sapeva quanto fosse colpa di Ben, o sua, o di quello che stava succedendo adesso, ma aveva cambiato idea. O forse aveva solo raggiunto un senso di chiarezza, aveva finalmente preso coscienza di un'unica cosa che voleva o non voleva dopo tanti anni di idee confuse.

Scegliendo i prodotti dagli scaffali del supermercato Rose sentì una nuova urgenza riguardo alla propria vita. All'improvviso era terrorizzata all'idea di perdere il controllo dei prossimi vent'anni.

Prese i tagli di pollo in offerta speciale calcolando quanti pasti ne avrebbe potuto ricavare. Ora sapeva che l'unica cosa che voleva era vivere la sua vita, una vita che fosse finalmente plasmata da lei stessa. Ben o non Ben.

Mentre si faceva strada lungo le corsie e salutava facce conosciute, Rose si chiese di nuovo che cosa stesse succedendo sotto la superficie. Poiché il suo mondo si era capovolto e rivoltato, era difficile credere che quelli degli altri fossero ancora normali.

Finì di fare la spesa e tornò a casa. La testa le ronzava. Le avrebbe fatto bene spegnere i pensieri per un'oretta. Aveva l'impressione che la sua testa stesse recuperando anni e anni di inattività, anche se non le era mai sembrato di essere né ottusa né indolente.

Aveva sempre cercato di dare almeno un'occhiata al giornale, e il telegiornale delle nove era un rito. Era al corrente di ogni questione discussa da Gay Byrne, Joe Duffy e Pat Kenny. Aveva perfino pensato di chiamare Marian Finucane. L'aveva indignata, impietrita, fatta ridere. Era sempre ben informata.

Ma questo processo, che aveva luogo nel suo intimo, non aveva niente a che vedere con l'informazione. Si trattava di una rivoluzione interiore, tutti i suoi pilastri stavano crollando. Mentre sistemava la spesa, decise che comunque fosse andata a finire con Ben, lei avrebbe vissuto in maniera diversa. Lo amava moltissimo, lo avrebbe fatto tornare anche domani, praticamente senza una spiegazione. Ma le cose non sarebbero più state come prima.

Solo allora scoppiò a piangere. Il fatto la colse di sorpresa. Erano parecchie ore che non piangeva.

A voce alta, ai muri della cucina, disse:

«Che accidenti devo fare?»

Novembre 1980

Con un preavviso minimo Ben le dice che Barry e Caroline vengono a cena. Damien ha il morbillo e lei è esausta. Il bambino, che ha due anni e normalmente è tranquillo, si è trasformato in un piccolo mostro. Ha macchie dappertutto, tra le dita dei piedi, sotto i capelli, sulle palpebre. Ha la bronchite e respira con difficoltà. Durante la settimana il medico è venuto tutti i giorni, e Rose ha avuto una bella paura. E se diventa sordo? E se riporta danni alla vista?

Il medico si è mostrato calmo, rassicurante. Rose vorrebbe che Martha fosse ancora qui; l'Australia è molto lontana. È arrabbiata con la sua amica perché non c'è. È l'unico medico di cui Rose si fidi veramente.

La malattia impiega dieci giorni a seguire il suo corso. Rose dorme nel lettino in camera di Damien, o meglio, lo occupa. È meravigliata che il bambino riesca a resistere tanto tempo senza dormire. Rose sonnecchia saltuariamente durante il giorno, andando a letto ogni volta che Damien si addormenta. Tutte le mattine attiva la segreteria telefonica per un paio d'ore. A Ben non piace che sia in funzione durante l'orario d'ufficio, dice che dà un'impressione di inefficienza.

Rose non glielo dice. Fa in modo di essere in piedi molto tempo prima che lui torni a casa per pranzo. Risponde a tutti i messaggi e rassicura personalmente ogni cliente che Ben lo richiamerà poco dopo le due. Si sente un po' in colpa per questo piccolo inganno, ma ha un bisogno disperato di riposo. Si convince sempre di più che questi non sono solo gli strascichi della malattia di Damien. Sembra la stanchezza rompiossa dei primi tempi della gravidanza.

Ormai Damien è praticamente guarito. Ma più migliora

e più Rose si sente spossata e sull'orlo del pianto. Ora che non deve più tenerlo d'occhio ogni momento, essere di guardia ventiquattr'ore su ventiquattro, l'innaturale energia dei primi giorni l'abbandona completamente. Il suo unico desiderio è dormire. Aspetta con ansia il week-end. Ben ha promesso che sarà a casa, per occuparsi di Damien al suo posto. Le sembra che il venerdì sera non arrivi mai.

Quando il giovedì sera Ben torna a casa per cena, si sente un po' meglio. Sa che in gran parte la sensazione di benessere è dovuta alla piacevole attesa del sabato. Una giornata a letto, un lungo bagno e la sera da passare in accappatoio.

«Hai un'aria molto più vivace» osserva Ben. «E Damien sembra tornato quello di prima», aggiunge, affacciandosi nel soggiorno dove Damien è circondato da una tormenta multicolore di Duplo.

«Sì, mi sento quasi un essere umano. Stanotte ho dormito bene.» Rose ha deciso di non dire niente a Ben dei suoi sospetti. Vuole aspettare di essere sicura al cento per cento. Non vuole un altro falso allarme, un'altra delusione.

«Bene. Un'altra bella dormita stanotte e ti rimetterai in sesto. Ho invitato Barry e Caroline a cena sabato sera: niente di elaborato, mi raccomando, niente banchetti; a quanto pare, in futuro io e lui lavoreremo molto insieme. Voglio tenermelo buono.»

Dal suo tono di voce Rose sa che è inutile protestare.

Le pare già di sentire le sue risposte logiche e sensate. Certo, sabato si occuperà lui di Damien. Se è questo che vuole, lei potrà rimanere a letto fino alla sera. Ci penserà lui a comprare tutto quello che le occorre. Una cenetta alla buona. Non ci metterà molto tempo a prepararla. Vengono solo per una bicchierata. Probabilmente a mezzanotte se ne saranno già andati.

Tre ore ritagliate da un intero week-end non sono molte, no?

Rose è furiosa. Non è per la fatica, non è per la cucina, non è per niente in particolare. Tutto quello che vuole è tempo. Tempo magari per creare l'atmosfera giusta per dire a Ben che forse avranno un altro bambino. Tempo per avere l'attenzione di Ben tutta per sé. Non vuole estranei in casa il sabato sera. Il solo pensiero ha l'effetto di guastare tutto il week-end. A parte le pulizie e il cucinare che adesso dovranno essere fatti in un altro momento, Rose detesta l'idea di dover dividere Ben con altre persone.

«Che genere di cena avevi in mente?» gli chiede.

Mercoledì 5 aprile; ore 11.00

Rose fermò la macchina davanti allo studio di Barry Herbert sul corso di Malahide. Aveva provato a telefonare prima di uscire di casa, ma entrambe le linee erano occupate. Rose non poteva più aspettare, nemmeno il tempo di comporre un'altra volta il numero. Aveva bisogno di agire, di sapere che cosa stava succedendo. Non voleva essere liquidata da qualche segretaria che la costringeva a prendere un appuntamento più in là nella settimana. Doveva farlo adesso; non voleva che questa nuova sensazione di avere tutto sotto controllo le sfuggisse.

Avrebbe fatto in modo che Barry Herbert la ricevesse, anche solo per pochi minuti. Decise di sedersi nella sua anticamera a sfogliare riviste, fino a quando avrebbe trovato il tempo di riceverla.

Questo era un trucco che ricordava dagli inizi dell'attività di Ben, quando passava tutto il tempo a lavorare nell'ufficio di casa. Damien aveva quattro anni quando si erano trasferiti in una casa più grande con quattro camere da letto sulla litoranea. Al pianterreno c'era un ampio soggiorno che trasformarono in ufficio, con accanto una sala d'attesa più piccola, la quale originariamente, una quarantina d'anni prima, era la cucina. Rose poteva far accomodare i clienti in quella stanzetta senza turbare la privacy della loro abitazione. Quelle erano le prime due stanze che avevano arredato poco dopo il trasloco, e gli affari andavano a gonfie vele.

Ricordava individui in giacca e cravatta seduti nella saletta, decisi a vedere Ben e pronti ad aspettare tutto il giorno se fosse stato necessario. Alla fine li avrebbe ricevuti, se non altro per liberarsene. Quei colloqui raramente duravano più di dieci minuti, e spesso Rose pensava che le visite d'affari fossero la cosa più ingrata di questo mondo.

Erano appena le undici; si poteva permettere di aspettare addirittura fino alle due senza sentirsi sotto pressione. Una volta lì, aveva già fatto un passo avanti. Seduta a casa accanto al telefono, ad aspettare che le succedesse qualche cosa, anziché farla succedere, non era quello che voleva.

Come Rose si aspettava, la receptionist fu molto gentile. Prese il «Time» e scorse un articolo su Bill Clinton e l'assalto dei media a Hillary, mentre teneva un occhio incollato alla porta dello studio di Barry.

Barry uscì per riceverla quasi immediatamente. Le strinse la mano con un'aria un po' turbata. Rose pensò che era stranamente formale. Doveva essere capitata in un brutto momento.

«Entra, Rose. Cliodhna, ci porta per favore... tè o caffè, Rose?»

«Caffè, grazie, Barry.» Con piacere osservò che era tornato alla disinvoltura dei modi familiari. Sembrava aver ritrovato l'equilibrio.

Il suo ufficio era nei toni rilassanti del corallo. I mobili erano comodi, pregiati ma discreti. Barry Herbert se la passava bene.

Sul pavimento accanto alla scrivania notò una borsa da viaggio con il tagliando della compagnia aerea ancora attaccato. Una copia del «Financial Times» stava sul tavolinetto insieme a una custodia contenente dei biglietti aerei. Un mazzo di chiavi giaceva vicino a un portafoglio di pelle morbida, e la giacca di Barry era buttata sullo schienale della sua sedia.

«Scusami Rose, arrivo adesso dall'aeroporto. Scusa per il disordine.»

Perché la gente si sentiva sempre obbligata a scusarsi per il disordine causato dalla vita normale? E questa domanda veniva proprio da lei, che fino a tre giorni fa teneva la cucina in un ordine chirurgico come se fosse una sala operatoria. La vita è un macello, le venne da dire, segui la corrente.

«Figurati, Barry.» Si trattenne dal chiedergli scusa, dal dirgli «Non ti ruberò molto tempo», oppure «Spero di non disturbarti, ma...», e aspettò invece che si sedesse di fronte a lei, dedicandole tutta la sua attenzione. Cliodhna arrivò con il caffè, e Rose sperò che fosse meglio di quello di Jack Morrissey.

«Che cosa posso fare per te, Rose? Va tutto bene?»

La sua era una domanda di circostanza, e non si aspettava una risposta negativa.

Rose prese un sorso del caffè caldo e forte. Meglio.

«Ho bisogno di qualche informazione, Barry. E no, non va tutto bene. Lunedì Ben mi ha lasciata.»

La faccia di Barry cambiò letteralmente colore, da olivastra a bianca a verde. Rose trovò molto interessante osservare i cambiamenti fisici prodotti dallo shock. La tazza di caffè gli si bloccò in mano senza arrivare alla bocca, in puro stile sitcom. Poi la posò con cura guardando Rose da sopra gli occhiali eleganti.

«Cos'ha fatto?»

«Se n'è andato. Credo che sia una cosa definitiva; così dice. Ma al momento non ho modo di rintracciarlo, e ci sono un paio di cosette che mi preoccupano. Ci sono dei buchi che vorrei colmare. Non voglio comprometterti in alcun modo, Barry, ma ho bisogno di un po' di aiuto amichevole.»

Aveva la sensazione che fosse qualcun altro a descrivere la sua vita. Si sentiva staccata, completamente distinta dalla persona che lunedì si era alzata alla solita ora. Il suo era un senso di isolamento decisamente fastidioso. Rose era al tempo stesso spaventata e compiaciuta della bravura con cui riusciva ad apparire tanto indifferente, tanto pratica.

Me la sono cavata bene, vero? Sto facendo progressi.

«Quando è andato via?»

Rose lo guardò. Il suo shock non era un tantino esagerato? Cosa gliene importava di sapere quando era andato via Ben? A meno che... se ne fosse andato nel bel mezzo di qualche affare in corso piantando in asso Barry? Questo poteva spiegare il suo strano colorito.

«Lunedì. Lunedì mattina presto» spiegò Rose condiscendente.

Barry giunse le punte delle dita.

«Rose, tu mi hai appena dato la soluzione a un problema che non sapevo di avere fino a questa mattina, fino a dieci minuti fa.»

Prese una busta e tirò fuori un unico foglio di carta da lettere. Sebbene fosse capovolto, Rose riconobbe la scrittura grande e sicura di Caroline. Le tornarono in mente i biglietti natalizi.

«A meno che non abbia preso un granchio, in questo preciso istante tuo marito e mia moglie se ne stanno sdraiati insieme su qualche spiaggia del sud della Spagna.»

Qualcosa cominciò a ronzare nelle orecchie di Rose. Ebbe una sensazione di luce e di splendore, di immagini e di suoni. Sprazzi di ricordi si sovrapposero, gli uni sugli altri. E sentì il suono quasi fisico di cose che tornavano a posto con uno scatto, come una maniglia ben oliata.

«Penso proprio che tu abbia ragione» disse sottovoce.

Novembre 1980

Rose finisce col preparare una cena in grande stile. Quando glielo propone, Ben è contento. Si rende utile, prende in consegna Damien, fa la spesa.

La cosa buffa è che Rose prende in simpatia Caroline Herbert fin dal primo istante. Si era preparata a odiarla. Non è più arrabbiata con Ben, che è stato di una gentilezza squisita per tutto il giorno, ma è tuttora intenzionata a odiare Caroline.

Non è affatto come Rose se l'era immaginata. È piccola e di corporatura minuta, ha i capelli scuri ed è vestita di morbida seta color pesca. Vicino a lei Rose si sente grossa e goffa, ma poi si scioglie e ritrova la sua disinvoltura. Si siedono sul divano e Caroline tocca la fotografia di Damien che è sul tavolinetto.

«Che bambino delizioso! Quanto ha?»

Parlano di bambini finché le ultime briciole di tensione e risentimento scompaiono. Suo malgrado, Rose comincia a trovare la serata piacevole.

La cena è un successo strepitoso.

Sorseggiando il vino con estrema lentezza e attenzione, Rose osserva Ben. Forse, dopo tutto, questa sera è quella giusta.

Dopo il dessert, Rose sorride a Ben dalla sponda opposta della tavola e lui la sorprende premendole la mano davanti a Barry e Caroline. Ha tutta l'aria di essere una pubblica dichiarazione d'amore. Caroline capisce il significato del gesto e sorride a Rose.

Beatitudine. Damien dorme pacificamente, la fase critica del morbillo è stata superata senza problemi. Ben l'ama.

Rose pensa al bambino in arrivo. Più tardi glielo dirà. L'atmosfera è perfetta.

Caroline sta dicendo: «Oh, Barry, per l'amor del cielo, piantala di essere così pomposo!»

Rose non ha sentito Barry aprir bocca. È sconvolta.

Lei non affronterebbe mai Ben in pubblico a quel modo. Ma Barry non se la prende a male, e perfino Ben ride. Stanno sperimentando il detto secondo cui i matrimoni non sono tutti rose e fiori. Però sembrano abbastanza felici.

Rose nota che Caroline e Barry non sembrano farsi eccessivi problemi per i rispettivi punti deboli. È contenta che lei e Ben pretendano di più l'uno dall'altra, almeno in pubblico.

Rose è affascinata dal rapporto fra Barry e Caroline. C'è una grande confidenza tra loro. I confini sono confusi, non si capisce bene chi guida e chi segue. Questo fatto la turba, a lei piace l'ordine. Le è chiaro che Ben ammira Caroline: è una vera professionista. Più di Barry; con sua grande sorpresa Rose si rende conto che è un rammollito.

Anche Rose ammira Caroline. Per un momento si arrabbia quando Ben, che è fermamente convinto che una madre debba stare a casa con i figli, sembra tutto preso dalla capacità infinita di Caroline di organizzare, delegare e gestire l'attività di Barry e la loro famiglia con estrema efficienza. Ma stasera Rose riesce a sentirsi magnanima verso di lei. Ben ha appena espresso apertamente il desiderio di avere un altro figlio.

Rose sa che maschio o femmina sarebbe indifferente per lui, ma «figlio» è quello che conosce, quello che gli è più familiare, tramite Damien.

Ha le guance un po' arrossate.

«Sì» sta dicendo Ben, «è un ragazzino magnifico.»

Fissa Rose negli occhi.

«Ci piacerebbe molto avere un altro figlio. Speriamo bene.»

E leva il bicchiere di vino alla moglie. Ridendo, brindano tutti.

All'improvviso Rose vorrebbe che gli altri se ne andassero. Vuole sbarazzarsi di tutti i banali sentimenti di rivalità, ridicoli come sono. Vuole dire a Ben del bambino.

«Volete ancora un po' di caffè?»

Rose spera che recepiscano il cortese segnale: è ora di andare. Ben offre del brandy, pregandoli di fermarsi ancora un po'. Ma l'incantesimo si è rotto. Caroline mormora qualcosa a proposito delle baby-sitter mentre Barry si tasta le tasche della giacca e infine trova le chiavi della macchina.

Caroline gli lancia un'occhiata fredda.

«Vuoi che guidi io?»

Barry sostiene di non avere problemi, e Caroline alza le spalle mentre lui non la vede. Rose si gusta la scena.

Appena se ne sono andati, Rose prega Ben di darle un brandy; arriva addirittura a proporre di lasciar stare tutti i piatti e il disordine fino a domani mattina. Ben è sorpreso: una proposta del genere non è da lei. Normalmente non gli piace il disordine mattutino, ma stasera è di ottimo umore.

Ben rievoca la serata, come è sua abitudine. Rose si accontenta di rimanere seduta ad ascoltare; adesso è un po' pentita di essere stata scortese all'inizio, ma è soddisfatta che tutto sia andato come Ben sperava. Aspetta una pausa adatta.

«Damien sta molto meglio adesso» osserva.

Ben annuisce. «Sì, sono andato da lui dopo aver accompagnato Caroline e Barry alla porta: dorme della grossa. Non ha più la febbre. Gli ho rincalzato le coperte.»

Rose sceglie le parole con cura. Ben ha la tendenza a lasciarsi sfuggire le sottigliezze.

«Bene, sono molto contenta che possa riprendere la vita di sempre. Per il prossimo paio di mesi dovrò prenderla con calma.»

Ben la guarda, non ha ancora capito bene, ha paura di pensare quello che pensa.

«Sei sicura? Va tutto bene?» Posa il bicchiere e attraversa a passi rapidi la stanza. Rose annuisce contenta.

«Ma è fantastico, Rose... Sono felicissimo.»

La cinge con un braccio e la culla di qua e di là, accarezzandole i capelli. Lei lo abbraccia a sua volta con furia.

«Andiamo a letto, adesso» gli bisbiglia, stringendolo forte.

Rose ricorda ancora quella sera come il punto culminante del suo matrimonio.

Mercoledì 5 aprile; ore 13.00

Rose lasciò l'ufficio di Barry e scese le scale barcollando; i tacchi picchiettavano contro il legno lucido. Si aggrappò al corrimano per paura che le cedessero le gambe. Era di nuovo accaldata e sudaticcia; voleva tornare a casa di corsa e aprire la doccia. Stava diventando il suo rifugio, l'unico posto in cui riusciva a pensare. I ragazzi rispettavano il bagno come un luogo privato; era l'unica stanza della casa a non essere satura di ricordi. L'acqua la calmò: immaginò che aiutasse i suoi pensieri a crescere, a prendere forma.

Quella stanza si addiceva al suo nuovo senso di nudità e di vulnerabilità. Sotto lo scroscio guaritore dell'acqua non c'erano finzioni, non c'erano abbigliamenti scelti con cura dietro cui nascondersi. C'era solo il rivestimento della sua pelle. Là dentro, poi, poteva piangere a volontà, abbandonarsi a un grande pianto a ondate silenziose, che veniva lavato via. Si sentiva ripulita del senso di fallimento che stava crescendo dentro di lei come un'erbaccia.

Aveva un'ora prima che Brian e Lisa tornassero per pranzo. Ricordò le parole della madre nei momenti di crisi: maledetto, benedetto tran tran. Barry Herbert l'aveva sconvolta, ma non più di tanto. In un certo senso era un sollievo averne finalmente la certezza. Rose si chiese quanto sapesse il suo sesto senso che la sua testa aveva ignorato. Insaponandosi per la seconda volta pensò che non era un caso se aveva messo Barry al primo posto della lista. Lui, poveretto, era distrutto. Non aveva avuto un sesto senso che lo mettesse in guardia. Era scoppiato in un pianto disperato e Rose aveva cercato di consolarlo. Non aveva mai visto prima una persona tanto a pezzi.

Non le era sfuggita l'ironia della situazione, mentre gli

allungava un fazzolettino di carta dalla borsetta e rispondeva al suo telefono dicendo a Cliodhna che non voleva essere disturbato. Stava consolando l'uomo sposato con la donna che era scappata con suo marito. Per la prima volta in tre giorni, anzi, per la prima volta da non ricordava più quando, Rose sentì un bisogno irrefrenabile di ridere. Qual era l'espressione che usava spesso Jane? GIBI, sì, era proprio quella. Grottesco, incredibile, buffo e inaudito. Rose non era riuscita ad addolorarsi per se stessa mentre guardava Barry piangere. Non che pensasse che la sua sofferenza non era genuina. Sapeva fin troppo bene che lo era. Ma aveva, forse solo momentaneamente, perduto la capacità di provare qualcosa tranne un forte senso dell'assurdo. Aveva accolto con piacere il senso di distacco e di forza che l'aveva pervasa mentre raggiungeva la finestra, per dare a Barry il tempo di assimilare quello che gli era appena successo.

Fuori la gente si affrettava con le borse della spesa, si chiamava, schivava il traffico, correndo di qua e di là per sbrigare inverosimili commissioni urgenti. Rose si era domandata che senso avesse tutto questo.

Barry aveva alzato il telefono parlando con voce brusca. Rose non aveva afferrato quello che diceva, ma era bastato il tono. Si era voltata verso di lui notando che il suo viso era stato completamente trasformato dalla collera. Si era meravigliata dell'intensità del suo sentimento. Magari la rabbia per lei sarebbe arrivata più tardi. Per il momento era troppo concentrata a sopravvivere, con le unghie e con i denti.

Barry aveva parlato molto male di Caroline. Rose era rimasta sorpresa. Lei ce l'aveva con Caroline, certo, ma Ben era pur sempre suo marito. Pensava che Barry fosse molto sleale. Se lui ce l'aveva con Caroline, e anche lei ce l'aveva con Caroline, allora qual era il ruolo di Ben in quella faccenda? In tutte le storie di matrimoni naufragati, di relazioni e di separazioni di prova che aveva sentito, Rose aveva riflettuto, tutte le parti coinvolte riservavano alla donna la quota maggiore di risentimento.

Gli uomini erano considerati le vittime passive di femmine rapaci. *Io do la colpa a lei.* Questa era la frase che Rose aveva sentito ripetere all'infinito, e prima era pienamente d'accordo. Ora non ne era più tanto sicura. Era mai possibile che Ben fosse semplicemente un ricettacolo passivo che aspettava di essere riempito fino all'orlo di pericoloso erotismo? Non riusciva a scacciare dalla mente la visione di Caroline fasciata di morbida seta color pesca di tanti anni prima. Non era affatto l'immagine della sgualdrina tipo.

Aveva lasciato che la rabbia di Barry facesse il proprio corso. Lui aveva fatto per scusarsi, ma con un brusco movimento della mano Rose lo aveva bloccato.

«Ti prego, no, Barry. Sono dispiaciuta per tutti e due, è tutto quello che posso dire.»

Lui aveva annuito, il viso ancora in fiamme, la camicia sgualcita, la cravatta storta. In realtà in quel momento era molto più dispiaciuta per lui.

«È tutto okay? Sì, insomma, hai abbastanza... per i ragazzi...?»

Aveva abbassato la voce, imbarazzato per aver fatto quella allusione potenzialmente offensiva. Rose gli aveva letto la mortificazione in tutta la faccia, e si era chiesta come riuscisse a cavarsela negli affari. Forse al mondo c'erano abbastanza persone che apprezzavano la sua onestà vecchio stampo. Sperava di sì; Barry aveva davanti a sé un periodo duro.

«Va tutto bene, Barry, ma vorrei che ci tenessimo in contatto.»

Lui aveva annuito ansioso.

«Sì, sì, mi raccomando... fallo. Forse riusciremo ad aiutarci a vicenda a venirne fuori. Senz'altro.»

Quando era andata via, Barry aveva baciato Rose sulla guancia. Fra quanto tempo Barry avrebbe cominciato a considerare la sua presenza un ricordo troppo doloroso di quello che era successo, e magari anche a prendersela con lei per il modo terribile in cui Caroline aveva abbandonato lui e la sua famiglia? La sua famiglia! Dio, non aveva nemmeno pensato ai loro figli. Non invidiava a Barry il compito di doverlo dire ai figli. Anche lei doveva dirlo a Brian e Lisa, forse presto; ma lo avrebbe fatto per gradi.

Piano, piano. Ogni giorno ha la sua pena. Quanto basta per arrivare a sera.

Adesso, difilato a casa a fare la doccia.

Ancora una volta, Rose indossò la faccia che l'aiutava ad affrontare il mondo. Brian e Lisa sarebbero tornati di lì a un'ora. Gli avrebbe fatto trovare il pranzo pronto. Forse era arrivato il momento di misurargli la temperatura emotiva. Dirglielo o non dirglielo. Dirgli cosa? Che il loro papà se la stava spassando nel sud della Spagna, che si godeva il sole, il mare e la sangria? Nemmeno per idea. O che forse non avrebbero più vissuto tutti insieme? Nemmeno lei sapeva quale era la verità.

Se Ben fosse tornato... Rose si tirò su di colpo dal mobiletto sotto il lavello da dove aveva tirato fuori una casseruola. Al diavolo quello che Ben avrebbe voluto o non voluto. Lei come la pensava? Aprì una scatoletta di zuppa di pomodoro, la preferita dei ragazzi. Gliela dava di rado, normalmente la faceva in casa. Di solito la mangiavano senza commenti, come ospiti educati ma poco entusiasti. Quindi oggi il pranzo era offerto dal signor Campbell: la zuppa, pane tostato e formaggio avrebbero tappato il buco fino all'ora di cena.

Aveva difficoltà a tenere sotto controllo il flusso dei pensieri. Doveva veramente aspettare di sapere che intenzioni avesse Ben, prima di prendere le proprie decisioni? Certo che no. La vecchia routine era finita, era stata distrutta in meno di tre giorni. Tre giorni incredibilmente lunghi e dolorosi, ma anche tre giorni in cui la sua mente e il suo io avevano funzionato in una maniera che, a quel che ricordava, non aveva mai notato prima. Rimescolando la mistura rosso scuro le vennero idee omicide.

Sapeva che mariti e mogli di ogni dove spesso si ferivano a vicenda con arnesi più o meno affilati. Ultimamente, durante una riunione di beneficenza, una donna aveva raccontato di essere saltata addosso al marito con un paio di forbici. Gli aveva scalfito la pelle del torace e il rivolo scuro e attaccaticcio li aveva spaventati entrambi riconciliandoli.

«Non erano quelle affilate; quelle da cucito erano giù al piano di sotto» aveva detto.

«Vuoi dire che non erano abbastanza taglienti!» aveva ribattuto una donna che Rose conosceva vagamente.

Rose era trasalita allo scroscio di risate rauche che aveva inondato la cucina. Avevano fatto seguito altri racconti. Tacchi a spillo, tracolle, portacenere, erano tutti oggetti usati come armi nella guerra coniugale. Il fatto sorprendente era, aveva pensato Rose, che nessuno avesse riportato ferite più gravi. Quelle risate erano state contagiose. Jane si era asciugata le lacrime dagli occhi con lo strofinaccio, e più che di tutto il resto Rose aveva riso per lei. La violenza sconsiderata di quelle donne l'aveva sconvolta, ma appena le risate erano scemate, nell'aria era rimasto un senso tangibile di liberazione. Rose non riusciva a definirlo con esattezza, ma somigliava alla sensazione che aveva da piccola dopo essersi confessata. Era la prima volta che ripensava a quella riunione; si era sentita a disagio. Anche se si era unita alle altre, il suo riso era stato prudente, educato, un po' turbato.

Prima di allora non aveva mai pensato alla violenza in famiglia come un fatto che la riguardava. Era un Tema, un Problema Sociale che veniva discusso in televisione. Era una di quelle cose che le avevano sempre fatto scuotere la testa incredula. Si sentiva piena di riconoscenza perché nessun terribile fatto del genere aveva mai toccato la sua famiglia. Naturalmente avrebbe protetto i figli, se mai fosse successo, ma era da escludere. Siffatti episodi le facevano sempre provare un affetto particolare per Ben.

Ricordò che dopo quella riunione era tornata a casa e la sera aveva preparato una cena veramente speciale per tutta la famiglia. Si era sentita grata. La vita era bella.

Ora, mentre rimescolava la zuppa in ebollizione, le vennero in mente le uova che aveva sul fuoco la mattina in cui

Ben se ne era andato. Se fosse tornato, sarebbe stata abbastanza arrabbiata da colpirlo con le forbicine da unghie, da pestargli il piede nudo con i tacchi a spillo? Forse, in fondo, queste cose non erano poi tanto definite.

Appena sentì Brian e Lisa venir su per il vialetto discutendo versò la zuppa fumante nelle scodelle.

Dopo pranzo Rose si guardò intorno, cercando di individuare le faccende su cui poteva tirar via. Mandò Brian e Lisa a fare i compiti in stanze separate. All'improvviso si sentiva stufa dei loro battibecchi. Si rendeva conto che la tenevano d'occhio. Non voleva affrontare la questione, non ancora.

Mentre dava una spolverata frettolosa ai quadri, all'improvviso si trovò a lottare con una spossatezza opprimente, un'ondata di fatica dopo l'altra. Senza nemmeno pensare ai bambini raggiunse a tentoni la camera da letto. Puntini di luce e di oscurità cangianti e neri danzavano davanti ai suoi occhi. Ebbe la chiara consapevolezza di essere sul punto di svenire.

È il tempo ideale per un funerale. Grevi nubi grigie incombono sopra il cimitero di Balgriffin; una sottile, umida pioggia benedice il corteo. Rose stringe forte la mano di Damien; non riesce più a vedere i figli più piccoli. Con indosso uno degli abiti di Ben, Damien ha un'aria molto adulta. Rose è vestita di nero. Le ha sempre donato.

Da qualche parte una voce salmodiante si diffonde sul generoso contributo che Ben ha dato alla comunità. Rose ha l'impressione di guardare se stessa da un punto su, su in alto, sopra la propria testa. Tutto è chiaro, troppo chiaro. La scena giù in basso ha un che di fragile, come se da un momento all'altro dovesse rompersi in tanti minuscoli pezzettini.

Sente il panico accumularsi nel petto; lotta contro la morsa soffocante che scende turbinando verso lo stomaco. Che cosa farà quando avrà raggiunto i piedi? Sarà in grado di tenersi sulle gambe? Oppure scivolerà goffamente nella fossa di Ben trascinandosi dietro Damien?

Damien, che sembra tanto adulto, tanto gentile, così simile a Ben prima che ingrigisse. Rose si sforza di rimanere in piedi, ma sta scivolando, scivolando via da tutti quanti. Non riesce ad afferrare nessuna delle mani che le vengono tese. Polpastrelli allettanti le sfiorano i lisci guanti neri. «Quant'è lunga questa caduta» pensa.

Con uno di quei soprassalti sgradevoli che le capitavano spesso proprio quando stava per abbandonarsi al sonno, Rose si svegliò.

Le tende erano accostate, la sveglia segnava le sei e trenta. Rose rimase distesa per un momento chiedendosi che cosa fosse successo. L'orrore del sogno impiegò un po' di tempo a diminuire. Il cuore le batteva forte e si sentiva le membra pesanti. Non ricordava di essere arrivata al letto, ma era coperta con il piumino e non aveva le scarpe ai piedi. Doveva esserci arrivata sana e salva prima di svenire. Rose affondò il viso tra i cuscini e lasciò che le lacrime scorressero in silenzio, dissolvendo la cinghia d'acciaio che le stringeva il petto e la nuca. Si permise di sentirsi ottimista mentre un nuovo impeto di energia prendeva il posto dell'inerzia.

Bisogna adattarsi. Evidentemente mi ci devo abituare. Ce l'ho fatta a sopravvivere da lunedì, me la sto cavando bene.

Rose scacciò via il sogno; lo avrebbe messo da parte per Jane e un'altra bottiglia di vino. Si spazzolò i capelli e, senza nemmeno darsi la briga di rifarsi il trucco, scese in cucina dai figli.

Lisa aveva gli occhi rossi. Stava giocherellando afflitta con il piatto di salsicce e fagioli; il tavolo era cosparso di sacchetti di patatine della rosticceria del quartiere. La stanza era avvolta in un silenzio minaccioso. Gli occhi di Lisa la trafissero; Damien aveva la faccia scura mentre Brian era immerso in una rivista di computer. Rose afferrò la situazione nel giro di un paio di secondi. Damien aveva impedito a Lisa di disturbarla. Rose si sentì invadere da una gran pena per il fatto che tutti e tre fossero costretti a crescere tanto in fretta. Nello stesso istante in cui raggiunse il tavolo le fu chiaro come risolvere la faccenda.

«Ehi, non ho parole! Avevo proprio bisogno di fare un sonnellino, siete stati grandi a non disturbarmi. Mi sento rinata.»

Rose si chinò e abbracciò Lisa, ignorando le resistenze della bambina.

«Su, Brian, metti via quella rivista fino a dopo cena. Non si legge a tavola.»

Gli lisciò i capelli in cima alla testa; ce li aveva sempre dritti.

«Avete messo da parte qualche bocconcino per me?»

Passando dietro la sedia di Damien per andare a riempire il bollitore gli posò delicatamente le mani sulle spalle premendo appena. Con sua sorpresa lui allungò una mano e per un momento strinse la sua.

«Allora, lo avete fatto o no? Sto morendo di fame! Lisa, lascia che te lo scaldi. Freddo non deve essere granché.»

Prese il piatto di Lisa e lo mise nel forno a microonde.

«Vado a prenderti le patatine, Ma'. Prendo la bici, così ci metto un attimo.»

Brian afferrò una manciata di monete dal centro del tavolo e la porta di servizio sbatté alle sue spalle. Rose detestava le patatine, ma in quel preciso momento non c'era niente che avrebbe mangiato più volentieri.

Lisa la guardò speranzosa; Rose si sforzò di mantenere un'espressione neutrale.

«Allora, chi mi aiuta a innaffiare e a concimare tutte le piante dopo cena? Hanno un'aria un po' abbattuta.»

Era il lavoretto preferito di Lisa. Annuì impaziente, la bocca piena di patatine e ketchup, gli occhi che le cominciavano a brillare. Mentalmente Rose organizzò il resto della serata. Le piante, un po' di coccole e una lunga storia della buonanotte per Lisa; un'occhiata attenta al progetto scolastico d'informatica di Brian, magari per farlo andare a letto un po' più tardi e poterlo rassicurare che tutto andava bene. E poi c'era Damien.

Le piante non erano le uniche ad aver bisogno di cure in quella casa. Avrebbero giovato anche a lei.

E finalmente venne la sera del terzo giorno.

Febbraio 1981

Di colpo Rose è perfettamente sveglia. Il cuore le batte forte. Sente il corpo massiccio e caldo di Ben accanto a sé. Qualcosa non va.

Un dolore sordo sta emergendo. Si diffonde inesorabilmente verso il basso, allargandosi, attanagliandole la schiena e facendola ansimare per la ferocia del suo attacco.

«Oh Dio no ti prego fa' che non accada adesso, ti prego...»

Ben si sveglia di soprassalto. Lei gli ha afferrato il braccio e lo stringe forte, per alleviare il dolore.

«Che c'è, Rose? Che hai? Su, dimmelo.»

Ben accende la luce e si volta per guardare Rose in faccia.

La maschera bianca del dolore lo spaventa. Due profondi occhi castani, tutto il resto bianco come cera, venato d'azzurro.

«Rose, parlami. Hai male?»

Rose annuisce mentre piagnucola senza posa rivolta a un Dio in cui non riesce più a credere. Un Dio crudele, spietato, capace di fare questo a lei e al suo bambino. È troppo presto. È troppo, troppo presto.

Il dolore raggiunge le ginocchia. Chiude gli occhi, decisa a dormire fino a quando non le sarà passato tutto. Fatto strano, riesce ancora a vedere Ben. Lo sta guardando dall'alto, da una posizione al di sopra di se stessa. Adesso il dolore è in qualche punto lontano da lei, non più localizzato all'interno del suo corpo. È stato Ben a portarlo via?

I pensieri si fondono gli uni con gli altri. Pensieri di carattere pratico riguardo alla cena di domani e alla lezione di nuoto di Damien. Pensieri buffi in cui lei vola e in cui c'è sua madre. In mezzo a tutto questo si rende conto che sta per morire.

Questo pensiero non la spaventa. Ma deve dire una cosa a Ben. Deve fare in modo che l'ascolti.

Ben non ascolta la moglie muta. Scosta il piumino, pronto a prenderla tra le braccia.

Rose lo sente gridare.

«Dio Onnipotente!»

Tutto quel sangue le tiene caldo. Non le dispiacerebbe dormire così; è una bella sensazione.

Ma non la lasciano dormire. Mani forti, tantissime mani la sollevano e l'adagiano su una superficie dura e fredda. Non vuole andare. Urla di lasciarla in pace, ma il suo grido non è che un sospiro.

La stanno portando da qualche parte. Ha le mani fredde. Ben le parla, qualcuno le strofina le mani. Proprio quando la voce di Ben la raggiunge, un'altra sensazione comincia a crescere sempre di più in fondo alla sua gola.

È così che nascerà il bambino? Il suo bimbo non è che un urlo? Rose spalanca gli occhi in preda al panico. Ben è seduto accanto a lei, le tiene la mano, oscillando con forza di qua e di là.

Perché si trova in mare? Di colpo si accorge che quella sensazione spinge su, su, e la vince. Rose s'aggrappa con furia a Ben.

Si chiede perché lui stia piangendo.

Poi vomita, ripetutamente, mentre piange, sanguina, si abbandona, prosciugata da ogni poro.

Si adagia esausta sui cuscini. All'improvviso sente uno strido, come quello che emette il giocattolo preferito di Damien. La sua macchina popi-popi.

Ricordandosi di una cosa importante Rose spalanca gli occhi. Ma continua a sfuggirle.

Ben le scosta i capelli dalla fronte; il suo viso ha un'espressione di tenerezza. Rose sa che è tutto perduto.

«Ci siamo quasi, amore, quasi. Resisti solo pochi minuti ancora.»

Una radio gracchia in sottofondo. Qualcuno dietro di lei risponde:

«Due minuti».

Richiude gli occhi. Non vuole vedere il viso di Ben. Non vuole sapere che cosa ci leggerà.

La stanno portando da qualche parte su una barella. Deve essersi addormentata.

Qualcuno armeggia fastidiosamente con l'incavo del suo braccio. Un giovanotto in camice bianco, lo stetoscopio intorno al collo.

«Stai andando benissimo, Rose. Scusa per il fastidio. È che è un po' difficile trovarti la vena.»

Le sorride, e intanto le parla, la calma.

Qualcun altro la sta spogliando con delicatezza, le toglie strato dopo strato quelli che le sembrano asciugamani, coperte.

Le sue orecchie si tendono. Ode qualcuno dall'altra parte della stanza. Sente dire «battito cardiaco fetale». All'improvviso c'è un gran fermento tutt'intorno a lei.

«Ho perso il bambino, vero? Il bambino è morto?»

L'infermiera mette una mano sulla fronte di Rose.

«Il battito è un po' lento.»

«Che significa? Per favore, per favore, me lo spieghi. Per favore, si informi.»

Il medico le è di nuovo accanto. Le mette una mano sul braccio.

«Mi dispiace, Rose. Non riusciamo a sentire il battito. Hai perso tantissimo sangue. In queste condizioni il bambino avrebbe difficoltà a sopravvivere.»

Rose comincia a tremare da capo a piedi, in maniera incontrollabile. Un'infermiera appare al suo fianco sinistro, la faccia tutta gentilezza.

«Lascia che ti avvolga con queste coperte. Sei gelata.»

«Dov'è mio marito?»

«Qui fuori. Verrà tra un momento, non appena il dottor Harrington avrà finito. Dobbiamo darti un altro po' di sangue, Rose. Ne hai perso parecchio, ma vedo che già ti sta tornando il colorito.»

L'infermiera le massaggia la mano sinistra. Gentilezza, sempre gentilezza.

Mancavano appena sei settimane. Che Dio crudele.

«Ti daremo qualcosa per alleviare il dolore, Rose. Sta cominciando il travaglio.»

Rose lo guarda inorridita.

«Non potete toglierlo e via? Devo passare tutto quanto per niente?»

Poi le ritorna il sopore. Una sensazione di caldo le sale su per il braccio destro.

Benedetta oscurità.

Giovedì 6 aprile; ore 6.30

La mattina di giovedì era bellissima. Rose si svegliò da un sonno molto leggero, ma fu subito lucida. Le sei e mezzo. Si alzò immediatamente. Stava già imparando che rimanere a letto la mattina non le faceva bene. Se non si alzava subito veniva sommersa da ondate di depressione. Non aveva tempo per essere in ansia. Doveva alzarsi e darsi da fare.

Sapeva che doveva andare dall'avvocato, ma non ne aveva voglia. Sembrava un passo molto definitivo. Dal punto di vista razionale faceva bene ad assicurarsi di essere tutelata, a informarsi sulle alternative che aveva se Ben non fosse tornato. Ma era il suo cuore a non volerne sapere, e lei continuava a rimandare la cosa.

Aveva intenzione di passare la mattinata a cucinare. All'ora di pranzo tutti i pasti per il resto della settimana sarebbero stati nel freezer. Aveva bisogno di sentire che aveva quella parte della sua vita sotto controllo. E poi era stata invitata a pranzo da Jane, quindi aveva qualcosa da aspettare con impazienza.

Anche la serata di ieri era stata piacevole. La piccola Lisa era andata a letto molto più contenta. Rose non le aveva detto niente di Ben; piano, piano, per il momento.

Brian le aveva chiesto quando sarebbe tornato a casa papà. Rose gli aveva risposto che sinceramente non lo sapeva, ma immaginava il diciassette. Era parso soddisfatto di quella risposta. Le aveva spiegato in tutti i dettagli il suo progetto di informatica, e lei gli aveva fatto credere di non essersi accorta di quanto fosse tardi. L'espressione di trionfo della sua faccia quando aveva finto di accorgersi che erano le dieci e mezzo era bastata a persuaderla che anche lui, per il momento, stava bene.

Damien era rimasto alzato insieme a lei fino alle due. Da mezzanotte in poi aveva lottato con una grande voglia di aprire un'altra bottiglia di vino. Prima non era mai stata una bevitrice, e adesso invece aspettava con impazienza di farsi un paio di bicchieri ogni sera. Così riusciva ad affrontare più rilassata il buio. Fu sfiorata dal pensiero che probabilmente quello era il modo per ritrovarsi con un problema. Al diavolo... Quello, lo avrebbe affrontato in un altro momento.

L'espressione preferita della madre continuava a risuonare nella sua testa. Ogni giorno ha la sua pena. Quanto basta per arrivare a sera. E lei ne aveva avute più di una. Dopo una battaglia di quasi un'ora, quando aveva capito che Damien non sarebbe andato a letto di lì a poco, aveva ceduto. Damien era su di giri. Non lo aveva mai visto tanto loquace. Questa volta, quando era andata a prendere la bottiglia e il cavatappi, aveva preso anche due bicchieri.

Aveva capito che la cosa gli faceva piacere. Ma dentro la sua testa i campanelli d'allarme si erano messi a suonare. Voleva essere sincera con lui.

«Damien, non voglio che tu ti senta in dovere di prendere il posto di papà durante la sua assenza.» «Assenza» le sembrava la parola più neutrale, più sicura. Lui aveva alzato le spalle.

«Non lo faccio» le aveva risposto. «Ma sono abbastanza grande da rendermi conto che sta succedendo qualcosa. E ci sono diversi modi in cui posso rendermi utile.»

Ancora una volta Rose aveva avuto la sgradevole sensazione che Damien fosse contento dell'assenza di Ben, e questo fatto l'aveva rattristata.

«Non voglio che tu mi protegga, o impedisca ai piccoli di disturbarmi. Ti sono grata per oggi pomeriggio: infatti, più che addormentarmi sono svenuta. Ma la tua vita va avanti, e devi seguirla.»

All'improvviso Damien le aveva sorriso.

«Questo significa che venerdì posso andare in discoteca?»

«Sì, significa che venerdì puoi andare in discoteca; sono perfino disposta a pagarti perché tu vada in discoteca venerdì!»

Poi avevano riso e chiacchierato in un'atmosfera calda e rilassata, e Rose aveva capito che era impossibile tornare indietro. Qualunque cosa fosse successa, ormai aveva un altro adulto in casa, e non sapeva bene se ne era contenta.

Aveva scosso la testa quando Damien aveva teso il bicchiere per farselo riempire, e per un po' avevano bisticciato bonariamente. Sospirando e scuotendo la testa per finta disperazione Rose gli aveva coperto di vino il fondo del bicchiere, e basta.

Alle due, tutta la stanchezza della giornata l'aveva colpita all'improvviso. Rinfilando il tappo nella bottiglia aveva detto a Damien di andare a letto. Aveva messo la bottiglia nel mobiletto del soggiorno e poi, ripensandoci, lo aveva chiuso a chiave e si era infilata la chiave nella tasca della vestaglia. Non c'era motivo di tentare la sorte.

Al mattino si sentiva straordinariamente rinvigorita dopo un sonno brevissimo. E per giunta aveva perso un altro chilo. Sotto la doccia sghignazzò addirittura al pensiero di quello che avrebbe raccontato a Jane a pranzo sulla sua scoperta. Un metodo infallibile per perdere peso. Pagate qualcuno per avere una relazione con vostro marito, e perderete sei chili in quindici giorni, garantito. Oppure riavrete indietro vostro marito o i vostri soldi.

Giovedì 6 aprile; ore 12.00

Rose stava dando gli ultimi tocchi alla quiche quando squillò il telefono. Si asciugò in fretta le mani e alzò il ricevitore. Udì il suono metallico della chiamata interurbana prima ancora di dire «Pronto?»

Sentì un tuffo allo stomaco e il cuore prese a batterle più forte. Aveva la bocca secca; faceva fatica ad articolare le parole.

«Pronto?» disse ancora.

«Rose?» Una voce femminile.

Caroline? Ben aveva avuto un incidente? Era morto? Rose si sentì invadere dalla paura.

«Sì, sono Rose.»

Afferrò il filo del telefono e aspettò come se ne andasse della vita.

«Rose, sono Martha.»

Quasi scoppiò a piangere per il sollievo e la delusione.

«Martha, dove sei?»

«A Sydney, stupidona. Dove vuoi che sia?»

Il ritardo era fastidioso. Cominciarono a parlare tutte e due contemporaneamente e le loro voci si scontrarono lungo la linea.

«Vai prima tu!» gridò Rose.

«Torno a casa per sei settimane. Non prenotare nessuna vacanza per luglio! Muoio dalla voglia di vederti!»

Quasi vent'anni. Solo una visita, dieci anni fa, quando era morto il padre. Figlia unica, Martha aveva sempre pensato di non avere più una famiglia una volta che suo padre se ne era andato. Per i primi anni avevano mantenuto contatti molto fitti; poi, dato che avevano poche cose in comune per alimentarli, la corrispondenza si era diradata fino a cessare. E adesso Martha stava per arrivare, proprio nel momento in cui Rose aveva più bisogno di lei.

Non poteva dirglielo adesso, non al telefono. Le avrebbe scritto. Questo era il gradevole passatempo che si sarebbe concessa per la serata. Avrebbe scritto a Martha. Avrebbe disposto l'intera storia sui fogli azzurri della posta aerea per vedere cosa ne veniva fuori. Questo esercizio l'avrebbe aiutata a dare un senso a tutto quanto.

Prospettiva. Era uno dei paroloni preferiti di Martha. Avrebbe trovato una prospettiva.

«È magnifico! Sarò felicissima di vederti! Sei sempre allo stesso indirizzo?»

La voce di Martha si fece indistinta. Rose non riuscì ad afferrare quello che diceva.

«Sei sempre allo stesso ospedale?»

Rose si era messa a urlare. Voleva disperatamente mantenere la comunicazione.

«Ti scrivo all'ospedale, d'accordo?»

«Benissimo! Ti sento perfettamente, ma è chiaro che tu hai problemi a sentire me. All'ospedale va benissimo. Reparto di pediatria. Fallo presto!»

«Stasera, ti scrivo stasera, promesso!»

Il resto fu indecifrabile. Rose riagganciò e scoppiò in singhiozzi.

Il giorno delle sue nozze... Martha come damigella d'onore... La vodka con il Seven-Up... Rose pianse senza posa fino a svuotarsi.

Poi si sedette svogliata in soggiorno, fino a quando fu ora di andare da Jane.

Giovedì 6 aprile; ore 13.00

Aprendo la porta Jane fece una smorfia. Indicò a gesti la cucina e alzò gli occhi al cielo. Rose intuì che aveva ricevuto qualche visita inaspettata. Scosse la testa per segnalare a Jane che non le importava. Poi si salutarono, a voce alta e allegra. Jane le fece strada verso la cucina che era insolitamente ordinata.

«Rose, ti presento Colette, mia cognata. Colette, questa è la mia amica Rose.»

Rose era compiaciuta. Prima Martha, e adesso Jane che la presentava come un'amica. Quasi quasi cominciava a provare una sensazione che somigliava alla gioia.

«Piacere di conoscerti, Colette.»

Rose le strinse la mano. Consegnò la quiche a Jane che emise un grido di entusiasmo.

«Ah, che cara sei! Hmm, è ancora calda; appena uscita dal forno!»

Rose stette a guardare mentre Colette mostrava qualcosa di più che un educato interesse. Jane la incitò: «Guarda qui, Colette; scommetto che saresti disposta a dare il braccio destro in cambio di un po' di questa!»

«Ha un aspetto delizioso. Su, avanti, non tenermi sulle spine.»

Rose si sedette mentre Jane tagliava tre generose porzioni e metteva l'insalatiera colma sul tavolo. Colette si servì. Rose non riusciva a stabilire se la donna avesse una gran fame oppure fosse solo una gran maleducata.

«Perfetta.»

Si rivolse con tono brusco a Rose.

«Hai mai pensato di farlo per soldi?»

Lo sguardo di Rose vagò da lei a Jane e poi tornò indietro.

«No» rispose infine. «No, non ci ho mai pensato.»

Ma la sua testa era già tutta un ronzio di ingranaggi. Sapeva che la domanda di Colette non era oziosa.

«Colette gestisce un piccolo ristorante a Greystones insieme a una socia. Tu sei arrivata proprio mentre mi stava dicendo che ha problemi con i fornitori.»

La faccia di Jane non tradiva assolutamente nulla.

Rose aspettò che Colette continuasse.

«Sto cercando una persona che possa fornirmi quiche, pane nero fatto in casa, focaccine e cose del genere. Saresti disposta a prepararmi qualche assaggio? Poi, se siamo tutte e due dell'idea, ti farò un ordine settimanale. Pensi che la cosa potrebbe interessarti?»

«Sì, mi interessa moltissimo. Quando vuoi che ti faccia la consegna?»

Ecco una cosa che Rose desiderava fare improvvisamente con tutta se stessa. Non aveva bisogno di consultare nessuno; per il momento non c'erano né altre persone né altri programmi con cui dover fare i conti. Quell'impegno l'avrebbe tenuta occupata, e magari le avrebbe portato altro lavoro.

«Che ne dici di domani mattina?»

Colette le diede un bigliettino del ristorante. Rose lo scorse. La Bonne Bouche, Greystones, Co. Wicklow. Un bel viaggio. Doveva programmarsi la giornata al minuto. Le fu chiaro che si sarebbe dovuta alzare alle sei tutte le mattine. Era pervasa da un senso di risolutezza. Il suo entusiasmo era sproporzionato per un impegno da poco come quello.

Sorrise a Jane con sincera riconoscenza. Cominciò a mangiare con un atteggiamento mentale nuovo, critico, già regolando gli ingredienti e calcolando il prezzo di ciascuno. E sì che Dio le era testimone: quella era una cosa in cui era brava; aveva fatto un apprendistato più che sufficiente.

Andò via per farsi trovare a casa quando Brian e Lisa

sarebbero tornati da scuola. Colette e Jane ancora chiacchieravano; si sarebbe aggiornata con Jane più tardi. Adesso aveva da fare.

Quando arrivò a casa vide una macchina ferma davanti al vialetto d'accesso. Rose si avvicinò alla portiera con prudenza: era Lisa, pallidissima. La sua insegnante scese e salutò Rose con tono di scusa.

«Mi dispiace molto, signora Holden. Abbiamo telefonato circa un'ora fa ma non rispondeva nessuno. Lisa ha insistito dicendo che sarebbe tornata presto, e non c'è stato verso: è voluta venire per forza ad aspettarla.»

Ann Walsh si avvicinò a Rose e abbassò la voce.

«Si è sentita male, ma c'è anche qualcosa che la preoccupa. Era talmente ansiosa di tornare a casa che abbiamo deciso che era meglio venire qui e aspettarla.»

«Grazie, grazie tante. Ha detto perché era preoccupata?»

Ann esitò un momento.

«Sembrava preoccupata che lei stesse male. Era in ansia perché lei non rispondeva alla porta, soprattutto dal momento che la sua macchina era qui. Le ho detto che magari era uscita a fare una passeggiata, con questa bella giornata. Ma sembra inquieta.»

«Grazie» disse ancora Rose. «Lo so che cosa c'è che non va. Ci penserò io.»

Aprì la portiera anteriore della macchina e tese le braccia verso Lisa.

«Vieni, tesoro. Adesso ti facciamo star meglio.»

Lisa crollò. Si aggrappò a Rose tra i singhiozzi. Rose segnalò a gesti ad Ann che era tutto sotto controllo e, tenendola stretta tra le braccia, condusse Lisa fino alla porta d'ingresso. La portò difilato in camera e si distesero insieme sul letto matrimoniale. Rose tirò su il piumino e cullò la sua bambina fino a quando i singhiozzi non cessarono.

Era arrivato il momento di dirglielo.

Giovedì 6 aprile; ore 15.55

Rose chiuse la porta della camera senza far rumore. Lisa si era addormentata, finalmente. Doveva aver dormito anche lei, erano quasi le quattro.

Sentì una fitta di panico, poi si ricordò. Giovedì: Brian aveva gli allenamenti di pallacanestro. Socchiuse la porta della cucina e riempì il bollitore. I ragazzi sarebbero tornati entro mezz'ora. Doveva trovare il modo di dirlo a Brian, senza dare l'impressione di aver mentito la sera prima.

Lisa aveva sentito John e Damien parlare mentre andavano a scuola. Sebbene fossero stati piccoli solo fino a ieri, avevano dimenticato che i bambini sentono tutto, soprattutto quello che non dovrebbero sentire.

John aveva domandato a Damien se il padre sarebbe tornato.

Rose riusciva a immaginare la sua risposta. Un'alzata di spalle: «Non credo; non s'è fatto vivo». Lisa aveva messo queste parole insieme a quella che chiamava la «brutta aria» che c'era in casa, e tutta la fatica della sera prima era stata vanificata. Era terrorizzata. Durante la mattina si era convinta che anche Rose se ne sarebbe andata, e che doveva tornare a casa per fermarla.

Rose aveva fatto del proprio meglio per spiegarle.

«A volte i grandi combinano pasticci, ed è meglio che vivano separati per un po'. Ma io non vado da nessuna parte, Lisa; dove sarai tu ci sarò anch'io. Ti prometto che non vado da nessuna parte.»

«Per chi è meglio? Per i grandi?»

La voce dell'innocenza.

«Be', sì, ma anche per i bambini. Non fa bene crescere

insieme a persone che non vanno d'accordo; si diventa infelici.»

«Tu e papà non andavate d'accordo?»

Rose aveva difficoltà a rispondere.

«No, tesoro, non andavamo d'accordo. Ma qualunque cosa accada, baderemo entrambi a farvi restare tutti e tre insieme, ad accudirvi e a rendervi quanto più felici possiamo.»

«Posso avere una tazza di cioccolata?»

Rose le aveva dato un bacio.

«Certamente. Anzi, la preparo per tutt'e due e la porto a letto.»

Ma non aveva fatto in tempo a uscire dalla stanza che Lisa si era addormentata.

Rose era grata per la capacità dei bambini di staccare appena avevano ricevuto informazioni sufficienti; era sicura che si sarebbe sentita rivolgere quelle domande all'infinito. Avrebbe continuato a dare le stesse risposte, semplici e schiette, fino a quando le domande sarebbero diventate una formalità. Non più una richiesta di informazioni, ma semplicemente il bisogno di sentir ripetere come un mantra le stesse parole rassicuranti.

Si preparò una tazza di caffè istantaneo. Era preoccupata per l'apparente disinteresse di Brian, per il fatto che si fosse rifugiato nel mondo dei computer. Avrebbe dovuto dirgli più o meno le stesse cose che aveva detto a Lisa, ma lui era più difficile da decifrare. Non sarebbe stato uno scherzo capire se si sentiva rassicurato.

E doveva dire a Damien di stare attento a quello che diceva in loro presenza. Dio, quanto era complicato. Rose si passò le mani tra i capelli, cercando di alleviare la tensione che aveva nella fronte. Tutto questo caos, e nessuno di loro sapeva dell'altra donna!

Era profondamente riconoscente a Martha per averle telefonato. Aveva un bisogno disperato di passare qualche ora in completa solitudine; quella lettera stava diventando un punto luminoso in mezzo alla sua oscurità.

Avrebbe mandato tutti a letto presto, e domani poteva... Cristo! Le quiche! Si sforzò di darsi una calmata.

«Non devo combinare un pasticcio.»

Disse queste parole ad alta voce mentre buttava i fondi del caffè nel lavello. Avrebbe fatto esattamente come aveva programmato; Lisa poteva prendersi un giorno di vacanza da scuola e aiutarla. Il viaggio fino a Greystones e ritorno sarebbe stato un'occasione per chiacchierare. Magari potevano addirittura pranzare insieme al ristorante di Colette.

Grazie a Dio domani era venerdì. Due giorni pieni per ricaricarsi, e poi era passata una settimana. Sette giorni senza Ben. La fine della prima settimana. Senza Ben.

Brian e Damien rientrarono insieme, affamati. Rose accese il forno e abbassò la fiamma al minimo sotto la verdura.

E così venne la sera del quarto giorno.

Febbraio 1981

C'è una luce molto forte quando Rose si sveglia. Ben è chino sopra di lei. Le prende la mano e la stringe tra le sue.

«Bentornata.» Le bacia entrambe le guance. «Mi dispiace, amore, mi dispiace tanto.»

In realtà, lei lo sapeva già. Lo sapeva fin dal momento in cui si era svegliata quella terribile notte, secoli e secoli fa.

«Che giorno è?» chiede all'improvviso.

«Giovedì.»

«Allora, quando è successo?»

Lui le accarezza i capelli.

«Stanotte, amore. Be', in realtà stamattina, alle due.»

«Dimmi cos'è successo. Non ricordo niente.»

Con dolcezza, con tristezza, Ben colma tutti i vuoti.

«Dov'è? Dove lo hanno portato?»

Ben le asciuga gli occhi con il dorso della mano.

«Non lo so. Fra poco verrà il dottore.»

A Rose non importa. Scoppia a piangere. A poco a poco mette insieme i dettagli della peggiore notte della sua vita.

Il dolore monta e trabocca, monta e trabocca, all'infinito.

Rose passerà il resto della sua vita a piangere.

Venerdì 7 aprile; ore 5.50

Il venerdì pioveva. Rose detestava guidare con la pioggia. Quando si svegliò e vide quel grigiore opprimente si sentì subito intrattabile. Sotto la doccia, alle sei meno dieci, pensò che quella era la prima emozione normale che provava dall'inizio della settimana. Tutte le altre erano state estreme: disperazione ed euforia, speranza e responsabilità, paura e ancora paura. Di fatto era bello sentire una cosa normale come il malumore; forse era un buon segno. Forse il mondo stava tornando, lentamente, al punto in cui si trovava meno di una settimana fa. Forse questa era la nuova normalità.

Scrivere a Martha le aveva fatto bene. Una volta finito di raccontarle profusamente tutti i particolari degli ultimi quattro giorni, aveva riempito tredici fogli di carta sottile. Aveva usato una scrittura minuta, ordinata, quasi che risparmiare la carta significasse salvare la sua foresta pluviale personale. Sentiva il bisogno di stare attenta a tutto, di risparmiare su tutto, di tener lontano il bisogno. Le sue parole sembravano prorompere senza forma, ma avevano creato il quadro più completo dei mostri che popolavano la sua mente. Una volta fissati sulla carta, li aveva partoriti, staccati da se stessa. Non aveva tralasciato niente, dal giorno delle nozze alle nascite dei figli, al bambino morto, al suo amore ammaccato e bistrattato per Ben. Aveva scritto a Martha di tutti i sentimenti contrastanti che non si era mai resa conto di provare.

Lo rivoleva a casa; lo voleva ammazzare; lo rivoleva a casa per poterlo ammazzare; aveva bisogno di lui per riassestare il proprio mondo.

Finita la lettera aveva fatto un bilancio. Scrivendo a Martha si era resa conto di avere quarantadue anni. Per tutta quella settimana era stata avvicinata da gente che arrivata a quarantadue anni aveva realizzato qualcosa. Non necessariamente gente che conosceva di persona. Gente e basta. Provava un senso di panico quando sul giornale leggeva l'età delle persone sotto le fotografie. Nella sua mente, come un mostro dagli abissi, continuava ad affiorare il pensiero che per lei era troppo tardi. Non aveva realizzato nulla; il suo tempo era scaduto; adesso apparteneva alla generazione anziana. Nulla, eccetto la quantità di anni, la separava dagli ottuagenari. Per i suoi figli tutti quelli della sua età o più anziani erano semplicemente... vecchi. Non c'erano distinzioni. E Martha: Primario del reparto di pediatria.

Non aveva che un paio di quiche al salmone affumicato. E questo le ricordò che ieri sera Brian non aveva voluto mangiare la sua. Dopo gli allenamenti di pallacanestro era irascibile, e Rose lo aveva spronato a mangiare vedendo la sua faccia smunta. Allora era esploso, aveva alzato la voce con lei e uscendo aveva sbattuto la porta della cucina.

«Lo sa?» aveva domandato a Damien.

«Mi ha chiesto se stava succedendo qualcosa, e io gli ho risposto che non sapevo niente. Allora mi ha dato del bugiardo. Mi ha detto che ci aveva sentiti parlare l'altra sera. Io non gli ho detto niente. È andato su tutte le furie, ma non ho avuto il tempo di avvisarti. Mi dispiace.»

Gli occhi di Damien si erano riempiti di lacrime. Rose aveva provato a toccarlo, ma lui si era scostato bruscamente. Lo aveva lasciato stare.

«Non è colpa tua, Damien. Non esiste né il modo né il momento giusto per dirlo. Oggi ho dovuto dirlo a Lisa, quindi adesso è arrivato anche il turno di Brian. Non preoccuparti, è una cosa che doveva succedere.»

Rose si sentiva molto calma, pervasa da un senso di ineluttabilità.

Brian era stato molto più taciturno di Lisa. Gli aveva detto le stesse cose, usando la stessa formula. Lui se ne era stato lì, da una parte, inflessibile, e lei aveva badato a non invadere il suo spazio. Stava seduto sul suo letto, mentre Rose si era accomodata nella poltroncina di vimini vicino alla finestra.

Finito il suo discorso, Brian le aveva chiesto con voce gelida: «Adesso posso guardare la televisione?»

Si era sentita punta nel vivo. La faccia pallida del figlio affondava come un bisturi nel suo cuore. Sapeva che stravedeva per Ben, che lo adorava. Rose aveva sentito incombere la minaccia delle lacrime. Non sapeva che cosa fosse peggio: la gioia maligna di Damien per la cattiva condotta del padre, o la rabbia impietrita di Brian nei suoi riguardi. Aveva mantenuto la voce ferma.

«Sì. Ti metto da parte la cena, nel caso più tardi ti venisse voglia di mangiare. Se hai bisogno di me mi trovi in cucina.»

Rose sapeva che Brian aveva bisogno di tempo per assimilare quello che gli aveva detto. Tornata in cucina, aveva trovato un silenzio opprimente. Il piatto di Damien era intatto, e lei non aveva appetito. Lisa dormiva ancora ed era improbabile che Brian volesse mangiare qualcosa che aveva preparato lei.

L'immagine assurda di una gara di pattinaggio su ghiaccio le turbinò davanti agli occhi. Immaginò i giudici con i cartellini, che assegnavano i voti per l'esecuzione. In quell'arena la sua quiche da premio aveva appena dato una culata in terra. Alla sola parola «quiche» le veniva la tremarella. Doveva fare la lista, la spesa, e preparare tre di quei maledetti cosi, andare fino a Greystones in macchina con quella pioggia del cavolo e poi tornare a casa.

Trasse una serie di profondi respiri. Piano, piano, t'acchiappo scimmietta. Tutto intorno a lei era troppo fragile perché potesse permettersi il lusso di essere imbronciata.

Quando uscì dal bagno Brian si era alzato e vestito. Di solito non era mattiniero. La sera prima era andato a letto senza una parola. Rose lo salutò con calma, senza falsa allegria, senza abbracci, senza smancerie da mammina. Per un po' si evitarono, mantenendo una distanza enorme mentre facevano colazione. Lui stava attento a non avvicinarsi, lei stava attenta a non toccarlo.

Si sedettero. Brian girò il cucchiaio nella scodella per mescolare la pozza attaccaticcia di miele nel porridge. Vide la sua faccetta letteralmente incavarsi e scoppiare a piangere. Grazie a Dio, grazie a Dio, grazie a Dio; quelle parole le mulinarono nella mente mentre aspettava. A sua volta Rose si sentì sull'orlo delle lacrime mentre il figlio alzava verso di lei il proprio dolore dagli occhi enormi, offrendole la disponibilità a farsi consolare. Lo cullò e lo strinse e lui non si oppose. Gli chiese bisbigliando che cosa poteva fare per confortarlo.

Quando sentì che ne aveva abbastanza, gli asciugò la faccia e gli sorrise, cercando di farlo sorridere a sua volta.

«Sai che ti dico? Oggi non mando Lisa a scuola. Più tardi ho un po' di cose da fare. Tu che ne diresti di un giorno di vacanza?»

Brian si illuminò parecchio.

«Dici sul serio?»

«Accidenti. Penso che abbiamo tutti bisogno di passare una giornata insieme. Però non mi dispiacerebbe se mi deste una mano.»

Era diventato impaziente.

«Certo, farò tutto quello che vuoi. Prima posso giocare con il computer?»

Rose annuì.

«Ma finisci la colazione, da bravo. Stai bene?»

«Sì, che tosto.»

Il non plus ultra dell'approvazione. Tosto. Per il momento andava bene. Ogni giorno ha la sua pena. Quanto basta per arrivare a sera.

Informò Damien, ma non gli fece la stessa proposta. Aspettò di sentire l'inevitabile urlo «non è giusto». Ma non arrivò.

«D'accordo. Oggi la squadra di John gioca contro quella di Joseph, e io vado a fare il tifo. Nessun problema per la discoteca, vero?»

Rose ebbe l'impressione di aver passato le ultime ventiquattro ore al tavolo delle trattative ad alto livello dell'ONU.

«No, non c'è nessun problema, ma mezzanotte e mezzo è il limite.»

Uno sguardo alla faccia di Rose gli disse di cedere mentre aveva il vantaggio.

«Bene» disse, e si imburrò la quarta fetta di pane tostato.

Febbraio 1981

Se qualcuno le verrà ancora a dire che ha un angelo in paradiso Rose lo farà nero di botte. Non sa che farsene di una cosa tanto incorporea. Vuole un *bambino* urlante, agitato, assonnato, affamato e perfettamente sveglio alle tre del mattino. Che se ne fa di un angelo? Si metterà a gridare se qualcuno le verrà ancora a dire di farne un altro, come se i bambini, *le persone*, fossero sostituibili.

Quando torna a casa trova un silenzio terribile.

Suo padre è veramente molto indisposto e non può vederla, dice. Grace si tiene a prudente distanza. Se mai ci avesse pensato, Rose se lo sarebbe aspettato. Tuttavia, questo fatto la riempie di delusione e di rabbia.

Ellen è l'unica a dirle semplicemente: «Mi dispiace».

I genitori di Ben la trattano in modo formale, con più cautela del solito. Un paio di volte Rose ha l'impressione di scorgere qualcosa sul viso della suocera che la fa sperare, ma non vengono mai lasciate da sole.

Nei primi giorni Rose crede di impazzire. Ha dato o non ha dato alla luce un figlio? Perché vogliono indurla a credere di aver fatto un mostro?

È contenta di essersi ribellata a tutti quanti, contenta di essersi aggrappata a Michael per tutto il tempo che le hanno permesso di farlo.

Stringere a sé il suo freddo corpicino per lei non è affatto una cosa mostruosa. Ha scaldato tutti e due con una dolce sensazione di pace, tenendolo tra le braccia. Continua ad avercela con le infermiere e a coprirle di ingiurie fino a quando non la lasciano in pace.

Poi, appena è pronta, lo lascia andare.

Le dispiace di non avere una fotografia, una ciocca di

capelli, qualsiasi cosa che provi che è esistito. Hanno tutti una gran fretta di dimenticarlo. Perfino Ben si impone di dimenticarlo.

Lei non lo dimenticherà. Non dimenticherà se stessa.

Lei è Rose. Non si lascerà distruggere da quello che è successo.

Ma giorno dopo giorno, il divario tra quello che Ben vuole da lei e quello che lei sta diventando aumenta.

E così, ben presto, lei comincia a fare le sue camminate.

Venerdì 7 aprile; ore 12.00

Ancora una volta Rose arrivò davanti al supermercato prima dell'apertura. Aveva una lista rigorosa degli ingredienti: questi erano affari. Per quanto riguardava la casa era tutto sotto controlllo fino a lunedì. Poi avrebbe dovuto fare un'altra spesa. Questa era a parte.

In uno dei vecchi quaderni di Lisa aveva fatto delle colonne per annotare quanto impiegava per fare la spesa, il costo degli ingredienti, il tempo di preparazione e di cottura, la durata del viaggio e la benzina. Se funzionava, avrebbe fatto i conti veri e propri più tardi.

Quando aprirono le porte, si sentì prendere dal nervosismo. Questo genere di spesa faceva un effetto completamente diverso, era una spesa per un lavoro che le avrebbe fruttato dei soldi. Si diede tempo per valutare, scegliere, fare i conti. Aveva deciso di preparare tre quiche diverse: prosciutto e zucchine, salmone affumicato e panna, e vegetariana. I tipi di pane li aveva scelti sfogliando i libri di cucina riposti da molto tempo sugli scaffali, e questo alle due del mattino, dopo aver finito di scrivere a Martha. Panini integrali, pane al latte, focaccine alle mandorle e focaccia pasquale russa: la sua prima partita di assaggi.

Ma le occorreva del lievito fresco. Passò in rassegna i banchi frigoriferi, poi cercò su e giù per i ripiani avvertendo i primi segni di panico.

«Mi scusi, avete lievito fresco?»

Il ragazzo in divisa alzò gli occhi dallo spazzolone e fissò Rose con uno sguardo vacuo.

Gli mostrò il barattolino azzurro che aveva in mano.

«Questo è lievito in polvere» spiegò quasi sentendo l'orologio ticchettare dentro la testa. «Io invece cerco il lievito fresco. Potrebbe informarsi, per favore?»

Il ragazzo si precipitò giù per la corsia. Rose diede di nuovo un'occhiata all'orologio. Temeva che se ne dimenticasse, ma pochi minuti dopo tornò, a mani vuote. Rose si sentì tendere la pelle della fronte.

«Non vendiamo lievito fresco, ma se vuole la panetteria può dargliene un po'. Quanto gliene occorre?»

Rose sentì allentarsi la tensione del viso.

«Un etto andrà benissimo. Grazie.»

Mentre risistemava la scatoletta azzurra sullo scaffale le tremava leggermente la mano. Doveva fare le cose a modo. Il ragazzo andò e tornò di corsa, improvvisamente risoluto, con un'aria di importanza. Rose ebbe compassione di lui. Probabilmente era appena un po' più piccolo di Damien. Lo ringraziò e gli premette una moneta da una sterlina contro il palmo della mano.

Rose tornò a casa, sistemò la spesa, e prima delle dieci aveva le mani affondate fino ai gomiti nella farina.

Le sembrava che quell'attività avesse un effetto terapeutico. Impastò a fondo i panini integrali, prendendo in continuazione a schiaffi e pugni la massa spugnosa sul ripiano della cucina. L'irritabilità di prima diminuì e lei cominciò a prenderci gusto.

Mentre impastava programmò baguette, ciambelle fatte in casa, pagnotte di segale. Avrebbe preparato degli assaggi di ogni cosa e fornito a Colette tutto quello che desiderava. Magari, se Colette non sapeva che farsene di lei, l'avrebbe voluta qualcun altro. Questa, se non altro, era una cosa che sapeva fare.

La sua foto non sarebbe mai finita sul giornale; aveva ancora quarantadue anni, ma forse, chissà, sarebbe riuscita a guadagnarsi da vivere con i comuni, semplici, umili panini integrali.

Il viaggio fino a Greystones fu sorprendentemente piacevole. La cappa grigia si alzò non appena si lasciarono Dublino alle spalle. Il cielo si fece più luminoso. Lisa e Brian erano rilassati e parevano allegri; l'atmosfera nella macchina era vivace, a volte addirittura un po' isterica. Rose era contenta di avergli detto la verità. Ormai l'argomento era chiuso. Il mangianastri suonava le musicassette secondo una rigida rotazione e il livello dei decibel era alto.

«Adesso tocca a me» stava dicendo Brian. «Non ho nemmeno ancora sentito il lato A dei Nirvana.»

Rose era contenta di avere la possibilità di pensare ai fatti propri, di riflettere sulle nuove verità così come le vedeva lei. E sì che erano proprio tante.

La verità di Ben, la sua, quella dei ragazzi. Era difficile capire che cos'era reale. Se il presente era reale, allora che cos'erano stati gli ultimi vent'anni? Ben aveva vissuto una vita falsa per tutto quel tempo?

Cercò di stabilire come si sentiva lei, adesso. Cominciava a intravedere la possibilità di una vita da sola, senza Ben. Non le faceva piacere, però riusciva a figurarsela. Spaventosa, ma allo stesso tempo emozionante.

Il quinto giorno. Potevano benissimo essere passati cinque milioni di anni. Il tempo era un'inezia, la distanza emotiva immensa. Era più preparata per la gita nel Wicklow che per il viaggio nel vuoto della partenza di Ben. Rose aveva difficoltà a fissare tutto quanto nella mente. Distraendosi per un istante per poco non si dimenticò di svoltare.

Brian e Lisa si misero a gridare riportandola di colpo alla realtà.

«Mamma! Ecco il cartello per Greystones! Devi girare qui!»

Rallentò, cambiò marcia con delicatezza e si diresse difilato verso la Bonne Bouche. Doveva concentrarsi. Non aveva tempo per tormentarsi.

Arrivò puntualissima, e Colette corse fuori per riceverla.

«Rose, che piacere vederti. Sei in perfetto orario.»

Rose sentì un formicolio di irritazione. Trovava arrogante il tono di Colette.

Portarono dentro i vassoi con i cibi. Annie, la socia di Colette, si fece avanti per stringerle la mano.

«Rose! Piacere di conoscerti! Hai avuto problemi a trovare la strada?»

A Rose riuscì subito simpatica. Aveva una faccia cortese e schietta.

«No, nessun problema, grazie.»

Annie guardò Brian e Lisa negli occhi. Colette non li aveva nemmeno degnati di uno sguardo.

«Annie, ti presento Lisa e Brian. Oggi sono i miei assistenti.»

Annie li salutò con una stretta di mano.

«Sono sicura che avete tutti e due voglia di una Coca e di mangiare qualcosa. Venite con me.»

Rose la sentì conversare normalmente con loro e incoraggiarli a prendere focaccine e frittelle, indicando le più belle, consapevole di far aspettare Colette.

«Allora, diamo un'occhiata a questi?»

Rose percepì l'inquietudine nella voce di Colette.

Nel locale alcune signore anziane si attardavano davanti a un caffè accompagnato da focaccine.

«La mattina presto e l'ora di pranzo sono i momenti di ressa» le spiegò Colette. «Adesso la situazione è tranquilla.»

Prese un vassoio.

«Faccio il giro con questi.»

Indicò un tavolo a Rose. Ma Rose non fece in tempo a sedersi che Colette si era allontanata.

Girò tra i tavoli, offrendo alle clienti pezzetti del pane e delle focaccine che aveva portato Rose.

Rose guardò Annie riempire i piatti dei bambini. Poi la donna le sorrise e la raggiunse. Lanciò uno sguardo al tavolo vuoto. Rose scorse un guizzo di fastidio nei suoi occhi.

«Vuoi un po' di caffè, Rose?»

«No, grazie Annie, sono a posto così.»

«Io ho volutamente conservato l'appetito per le tue quiche! Vuoi fermarti a pranzo?»

Rose mentì dicendo che doveva ripartire.
Annie non insistette.
Colette tornò al tavolo raggiante.
«Questi sono proprio una bontà, Rose. La farcitura di mandorle è squisita.»
Mentre staccava un altro grosso morso Rose si sentì invadere dalla stanchezza. Era contenta di non dover farsi piacere Colette per forza.
Comunque, il ristorante le piacque. Era accogliente e caratteristico, con pareti di mattoni a vista, tovaglioli rosso vivo, di vera stoffa. Forse, forse qualcosa del genere avrebbe fatto al caso suo un giorno, in un lontano, più tranquillo futuro.
Diede un'occhiata al menu. I piatti erano semplici, tutti realizzati con gli ingredienti più facilmente reperibili. Boeuf Stroganoff, Coq au vin, pesce alla spagnola. Contorni di insalate e verdure fresche per ogni pietanza.
Rose si stava innervosendo. Sperava che non ci mettessero troppo tempo a decidere. Nell'attesa stimò il costo di ogni piatto del menu, calcolando tempi e utili.
Quando infine Annie si rivolse a lei sobbalzò.
«Non c'è bisogno di tenerti sulle spine, Rose. È tutto ottimo. Sei sicura di farcela a fornire i quantitativi che ci occorrono?»
Rose assicurò a entrambe che ci sarebbe riuscita. Allora Annie le disse: «Benvenuta a bordo!» E l'ora successiva fu dedicata alla discussione dettagliata delle quantità, dei tipi, dei tempi di consegna. Rose diede qualche indicazione approssimativa dei costi, raddoppiando a lume di naso la cifra spesa per gli ingredienti. Promise di fare un calcolo più preciso delle spese alla fine della prima settimana. Con un'aria soddisfatta le due donne le diedero una solenne stretta di mano.
Rose si chiese come mai non fosse più contenta. La sera prima, preparando l'impasto al latte, aveva pensato di vendere la macchina per investire in un furgone. Grandi progetti ambiziosi le avevano fatto compagnia fino al mattino.

Ora invece tutto sembrava assai noioso. Avrebbe dovuto sentirsi rallegrata perché la sua abilità era apprezzata. Di fatto non gliene importava un bel niente. Adesso, tutto quel lavoro sembrava un mezzo per raggiungere un fine assai incerto.

Sulla via del ritorno a Rose venne il dubbio di aver accettato un impegno troppo grande per lei. E se avesse dovuto smettere dopo il ritorno di Ben? La vita dopo il diciassette aprile non sarebbe stata più la stessa, comunque fosse andata. D'un tratto si sentì invadere dal terrore. Aveva promesso una consegna che forse non sarebbe riuscita a fare. E se non ci avesse guadagnato un soldo?

Sulla via del ritorno, Rose era stanchissima. Brian e Lisa se ne stavano tranquilli sul sedile posteriore, assonnati. Dallo specchietto Rose vide diverse volte il pollice di Lisa salire furtivamente verso la bocca, un vizio che la bambina ormai si era praticamente tolta, da mesi.

La casa aveva un'aria ostile, spoglia, con tutto che Damien c'era stato e aveva acceso il riscaldamento. Adesso era uscito, era andato da John. Aveva ricominciato a piovere.

Nessuno aveva ancora fame; i ragazzi erano troppo impazienti di guardare la tv. Rose li lasciò fare, con l'ordine di chiamarla alle sette e mezzo.

Si tirò il piumino sopra la testa e sprofondò immediatamente in un sonno pesante e senza sogni.

Aprile 1981

Rose fa la stessa passeggiata tutte le mattine. È una terapia, qualcosa da fare. Dà al suo corpo altre sensazioni oltre a quella di vuoto.

Esce di casa ogni mattina, spingendo il passeggino di Damien.

È un rito, il suo. Fa in modo di uscire di casa alle nove e mezzo in punto. Si avvia a passo spedito verso il ponte di legno di Dollymount. Una volta arrivata lì, si sente le gambe sciolte, senza più la rigidità mattutina.

Là, sulla passeggiata, comincia la camminata vera e propria. Il dottore le ha consigliato di fare un po' di moto tutti i giorni. L'aiuterà a superare la naturale depressione per la perdita del bambino.

Così dice.

Piccolo Michael.

Questo dà anche una forma alle sue mattine. I pomeriggi sono più facili, in un certo senso. La cosa peggiore è dover affrontare il tran tran ogni mattina.

Ogni volta incontra, o meglio, vede le stesse persone.

La donna con il walkman, l'uomo con i due levrieri. Si domanda quali demoni stiano esorcizzando loro.

Una volta superato il ponte, Rose comincia a prendere velocità. Ha sempre il vento contro mentre si dirige verso Clontarf. È una bella sensazione. Lei lo combatte spingendo forte. Al ritorno, il vento ricompensa la sua determinazione e l'aiuta ad arrivare a casa.

Dopo la prima settimana si procura una piccola cappotta di plastica per il passeggino di Damien. Tra la forza del vento e la velocità rabbiosa della madre, il piccolo non riusciva a prendere fiato. La cappotta lo protegge dall'una e dall'altra. A volte, mentre cammina sempre più forte, lui si gira per farle una risata divertita. Gli risponde sempre con un'altra risata. È contenta che non sia voltato di faccia verso di lei.

Oltre i palazzi vittoriani del lungomare, oltre i gruppi di palme, sopravvissuti nonostante i venti fortissimi. Oltre Vernon Avenue, sempre avanti verso la fine, o l'inizio, della passeggiata. Dipende dalla direzione da cui si viene.

Non si stanca mai di quella ripetitività. La sua familiarità, i suoi confini, la rassicurano. Gli stessi punti di riferimento ogni giorno, le stesse pensiline puzzolenti di piscio, gli stessi sedili congelati, gli stessi gradini arrugginiti che portano al mare: li ama tutti quanti, uno per uno.

Prende i tempi con il cronometro. Cerca di ridurre l'andata di dieci secondi ogni giorno. Se ci riesce, sarà una buona giornata. Come quando evitava di camminare sulle fessure del marciapiede da piccola. Se segue le regole, dopo le accadranno solo cose belle.

Perlopiù, all'andata, piange. Rivive ogni secondo della nascita del piccolo Michael, il suo corpicino. Come su uno schermo cinematografico gigante, la notte scorre sino in fondo davanti ai suoi occhi, giorno dopo giorno.

Se il tempo è bello, si mette gli occhiali da sole in modo da poter piangere al riparo delle lenti. Se è brutto, piange nella pioggia battente, avanzando instancabile, determinata a far passare il dolore.

A volte passa. A volte la camminata procede tranquilla, senza sforzi. Cammina sempre a passi rapidi, ma sente che l'energia non l'abbandonerà mai.

I giorni come questi li chiama le sue isole. Luoghi in cui c'è pace. Ma solo per il tempo in cui le ondate di dolore riprendono fiato, per rinnovarsi con maggiore ferocia la volta successiva.

A poco a poco la distanza tra un'isola e l'altra si accorcia. La grande, intensa luce davanti ai suoi occhi si sposta un po' di lato. Il suo raggio si restringe, diventa più nitido. Comincia ad allontanarsi dal centro della fronte. Riesce a sentire il calore nella sommità della testa. Il film si fa sempre più confuso e lei riprende possesso della zona sotto le palpebre.

Poco prima degli archi del ponte ferroviario la sua passeggiata finisce. Si siede sulla diga foranea, e dà a Damien un biscotto, e da bere nella sua tazzina di Tommy Tippee. Rose beve lunghi e grandi sorsi d'acqua da una bottiglia che mette in frigorifero tutte le sere.

Mentre se ne sta seduta a giocare con Damien sente che le gambe cominciano a tremarle per lo sforzo. Ha la sensazione che le ginocchia si dissolvano.

Gambe di plastilina, dice a Damien. Gambe di gelatina. Mentre il bambino cammina lungo il muricciolo che fronteggia il mare gli stringe forte la mano. Lui si ferma a esaminare i buchi pieni di melma verde, ci si china sopra appoggiando una mano sul ginocchio, come un vecchietto. Ciangotta con lei incessantemente. Quando riprende a camminare tira Rose e si affaccia per guardare il mare screziato di cielo giù in basso.

La tira con una forza incredibile. Rose lo lascia sporgersi da solo, tenendolo ben stretto. Le piace il modo in cui si protende, la sua totale fiducia in lei. Solo quando è di nuovo al sicuro in terra gli lascia la mano.

Gradualmente il cuore cessa di martellare. Poco dopo comincia ad avere freddo. Mette la bottiglia d'acqua nel retino fissato ai manici del passeggino. Avvolge Damien nella coperta e si avvia verso casa.

Dopo Michael, fa questo tutti i giorni, per sei mesi. La vividezza di quel visino comincia ad affievolirsi. Pian piano la tristezza prende il posto dell'angoscia. È fiera di non aver bisogno di pillole, di non volerle.

A volte, sulla via del ritorno, quando Michael le dà un attimo di tregua, un'oscurità diversa comincia ad accumularsi nel petto di Rose. Quella sensazione non ha nulla a che vedere con lui.

Un giorno in cui si è addormentata in poltrona in pieno pomeriggio, sogna che un ratto sta crescendo dentro di lei.

Rosicchia senza posa l'interno del suo petto. Quando si sveglia è ancora là.

Sulla via del ritorno, a volte il ratto si sveglia. Rosicchia implacabile e di tanto in tanto spinge con la testa contro il groppo che Rose ha in fondo alla gola.

Rose non sa da dove sia sbucato. Sa solo che c'è e non andrà più via.

Cerca di dargli un nome, di renderlo familiare. Si abitua alla sua opprimente presenza, che si fa sempre più oscura man mano che si avvicina a casa.

E così, giorno dopo giorno, riesce a farci l'abitudine.

Venerdì 7 aprile; ore 19.30

«Svegliati, mamma, ti prego!»

Rose lottava per riprendere conoscenza. Era successo qualcosa. Damien la stava scuotendo.

«Mamma, ti prego, svegliati!»

C'era del panico nella sua voce.

Di colpo Rose divenne cosciente della camera da letto, del figlio, dell'ora della sera; ora era perfettamente lucida.

«Su, svegliati!»

«Che c'è? Che è successo? Avanti, dimmelo!»

Cercò la vestaglia e le pantofole, ma poi si rese conto di essere vestita di tutto punto. Chi si era fatto male? Sarebbe riuscita a guidare fino a Temple Street oppure doveva chiamare un'ambulanza? Quale altra disgrazia era capitata?

«Niente, Ma', va tutto bene; è solo che non riuscivo a svegliarti.»

La faccia di Damien era pallida, aveva gli occhi enormi, le labbra gli tremavano. Rose capì subito quello che aveva pensato. Si sentiva perfettamente calma, perfino davanti a una simile angoscia.

Lui aveva addirittura avuto la premura di chiudere la porta della camera da letto. L'aveva addirittura chiusa a chiave? Questo era un problema che poteva risolvere senza tante cerimonie. Niente ambiguità, niente sensi di colpa.

Scostò le tende in modo da farsi vedere bene in faccia. Era una bella serata, il mare era calmo, scintillante; aveva finalmente smesso di piovere e il cielo era decisamente di un azzurro primaverile. Tornò al letto e si sedette, quindi lo affrontò.

«Damien, l'ultima cosa in assoluto che mi verrebbe in mente è di suicidarmi.»

Damien distolse gli occhi, cominciando già a sentirsi in imbarazzo. Rose continuò a fissarlo con insistenza, senza scostare lo sguardo neppure un istante.

«Non ti rimprovero per averlo temuto. Per tutta la settimana vivere in questa casa è stata un'angoscia.»

Mentre pronunciava quelle parole, si rese conto di quanto fossero vere. Le pareti stesse parevano emanare tristezza e un senso di perdita. L'intera casa, prima tanto sicura nel proprio ordine, ora sembrava smarrita senza il suo attore principale. Era a questo che certe persone si riferivano quando dicevano che una casa «è abitata»? Se avessero lasciato la casa adesso, di punto in bianco, questa pena sarebbe stata avvertita dagli inquilini successivi?

Mentre per lei tutto era cambiato radicalmente, Rose si rese conto che per Damien le cose erano cambiate in maniera molto netta, rapida, concentrata. Prima che Ben se ne andasse, Damien aveva dedicato tutte le proprie energie a odiarlo. Voleva essere il più possibile diverso dal padre. A volte non sopportava nemmeno di stargli seduto vicino. Guardando la faccia triste di Damien, all'improvviso Rose si rese conto che il ragazzo si sentiva in colpa per aver contribuito ad allontanare il padre.

Quel pensiero la rattristò. Tutti avevano colpe tranne Ben. Questo spiegava il grande desiderio di Damien di rendersi utile, la sua disponibilità a fare più di quello che gli spettava.

«Niente di quello che è successo è colpa tua, Damien» disse Rose sottovoce. «Tu non c'entri. Questa storia riguarda solo tuo padre e me.»

Aspettò, ma lui si ostinava a non guardarla in faccia.

«Lo so che voi due non andavate d'accordo, ma è una cosa normale alla tua età. I giovani hanno bisogno di ribellarsi ai genitori, di affermare la propria diversità.»

«Lo odio.»

«Lo so. Forse un giorno questa situazione cambierà, forse no. La cosa importante è...» E a questo punto Rose lo indusse a voltarsi. «La cosa importante è che ho fin troppi motivi per vivere per pensare a suicidarmi.»

Rose non si tirò indietro davanti al suo imbarazzo, lo ignorò. Gli parlò francamente, da adulta ad adulto. Forse in fondo era un vantaggio che non idolatrasse il padre. Stava crescendo in fretta.

«Io ho la mia vita, Damien, ho voi tre, e un lavoro cui pensare. Non ho intenzione di rinunciare a tutto questo, mai.»

Damien annuì, fissandosi le mani. Quindi si alzò in silenzio. Parve sul punto di dire qualcosa. Infine cambiò idea e uscì improvvisamente dalla stanza.

Rose lo lasciò andare. Per il momento, non c'era altro da dire.

Alle nove balzò di nuovo in camera alla ricerca di soldi. Rose si era alzata subito, aveva fatto la doccia e si era cambiata. Cenarono tutti insieme. Lei e Damien presero un bicchiere di vino, e tutti e tre i figli brindarono al suo successo con la Bonne Bouche. Rose aveva l'impressione di essersi trasferita in una casa nuova. Aveva detto la verità, dal momento che i suoi figli l'avrebbero capita, ed era in pace con se stessa. Per la prima volta da lunedì, non si sentiva più come se avesse dei cani alle calcagna. La cena fu consumata e apprezzata. Una volta tanto i due più piccoli non bisticciavano. Si offrirono addirittura di aiutare a lavare i piatti. Rose aveva la sensazione di aver raggiunto un'oasi, e non aveva nessuna fretta di rimettersi in viaggio.

Per giunta John e Philip entrarono a salutare. Damien li stava aspettando.

«Quanto vuoi? Scusa, volevo dire, quanto ti occorre?»

Rose lo stuzzicò teneramente. John e Philip assistettero entrambi alla scena ridendo sotto i baffi. Rose si rendeva conto di flirtare con il figlio maggiore davanti ai suoi amici. Si divertivano, e si divertiva anche Damien mentre lei gli allungava una moneta da una sterlina. Sapeva di aver bisogno di essere considerata una madre tosta. Solo per stasera.

Una madre aperta, al passo coi tempi. Una che non avrebbe mai commesso la sciocchezza di suicidarsi.

Si finse inorridita quando lui le chiese più soldi. Poi, quando finalmente fu soddisfatto, i tre uscirono ridendo. Rose pregò il suo dio personale che per quella sera Damien la dimenticasse, smettesse di preoccuparsi per lei, ridiventasse un diciassettenne.

Ebbe la certezza che sarebbe andata così vedendo i tre amici avviarsi giù per il vialetto curvo. Indugiò alla finestra e li seguì con lo sguardo mentre si prendevano a pugni, cogliendosi in fallo a vicenda, facendo mostra di un affetto reciproco nell'unico modo conosciuto dagli adolescenti.

Dal modo in cui camminavano capì che erano emozionati. Damien non provò nemmeno a guardarsi indietro. Mentre osservava i tre che si avvicinavano al cancello, d'un tratto Rose li vide come avrebbe fatto un estraneo. Era come se i suoi occhi avessero messo a fuoco un'altra realtà, un altro livello esistenziale. Erano tre giovanotti, dalle gambe lunghe, dinoccolati, sicuri di sé. Dei tre Philip era quello che somigliava di più a un uomo. Le spalle larghe, i capelli lisci, mani massicce dall'aspetto capace. D'un tratto svoltarono l'angolo e sparirono.

E adesso? La casa era silenziosa. Rose si gingillò con l'idea di programmare la prossima consegna per la Bonne Bouche, e poi l'accantonò. Voleva fermarsi un momento e godersi quel nuovo senso di pace che la circondava. I muri che per tutta la settimana le si erano stretti addosso si ritirarono, permettendole di respirare. Gli angoli non brulicavano più di forme oscure. Anche se fuori cominciava a imbrunire, la cucina era ancora lambita da un piacevole chiarore di ponente. Rose tirò a sé una sedia e vi poggiò i piedi. Un'altra abitudine che Ben disapprovava. Erano secoli che non lo faceva.

Cercò di capire che cosa ci fosse all'improvviso di tanto cambiato. Tutta la sua percezione del tempo aveva subìto un cambiamento drastico: era stato tirato in tutte le direzioni in modo da sembrare, di punto in bianco, allungato e più denso. Con suo grande turbamento si rese conto di non aver pensato a Ben per tutto il giorno. Era, sì, circondata dagli effetti della sua partenza, ma di fatto non aveva pensato a *lui*, all'uomo, al marito.

E all'improvviso capì che cos'era cambiato. Per il momento, per quella sera, non sentiva più la mancanza di Ben. Si sentiva completa. Si stiracchiò voluttuosamente.

Una telefonata, il pianto di un bimbo, un ricordo improvviso potevano rovinare quel momento. Avrebbe cercato di approfittarne il più possibile. Rinfilò il tappo nella bottiglia di vino e la rimise in frigo. I giornali di domenica scorsa erano ancora sul ripiano sotto il forno a microonde.

Rose mise su il bollitore e aprì le pagine della cronaca del «Tribune». Ogni giorno ha la sua pena.

E così, piano piano, indistintamente, venne la sera.

Il quinto giorno.

Sabato 8 aprile; ore 6.00

A quel che ricordava Rose, era il primo sabato – in quanti anni? – che lei e Ben non trascorrevano insieme. D'improvviso si rese conto, col piacere dell'indolenza, di non avere niente da fare. Una cosa era sicura: non si sarebbe alzata alle sei del mattino. Si sarebbe presa due giorni di vacanza, non avrebbe fatto niente. Domenica sera si sarebbe programmata la settimana. Poteva fare quello che voleva. Il senso di pace non l'aveva abbandonata, al contrario, sembrava solido, meno fragile del giorno prima.

Vedeva tutto con estrema chiarezza. Gli ultimi giorni sembravano incisi nel vetro. L'ambiente che la circondava le sembrava più nuovo, delineato, come se lo vedesse per la prima volta. Chiudendo gli occhi riusciva a visualizzare quello che l'aspettava la settimana successiva. Mentre i due giorni oziosi si stendevano davanti all'occhio della sua mente le divenne più difficile mettere a fuoco il viso di Ben, immaginare con esattezza il suo aspetto. Le sarebbe bastato aprire gli occhi e guardare la fotografia sul comodino, ma decise di non farlo. Si addormentò.

La svegliò Lisa a mezzogiorno. Rose si sentiva intontita e si pentì subito di essersi riaddormentata. Ma riuscì lo stesso a sorridere a Lisa che aspettava tenendo con molta attenzione una tazza di caffè. Rose notò che ormai il danno era fatto. Nel piattino la fetta di pane tostato era inzuppata. Si alzò a sedere fingendosi contentissima. Lisa non la smetteva di parlare... «Allora, ci posso andare?»

Rose cercò di concentrarsi.

«Andare dove?»

«Maaamma! Non mi ascolti! Alla festa di compleanno di Ciara!»

«Scusa, amore, dammi un minuto per svegliarmi.»

Con fare impaziente Lisa si portò le mani ai fianchi.

«A che ora è?» fu l'unica reazione intelligente che riuscì ad avere.

Alle tre. Sì, poteva andare. Il tempo per una doccia, il pranzo, comprare un regalo di compleanno, accompagnarla a Portmarnock in macchina. Sì, era tutto possibile. Damien andava a casa di Philip e Brian tornava giù da Derek.

Un'altra oasi di pace e solitudine. Avrebbe utilizzato il tempo per decidere che cosa dire all'avvocato lunedì.

Nel pomeriggio avrebbe fatto il punto della situazione.

Poi si sarebbe potuta godere l'ozio.

Sabato 8 aprile; ore 15.55

Rose fu di ritorno prima delle quattro. Quando si richiuse la porta principale alle spalle provò uno spavento improvviso. Aspettò trattenendo il respiro. Avanzò lentamente nel corridoio, aprendo una dopo l'altra le porte delle varie stanze. Il sole meridiano scaldava quelle sul retro e la cucina; la luce era forte e tersa. Si sentì invadere dal sollievo mentre ispezionava prima una stanza, poi un'altra, poi un'altra ancora. In ciascuna c'era lo stesso senso di luce e di spazio che aveva cominciato ad avvertire il giorno prima; in ogni stanza che controllava non c'era più il senso opprimente di qualcosa di mutilato e sanguinante, di doloroso e ossessionante. La casa era ridiventata il suo nido, non più una testimone ostile di avvenimenti crudeli. Perfino le piante sembravano più allegre, più sane da quando lei e Lisa si erano prese cura di loro, e l'una dell'altra.

Guardando fuori in giardino, Rose seppe immediatamente come voleva trascorrere il resto della giornata. Il prato era stanco e pieno di chiazze dopo l'invernata; i rosai avevano bisogno di cure. C'era da raccogliere una gran quantità di allegri narcisi prima che cominciassero ad appassire. Voleva metterli a dozzine nei suoi graziosi vasi di terracotta azzurra. Rose si cambiò infilandosi un paio di pantaloni vecchi e un maglione pesante, e uscì nell'aria luminosa e pungente del pomeriggio.

Tre ore dopo, l'erba era stata tagliata e pareggiata ai bordi, i cespugli erano stati tosati e i narcisi catturati. Il viso di Rose era raggiante. Quella faticata le era veramente piaciuta; si era ostinata a continuare senza concedersi una pausa. Una volta finito, il pensiero di aver eseguito un compito che di solito spettava a Ben aumentò la soddisfazione. L'odore dell'erba tagliata era inebriante. Rose provava qualcosa che rasentava l'euforia. Era un ben misero trionfo il suo, ma sentiva la gioia di avere sotto controllo qualcosa che non le apparteneva.

Un'altra settimana di abbandono e il giardino sarebbe diventato irriconoscibile, soffocato e brutto. Distogli gli occhi e guarda che succede. Quel pensiero improvvisamente la depresse.

Rose rimise il tosaerba nella rimessa del giardino e chiuse il sacco nero, così era pronto per gli spazzini martedì. Si tolse le vecchie scarpe davanti alla porta e andò difilato in cucina.

Presto sarebbero tornati tutti e tre i ragazzi, al massimo alle otto, un'altra mezz'ora. Un altro po' di pace per pensare a quel che avrebbe portato la prossima settimana. Il silenzio aveva un effetto confortante, lenitivo. Rose tirò fuori l'agenda e cominciò a suddividere gli impegni tra i vari giorni. Sapeva che doveva tenersi indaffarata. La Bonne Bouche le avrebbe tenuto occupate le mani, ma aveva bisogno di riflettere a fondo sulle conseguenze della partenza di Ben, e del suo ritorno. Se non per lei, almeno per l'Irlanda. Il lunedì era riservato all'avvocato, se non altro per poter dire a Jane: «Sì, l'ho fatto».

Aveva ancora un'enorme riluttanza a fare un passo tanto definitivo. Avrebbe di gran lunga preferito parlare prima con Ben. Ma se lui si fosse rifiutato di parlare? E se fosse partito solo dopo aver disposto ogni cosa a proprio vantaggio? Allora lei non avrebbe avuto alcuna voce in capitolo?

Improvvisamente si sentì spaventata. Tracciò un enorme cerchio intorno al nome e al numero di David O'Brien, e accanto annotò «ore 9.00». Avrebbe obbligato se stessa a farlo prima di tutto il resto, prima della spesa, prima di stirare o di qualsiasi altra cosa avesse minacciato di imporsi come più urgente. Aveva a disposizione una settimana per armarsi di nozioni. Si sarebbe tenuta tutte le mattinate libere per raccogliere informazioni. Se questo significava cucinare la mattina all'alba e fare la casalinga a notte fonda, che fosse pure.

Rose si preparò un panino, e si era appena versata una tazza di tè quando sentì la voce di Lisa gridare «Ciao!» Si alzò rapidamente e raggiunse la porta d'ingresso giusto in tempo per salutare con la mano la madre di Ciara, impegnata nella consegna di almeno altre tre ragazzine iperattive alle rispettive case. Rose abbracciò Lisa, felice di vedere che aveva la faccia rossa e gli occhi luminosi. Un'altra temperatura emotiva controllata e misurata.

«Ti sei divertita? Entra e raccontami tutto.»

Stringendo un sacchetto di leccornie e parlando ad alta voce Lisa seguì la madre in cucina. Rose infilò l'agenda nella borsetta e incoraggiò Lisa a raccontare il suo pomeriggio, che comprendeva un video e una caccia al tesoro, una montagna di regali e una torta di compleanno a forma di ballerina.

E così venne la sera del sesto giorno.

Settembre 1984

La verità è che in un accesso d'ira Rose si è iscritta a un corso di ceramica. Due maschietti, una torrenziale pioggia di fine settembre e il fatto di essere data per scontata l'hanno spinta a pretendere per sé una sera a settimana.

Non c'è bisogno di una baby-sitter, la rassicura Ben. Sarò a casa alle sei.

È convinta che potrà sopportare di tutto, purché riesca a uscire stasera. Ha l'impressione che i bambini abbiano captato qualcosa del suo umore. Oppure è semplicemente più affettuosa perché si sente meno intrappolata. Ultimamente il lavoro di Ben è diventato un'ossessione. Il successo gli ha dato alla testa, e vuole avere le mani in sempre più paste. Sostiene di farlo solo per lei, solo per i suoi figli.

Ma Rose ha qualche dubbio. Gli piacciono gli affari, il potere che danno i maneggi, i pranzi nei ristoranti di lusso. A volte le viene da pensare che sia ubriaco d'ammirazione per se stesso. È un po' stufa di essere una moglie-maggiordomo. Ha voglia della compagnia di altre persone.

Con l'avvicinarsi della sera, Rose comincia a sentirsi profondamente emozionata. In vita sua non ha mai fatto nulla di artistico. Magari scoprirà addirittura di essere brava. Ama le sue piante, affondare le mani fino ai polsi nella generosa, fertile composta. Ora non vede l'ora di sentirsi scivolare tra le dita quell'altra argilla. Immagina la sua freddezza, la sua levigatezza. Ha voglia di trasformare qualcosa; i vasi le sembrano un buon punto di partenza.

Fin dal momento in cui si sveglia, Rose comincia a organizzarsi la giornata in funzione della sua fuga. Sette-dieci: tre ore piacevoli. Dovrà uscire alle sei e mezzo, fare un viaggio in macchina di quindici minuti fino alla sede del suo corso, orientarsi, rilassarsi prima che inizi. Una minuscola parte di lei è nervosa, quasi tornasse sui banchi di scuola.

Rose mette a punto mentalmente un orario a ritroso a partire dalle sei e mezzo. A quell'ora Brian sarà pronto per andare a letto dopo aver mangiato ed essere stato cambiato. Ben potrà cenare e giocare con lui fino alle sette e mezzo o giù di lì, e poi metterlo a nanna. Se non altro finalmente Brian fa tutta una dormita. Gli ultimi quattro mesi sono stati difficili, ha avuto una gravidanza difficile. Rose ha vissuto nel terrore per tutti e nove i mesi, convinta che ogni fitta annunciasse la catastrofe.

Lei cenerà con Damien alle cinque. Preparerà il pasto della sera una volta che Damien sarà a scuola e Brian starà facendo il sonnellino della mattina. Dalle undici all'una lavorerà come un tornado: preparerà da mangiare, laverà e asciugherà le infinite ceste di indumenti da neonato, pulirà il camino, rimetterà in ordine.

Poi andrà a riprendere Damien, tornerà a casa, farà la supervisione ai compiti e risponderà alle telefonate per Ben. Ce la farà a sistemare tutto, a patto che si organizzi.

Ce la farà.

Spera che Ben chiami, in modo che possa ricordarglielo. Comunque, stamattina se lo ricorda. Sicuramente basterà.

Questo mercoledì Rose è più affabile del solito con i bambini. Brian, che ha un carattere irrequieto, è allegro. Damien, che ormai è grandicello e va alla materna, fa i compiti con aria d'importanza al tavolo della cucina. Rose, solenne e paziente, lo guarda tracciare laboriosamente le lettere.

Dopo cena, Rose lascia i due bambini a guardare i cartoni animati; Brian è nel seggiolone, Damien accanto a lui, incaricato di controllarlo.

Rose si fa una rapida doccia e si cambia. Si tormenta addirittura per decidere che cosa indossare. Scorgendo la propria faccia insolitamente pallida nello specchio, si ferma e trae un profondo respiro.

«Datti una calmata.»

La paura diminuisce un po' quando s'infila i jeans più comodi che ha e un maglione rosso vivo. Vestita così avrà un'aria sicura di sé anche se non lo è affatto.

Alle sei è pronta. Un po' di trucco aiuta a nascondere la paura.

Dopo i titoli del telegiornale spegne la tv e si mette Damien sulle ginocchia. Mentre gli legge due storie di *Thomas La locomotiva* lui si succhia il pollice e fa scorrere il bordo di satin della sua copertina tra le dita. Ha già sonno. La scuola lo sfianca sempre. Rimane seduto tutto soddisfatto mentre lei si tende per prendere Brian. A differenza di Damien, il fratello non si lascia sempre coccolare con facilità. Ma stasera è di buonumore.

Rose lo tiene in braccio mentre raggiunge la parte opposta della casa per vedere se arriva Ben. Il forno è al minimo, le verdure cotte. Ben detesta i pasti riscaldati. Farebbe meglio a sbrigarsi.

Rose non ha ancora cominciato a preoccuparsi. Sono solo le sei e un quarto. Anche se Ben arriverà in ritardo, lei potrà ancora farcela se esce alle sette meno un quarto. Questo non è da lui. Di solito spacca il secondo.

Un'ora dopo, Rose oscilla tra la rabbia nuda e cruda e la paura. Deve essere successo qualcosa. Ha avuto un incidente? Cerca disperatamente di ricordare dove ha detto che andava. Lo ha detto? Rose non se lo ricorda più.

Mette il piccolino a letto. Damien si infila il pigiama e gioca con il Lego, seduto in silenzio a gambe incrociate sul pavimento del soggiorno. Spesso viene contagiato dagli umori di Rose.

Alle otto Rose lo mette a letto e gli legge un'ultima storia, cercando di rimediare alla sua rabbia. Spera che il bambino sappia che non è arrabbiata con lui.

Che succede? La sua uscita serale è talmente poco importante per Ben che se ne è dimenticato? Spera almeno che la chiami.

Rose si sente incastrata alla grande. Non può lasciare i bambini e andare a prendere una baby-sitter, ammesso che riesca a trovarne una libera a quest'ora. Ormai è buio. Sente la pioggia scrosciare contro il retro della casa. Forse c'è stato qualche terribile incidente.

Ben arriva proprio nel momento in cui lei cerca di stabilire, per l'ennesima volta, se è solo furiosa oppure preoccupata. Lui entra nel salotto aggiustandosi la cravatta.

«Ciao, amore. Scusa se ho fatto tardi.»

Rose è troppo arrabbiata per rispondere.

Ben non sembra farci caso.

«Uno dei contatti di Barry si è rivelato proficuo. L'ho visto nel tardo pomeriggio, e ci siamo messi in affari insieme! A quanto pare ci sono circa sei testoni per me!»

Qualcosa nella faccia di Rose fa sì che si interrompa.

«Rose?»

«Non potevi telefonare?»

Ma Ben è esultante.

«Doveva riprendere l'aereo per Londra stasera, Rose. Non potevo piantarlo in asso! E quel contratto ci porterà un bel gruzzolo. Che hai?»

Il tono di Ben cambia bruscamente.

Da dove è seduta, Rose riesce a sentire l'odore di whisky. Non c'è stato tempo, durante i convenevoli, di scusarsi un momento? Magari per cercare una toilette e approfittare per fare una telefonata? Per avvertirla del ritardo, anche se si fosse completamente dimenticato del suo corso di ceramica?

Ancora prima di aprir bocca, Rose sa che tutte le persone benpensanti le darebbero torto, dicendo che è viziata, infantile. Ben, che si vanta di essere un ottimo sostentatore, ha fatto proprio questo. Ha provveduto al sostentamento della sua famiglia.

Non si tratta che di un corso serale. Di ceramica. Dovrebbe rinunciare a guadagnare per permettere alla moglie di sentire la melmosità granulosa dell'argilla bagnata tra le dita? Non è una pretesa assurda, la sua?

«Ti ho aspettato per andare al mio corso serale. Non ho potuto nemmeno cercare una baby-sitter perché non sapevo che cosa stesse succedendo. Non potevi proprio trovare il modo di avvisarmi?»

Perfino alle orecchie di Rose quelle parole suonano come un piagnisteo. In realtà quello che si chiede è: perché il suo tempo è sempre meno prezioso di quello di Ben? I suoi bisogni sempre meno importanti? Ma sono domande che non può fare, non adesso.

«Non riesco a crederci, Rose. Qui stiamo parlando della sicurezza della nostra famiglia, e tu ti lagni per un corso serale di ceramica? Hai bisogno di darti una regolata in fatto di priorità. Io mi faccio in quattro per permetterti...»

«Tu ti fai in quattro? E io? Pensi che me ne stia seduta qui senza fare un cazzo mentre tu sei fuori a provvedere al mio mantenimento?»

Ben indietreggia di un passo. Detesta quando Rose dice le parolacce. Lo fa di rado, riservando le parole forti per i sentimenti forti. Questo è uno dei momenti giusti.

«Sei irragionevole, scusa. Non potevo farci niente. Potrai andare al tuo corso la prossima settimana. Sant'Iddio, siamo solo a settembre. Durerà fino a Natale. Cresci, una buona volta.»

Ben esce dalla stanza, sbattendosi la porta alle spalle. Mentre sale le scale batte i piedi rabbioso.

Rose prende il cappotto e le chiavi ed esce a fare una passeggiata lunga e furibonda quanto basta sotto la pioggia. Quando rientra, ha voglia di perdonare e di essere perdonata. La vita è lunga.

Ma Ben dorme.

Il mercoledì successivo c'è la firma del contratto. Rose è invitata a cena. Accetta, naturalmente.

Il mercoledì dopo ancora, Ben va a Londra, e Brian ha la laringite.

Alla fine di ottobre, Rose si arrende.

Domenica 9 aprile; ore 9.30

La domenica fu una giornata di assoluto riposo. Il tempo era brutto. Grosse nuvole scure e gonfie, forti acquazzoni e, da mezzogiorno in poi, chicchi di grandine enormi e fitti. Rose non accennò nemmeno alla Messa. Non aveva nessuna voglia di affrontare tutte quelle facce note di famiglie felici. La domenica successiva era Pasqua; forse allora sarebbero andati tutti. Sembrava un po' ridicolo osservare una routine domenicale che ormai non aveva più senso. Potevano andare la sera se volevano.

Intanto, fecero colazione insieme e Brian e Lisa andarono a farsi la doccia. Rose li aveva sentiti lagnarsi, bisticciare su chi dovesse farla per primo, protestare perché dovevano per forza raccogliere i vestiti e gli asciugamani bagnati. Rose li sgridò tutti e due insieme e, come al solito, se la presero l'uno con l'altra.

Sentiva che le mattine erano una specie di test della normalità. Loro si comportavano come previsto, lei reagiva come previsto, e tutto finiva lì. Perfino l'abituale protesta di Brian, che sosteneva di non aver bisogno di fare la doccia perché era stato a nuoto venerdì, fu timida. Ciascuno sembrava ricreare con estrema meticolosità il proprio concetto di domenica normale. Sapevano per esperienza che prima succedeva questo, e poi veniva qualcos'altro.

«Ma io non voglio vedere *Il re leone*. L'ho già visto, al compleanno di Keith.»

Rose percepì l'aggressività nella voce di Brian. Detestava quando faceva il prepotente con Lisa. Aspettò per vedere se la piccola si sarebbe difesa.

«Non m'importa. Tocca a me decidere. Lo ha detto Mami.»

Niente frigni. Lisa, che voleva giustizia, fu irremovibile. Tocca a me. Aveva ricordato la promessa di una settimana fa. Rose la intravide in piedi nel corridoio, i pugni sui fianchi, la faccia alzata in atteggiamento di sfida verso il fratello. Riusciva quasi a sentire il sapore della tensione che cresceva tra i due. Ben era decisamente la tessera mancante del loro puzzle. Prima la Messa, poi il pranzo domenicale in grande stile, e infine un'uscita avevano dato forma alle domeniche di Brian e di Lisa per anni. Da molto tempo ormai Damien aveva scelto di organizzarsi per conto suo.

Rose ce l'aveva con quelli che considerava i loro bisogni. Non aveva voglia di portarli al cinema. Non aveva voglia di portarli da nessuna parte. Immediatamente si sentì in colpa. Poveri bambini. Non c'entravano niente. Avrebbe fatto uno sforzo. Aprì il giornale alla pagina degli spettacoli e diede un'occhiata ai programmi dei cinema del quartiere.

La cena era pronta, bastava girare una manopola. Non voleva passare il tempo in cucina. Damien tornò dal vicino negozio con i giornali della domenica e una provvista di latte. Rose si sentì invadere da un'ondata d'affetto per lui. Bagnato fradicio, entrò in cucina gocciolando dappertutto. Rose si chiuse la porta alle spalle.

«Damien, ti vedi con gli altri oggi pomeriggio?»

«Sì. Alle due. Devo telefonare a Philip adesso. Voi uscite?»

«Speravo di no. Non ho proprio voglia di andare da nessuna parte questo pomeriggio.»

La richiesta di Rose aleggiava pesante nell'aria. Damien cominciò a dare segni di disagio.

«Andiamo tutti a vedere *Pulp fiction*, Ma'. Ci siamo organizzati da un secolo.»

Scrollando le braccia Damien si sfilò la pesante giacca impermeabile mentre Rose la tirava per le maniche. Ci fu un lungo silenzio. Quando Rose lo guardò di nuovo, gli vide il senso di colpa scritto su tutta la faccia.

«Va bene» disse infine Damien. «Porterò Brian e Lisa al cinema.»

Per un momento Rose non riuscì a parlare. Il suo cuore traboccava. Non voleva che la prendesse a quel modo. Prese una decisione.

«No, Damien. Ripensandoci, noi tre non andiamo da nessuna parte. Brian e Lisa dovranno svagarsi da soli, una volta tanto. Comunque grazie per la proposta.»

Vide la faccia di Damien illuminarsi di sollievo.

«Be', se sei veramente sicura...»

«Sono veramente sicura.»

«Posso usare il telefono? Solo una telefonata rapida rapida?»

Rose annuì. «Digli che insisto!»

«Grazie, Ma'! Sei la migliore!»

Jeans e gel, dieci minuti più tardi Damien si precipitò verso il cancello proprio mentre John e Philip stavano arrivando. Erano tutt'e due incappucciati e avvolti in giacche impermeabili lucide. I tre moschettieri. Rose lì seguì con lo sguardo mentre attraversavano la strada con uno scatto folle per prendere un autobus. Quando l'autobus improvvisamente gli bagnò le gambe scoppiarono a ridere, e lei si chiese che effetto avrebbero avuto sul loro look i jeans bagnati.

Quando tornò in soggiorno Lisa aveva trovato alcune matite colorate che erano rimaste nascoste da tanto tempo in fondo alla sua scatola dei giocattoli. Disegnava piena di entusiasmo e ne aveva addirittura prestata qualcuna a Brian che stava dando gli ultimi tocchi al suo progetto di informatica. Quando Rose entrò nella stanza alzò lo sguardo.

«Oggi restiamo a casa, ragazzi. Faremo le cose in grande il prossimo week-end, a Pasqua.»

Lisa smise di disegnare per un momento. Entrambi i bambini guardarono Rose. Lei aspettò, ma nessuno dei due aprì bocca. Infine Brian, un po' impaziente, le domandò: «Ti va di fare una partita a Monopoli, Ma'?»

Rose lanciò un'occhiata di rimpianto ai giornali della domenica, alla poltrona accanto al camino. Gli sorrise.

«Che ne dici di farla più tardi, Brian?»

Lui annuì, rassicurato. «Okay. Verso le quattro?»

Rose gli sorrise di nuovo. «Alle quattro va benissimo.»

«Posso giocare anch'io?» chiese Lisa.

«Penso di sì.»

Rose alzò le gambe e aprì il supplemento illustrato del giornale. Per un momento si chiese che cosa stessero facendo in quel momento Ben e Caroline. Decise di non pensarci. Voleva godersi il primo pomeriggio domenicale tutto per sé, dopo vent'anni.

E così, il settimo giorno, riposò.

Domenica 9 aprile; ore 12.30

Ben inclinò di più l'ombrellone per attenuare la luce abbagliante di mezzogiorno. Una settimana di cieli azzurri perfetti, temperature perfette, notti tiepide. Era felice.

Gli faceva uno strano effetto stare con Caroline senza il brivido della possibilità di essere scoperti. La cosa li aveva fatti sentire a disagio nei primi due giorni.

La seconda sera a cena Caroline aveva detto a Ben di aver notato un cambiamento nel loro rapporto. Era prosaico, indifferente. Non sembrava nervosa, stava semplicemente facendo una constatazione.

Ben era trasalito, non abituato com'era a tanta franchezza.

Anche lui se ne era accorto. Il fatto che i primi giorni non fossero stati pieni della tanto sperata folle passione lo aveva un po' deluso. Si era riproposto di ricreare i primi tempi della loro relazione. Pomeriggi rubati, venerdì clandestini. Questo genere di cose.

Il fatto che Caroline lo avesse detto per prima lo aveva preso in contropiede. Aveva trovato difficoltà a rassicurarla, a rassicurare entrambi che si trattava di una reazione naturale.

Lei ne aveva parlato come se la cosa riguardasse altre due persone. Il suo distacco lo aveva spaventato.

Ben si era mostrato pieno di attenzioni: le aveva riempito il bicchiere, tenuto la mano sopra il tavolo, comprato una rosa rossa da una fioraia che sembrava appena uscita da un dépliant turistico. Via via che la sera si oscurava cedendo alla notte Caroline aveva cominciato a sorridergli più spesso. Le sue membra parevano farsi più agili, i suoi occhi più luminosi.

Si era sentito sollevato perché stava ridiventando la Caroline che conosceva.

Ma l'indomani mattina si era alzato per primo, si era vestito ed era andato a sedersi sul balconcino, il viso rivolto al sole, un libro in grembo.

Ben aveva sentito la stilettata della delusione sessuale.

Ma lei era stata affettuosa e affabile per tutto il giorno, prendendolo per mano, baciandolo in pubblico. A pranzo avevano alzato un po' il gomito e Caroline era stata presa dalla ridarella mentre lui la trascinava per quelle stradine per riportarla in albergo. Ma non appena lui aveva chiuso la porta della camera aveva smesso di ridere.

Si erano spogliati con furia a vicenda. Ben riusciva a sentire tutta la freddezza e il distacco di Caroline sciogliersi e svanire.

Lei era passionale ed esigente, lui felicissimo e tenero. Era stato meglio del migliore incontro clandestino.

Dopo, Caroline era sembrata perfettamente soddisfatta, a proprio agio con lui. Si rendeva conto di osservarla come un falco, terrorizzato all'idea di perderla.

Stava funzionando. Sapeva che stava funzionando. Ormai il riserbo di Caroline era quasi sparito: voleva farle sapere quanto aveva bisogno di lei.

Voleva dirle che aveva lasciato Rose. Un appassionato rogo di vascelli, un rito di ingresso nella maturità. Non c'era nulla ad aspettarlo al suo ritorno. Non voleva che ci fosse nulla ad aspettarlo al suo ritorno.

Voleva stare con lei.

Decise di dirglielo quella sera, la prima domenica piena in assoluto che trascorrevano insieme. Per lui, era una cosa definitiva. Sentiva che lo era anche per lei, ora che l'estraneità iniziale si era dispersa ridiventando novità.

La guardò dall'altra sponda del tavolo, fondendo quella sera con le infinite altre in cui si era trovato di fronte a lei nello stesso modo. Sentiva che non c'era alcuna separazione tra i loro io; i confini si dissolvevano quando era con lei; si sentiva tutt'uno con il resto del mondo.

La guardò mentre si tirava i capelli dietro le orecchie, un vezzo che ripeteva incessantemente. Il piacere di osservarla compiere quel gesto gli provocava quasi un dolore fisico. Adorava quel punto in cui i capelli le sfioravano appena il lato della mascella, ricadendo serici in avanti quando chinava la testa.

I suoi orecchini scintillavano. Erano gioielli che le aveva comprato lui, discreti e cari. Caroline era il tipo di donna che acquistava orecchini raffinati per sé; il suo regalo non avrebbe mai dato adito a commenti.

Desiderava con tutto se stesso comprarle il genere di gioielli che, quando li avesse indossati, l'avrebbero proclamata sua pubblicamente, definitivamente.

Tese la mano sul tavolo che la luce delle candele avvolgeva in un'atmosfera intima. Lei aveva la mano fredda per aver toccato il bicchiere ghiacciato.

«Caroline, dobbiamo parlare.»

Lei alzò gli occhi di scatto, lisciandosi di nuovo i capelli dietro l'orecchio con la mano libera.

«Sì.»

Era un'affermazione la sua, non una domanda. Quindi, ovviamente, anche lei aveva pensato che fosse ora di prendere una decisione.

Incoraggiato da quello che gli parve un consenso, Ben si lanciò a capofitto annegando nell'amore per lei.

«Ti amo, Caroline. Questa settimana me lo ha confermato, più che mai.»

Caroline si raddrizzò sulla sedia.

«Lo so che eravamo d'accordo di non fare passi definitivi prima che fossero trascorse queste due settimane, ma non ce la facevo ad aspettare.»

La voce di Ben era emozionatissima. Non aveva notato l'espressione di Caroline.

«Ho lasciato Rose. Non te l'ho detto prima perché non volevo che ti sentissi sotto pressione per quello che ho fatto. Ma è una cosa definitiva: gliel'ho detto.»

Finalmente il viso di Caroline parve fare effetto su Ben.

«Caroline, ascoltami. Io ti amo, e ho lasciato Rose. Ma anche se non fossimo arrivati a questo punto, il nostro non era più un matrimonio. L'avrei lasciata comunque.»

Caroline cominciò ad alzarsi. Le lesse in faccia quello che aveva capito nello stesso istante in cui lo aveva detto: era un bugiardo.

Caroline si avviò a passi malfermi fuori dal ristorante. Il cameriere, arrivando per prendere le ordinazioni, rimase sbalordito.

Ben balzò in piedi per andarle dietro. Il cameriere, con fare educato, gli sbarrò il passo.

In preda al panico, Ben gli allungò un biglietto da mille pesetas per le bevande, e si fece largo a gomitate in mezzo a una chiassosa comitiva che stava entrando.

Quando uscì, di Caroline non c'era più traccia.

PARTE SECONDA

Lunedì 10 aprile; ore 12.30

Rose controllò le serrature nuove, davanti e sul retro. La porta principale era un po' dura. A Rose non importava. Si sentiva più contenta con le serrature di sicurezza installate. Proprio quando il fabbro andò via Damien tornò da scuola. Smontò dalla bici e mise il lucchetto con destrezza. Rose lo guardò sorpresa.

«Damien, non ti aspettavo a casa per pranzo!»

«Te l'avevo detto. Oggi pomeriggio andiamo al Museo degli scrittori. Ecco perché ho preso la bici.»

Quindi l'aveva avvertita. Adesso se ne ricordava. Era contenta che il fabbro fosse andato via. Negli ultimi giorni la sua mente era confusa, sfasata.

«Che cos'è questa roba?» Damien toccò la catena dietro la porta principale.

«Volevo un po' più di sicurezza. Ultimamente ci sono stati parecchi furti da queste parti. Avevo bisogno di sentirmi più sicura la notte.»

Damien annuì. Dalla sua faccia Rose capì che non le credeva. Ma non gli diede altre spiegazioni. Ogni giorno ha la sua pena. Quanto basta per arrivare a sera.

Lui le fece la solita domanda di quando erano soli.

«Notizie?»

Rose scosse la testa. «Ci sono un po' di spaghetti al sugo avanzati da ieri sera. Vuoi che te li scaldi nel forno a microonde?»

Quando non sai che fare, offri da mangiare. Damien aveva una fame perenne. Era un ottimo diversivo.

Col cavolo che avrebbe permesso a Ben di tornare il prossimo lunedì, o in qualsiasi altro momento, come se nulla fosse. Aveva sognato che tornava, che sentiva la sua macchina e poi la chiave nella serratura. La prima volta si era svegliata in preda a una rabbia smisurata. Quel sogno l'aveva pietrificata. Era rimasta paralizzata in quel modo terribile tipico dei sogni, che impedisce qualsiasi azione. Non sarebbe stata lì ad aspettare, passivamente, il suo ritorno.

Sarebbe rientrato in casa sua alle sue condizioni. Doveva tornare fra meno di una settimana. Non si sarebbe lasciata cogliere alla sprovvista. Diede a Damien le copie delle chiavi.

«Non le perdere. Non voglio riavere questa seccatura.»

Damien annuì con la bocca piena.

«Torni alla solita ora?» gli domandò Rose mentre puliva il ripiano.

«Sì. Dovrei.»

«Ti va di passare a prendere Brian e Lisa da Jane? Sua suocera guarderà i bambini, perciò cerca di essere lì per le quattro precise. Okay?»

Damien annuì di nuovo. Non le chiese nemmeno dove andasse.

Rose gli disse cauta: «Dovrei essere di ritorno verso le sei, ma può darsi che faccia un po' più tardi. Per cena c'è lo stufato, devi solo cuocere un po' di riso e potrete mangiare da soli. Di' agli altri due che ho lasciato ordine di fare i compiti.»

«Va bene. Ma tu non devi mangiare?»

«Lasciami un po' di stufato. Ci penserò quando torno.»

«Bene. Io vado.»

Mentre correva per il vialetto Damien incrociò Jane. Lei gli gridò qualcosa e lui rispose salutandola con la mano. Rose aprì la porta mentre prendeva il cappotto e la borsetta dall'armadio dell'ingresso.

«Sei pronta?» le gridò Jane.

Poi lanciò un'occhiata alla faccia di Rose.

«Non sei obbligata a farlo, lo sai.»

«Sì, lo so. Ma voglio farlo. Mi rendo conto che è sciocco, ma voglio veramente farlo.»

«Potrai ripensarci in qualsiasi momento. Io faccio solo da autista.»

Rose uscì e chiuse a chiave la porta. Lasciò cadere le chiavi nella borsetta.

«Andiamo.»

30 marzo 1993

Non appena Ben è uscito Rose si mette al lavoro.

Questo è il giorno migliore per farlo; Ben tornerà tardissimo. Rose è preoccupata perché Barry Herbert gli sta piantando tante grane, e spera che oggi riesca a sistemare tutto. È veramente giù di corda.

Si sforza di non pensare a Ben e ai suoi guai. È contenta di essere indaffarata, sebbene detesti questo lavoro.

Rose toglie ogni soprammobile da ogni superficie della stanza. Toglie i quadri e stende giornali vecchi dalla porta d'ingresso fino alla parte opposta della casa. Stacca le tende da entrambe le grandi finestre. È ora di pulirle. Perfino con i guanti di gomma riesce a sentire il sudiciume di un anno di camino acceso, e del fumo di Ben.

Questo giorno riesce sempre a deprimerla. La casa ha un'aria sporca e spoglia. Se O'Farrell e Figli arriveranno presto per spazzare il camino, allora riuscirà a far tornare tutto alla normalità per quando rientrerà Ben. Lui odia tutta questa confusione.

Rose getta un lenzuolo sopra il televisore e copre lo stereo con un giornale, fermandolo con il nastro adesivo. Tira giù i libri e le riviste dagli scaffali. Da questo caos creerà l'ordine; comincia a provare un senso di soddisfazione.

Tutto il vicinato sa che O'Farrell e Figli sono bravissimi; fanno un lavoro molto rifinito. Dopo ogni opera di pulizia, però, si lasciano anche dietro una scia di sfacelo. Grazie a Dio succede solo una volta all'anno.

A mezzogiorno è pronta. Il tavolo della cucina è pieno di alte pile di cose da lavare. Ogni superficie è coperta di libri e giornali che aspettano di essere smistati. Rose riempie il lavello di saponata calda; suonano alla porta.

Bene. Per l'ora di pranzo se ne saranno già andati. Per le sei avrà ripristinato la normalità. La cena è nel forno. Tutti i figli sono a scuola, al sicuro. Tutto procede a meraviglia.

O'Farrell e Figli attraversano a passo di marcia l'ingresso, trascinando le scope e l'attrezzatura. Rose osserva nervosa l'avanzata. La carta da parati è molto costosa.

Raggiungono il soggiorno senza incidenti. Laconici come sempre, rifiutano il tè. Rose si ritira, sperando che non facciano cadere niente.

Anni fa cercò di convincere Ben a delegare ai termosifoni il compito di scaldare la casa. E rinunciare a qualsiasi forma di fuoco vivo. Ma a lui piaceva l'effetto, disse. Conferiva un centro all'ambiente, disse.

E così, il rito continua.

Tutte le mattine Rose toglie la cenere, prepara il fuoco per la sera, lava a fondo il camino e la mensola e passa l'aspirapolvere dappertutto. Non ci mette molto.

Cominciando da oggi, tutte le pulizie di primavera dureranno una settimana. Ormai non ci rimane più tanto male quando nessuno si accorge che sono state fatte. Se non altro lei sa che tutto è lucido e splendente.

Mentre affonda le braccia nella saponata si chiede se tra vent'anni starà facendo la stessa cosa. Con il tempo la vita è diventata molto prevedibile. Tuttavia ha parecchi motivi per essere soddisfatta. Questo lo sa.

Mentre O'Farrell e Figli rumoreggiano a più non posso di là, Rose riempie a ripetizione il lavello, usando uno spazzolino da denti per pulire le minuscole e scomode porcellane.

Ha voglia di pranzare in un pub. Le viene un impulso folle di telefonare a Ben all'ufficio di Barry. Un folle, imprevedibile desiderio di un pranzo al pub con suo marito.

Guarda l'orologio. È troppo tardi. Quando O'Farrell e Figli avranno finito Lisa tornerà da scuola. E lei, Rose, avrà bisogno di farsi una doccia e di cambiarsi prima di andare da qualsiasi parte.

Una bella idea, ma non oggi.

Magari un'altra volta.

Lunedì 10 aprile; ore 13.15

Jane la fece ridere per tutto il tragitto, fino all'aeroporto. Storie sul fratello e la moglie inadatta, sulla distrazione della suocera, sul suo lavoro part time nel caffè vicino a casa. Quelle stranezze fecero sì che Rose si sentisse meno a disagio per quello che stava per fare. Il senso dell'umorismo di Jane era contagioso. Rose cominciava a riscoprire il proprio.

«Allora?»

Si era fermata davanti al terminal.

«Cosa preferisce la signora? A casa, oppure al parcheggio lunga sosta?»

«Senz'altro al parcheggio lunga sosta!»

«Presto» fece Jane, «andiamo, prima che ci ripensi!»

Impiegarono circa un quarto d'ora per trovare la BMW grigio metallizzato di Ben.

«Chiavi, prego.» Jane tese la mano.

Ridacchiando Rose premette il pulsante dell'allarme e consegnò le chiavi a Jane. Le sicure saltarono su obbedienti.

«Sei certa che si ricorderà dove l'aveva parcheggiata?»

«Certissima. Non se ne dimentica mai.»

«Okay, andiamo.»

Jane spostò la macchina. Ben era entrato in retromarcia, sistemandola alla perfezione tra le strisce bianche.

«Dove si va?»

«Il più lontano possibile. Dirigiti verso la parte opposta del parcheggio e cerca un posto. Poi infilati di muso. Odia dover uscire in retromarcia.»

Era una cosa da niente. Rose immaginò la frustrazione di Ben, poi, forse, il panico mentre pensava l'impensabile: che gli avessero rubato la sua prediletta, e che magari adesso era attorcigliata intorno a un lampione da qualche parte.

La vendetta era dolce. Erano tutte e due su di giri mentre vagavano per il parcheggio, e strillarono divertite quando Rose individuò un posto all'altro capo dell'enorme area. Jane parcheggiò con cura, infilandosi tra una lucida Mercedes e un'arrogante Jaguar.

Rose aprì il bagagliaio, per vedere se ci fosse qualche traccia... di che cosa? Dell'amante di Ben? Dei suoi progetti? Non c'era niente, tranne la sua cravatta di seta rossa e nera. Una cravatta di Valentino che gli aveva regalato per qualche compleanno. A parte quella, la macchina era di un pulito innaturale.

Aveva perfino trovato il tempo di fare questo, prima di partire. Più ci pensava e più Rose si rendeva conto che il suo era un gesto programmato da tempo. Non era affatto un colpo di testa improvviso. Aveva preparato tutto con cura.

E lei era stata l'ultima a sapere.

Questa consapevolezza rendeva quel piccolo gesto più gustoso. Giustificava il cambiamento delle serrature. Costituiva una buona preparazione per l'incontro di domani con David O'Brian.

Poi sarebbe arrivata la Pasqua. E poi, il diciassette. Si sarebbe fatta trovare preparata.

Jane la stava aspettando. L'allarme trillò discreto. Rose mise le chiavi nella borsetta e infilò il braccio sotto quello di Jane, un gesto che non faceva dai tempi di Martha.

Con un senso di sollievo tornò verso la macchina.

«Già mi immagino i titoli: 'Uomo arrestato per comportamento sospetto nel parcheggio dell'aeroporto'.»

Jane scoppiò a ridere.

«Con Caroline e valigie al seguito!»

«Te lo immagini? Lui che cerca di convincere il guardiano che gli hanno rubato la macchina?»

«E poi la trova parcheggiata esattamente là dove diceva che non era?»

«Te la immagini la sua faccia?»

Rose non aveva voglia di tornare subito a casa. Aveva bisogno dell'umorismo di Jane, della sua solidità, della sua amicizia.

«Dirigiti verso Malahide» disse all'improvviso. Jane le lanciò una rapida occhiata in tralice. Aveva captato la sua ansia, e non riusciva a capire a che cosa fosse dovuta.

La faccia di Rose era tutta un sorriso.

«Ti invito a pranzo. No...» Alzò la mano per respingere qualsiasi protesta. «Insisto.»

Jane rise. «Non avevo intenzione di obiettare. Voglio solo che mi dica da che parte siamo dirette in modo da sapere dove parcheggiare. Muoio di fame!»

Per la prima volta da più di una settimana Rose aveva fame. Non c'era nessuna fretta. Aveva tutto il pomeriggio davanti a sé. I ragazzi erano al sicuro, la Bonne Bouche sotto controllo.

E Ben? Ben era lontano mille miglia, e si allontanava sempre di più.

30 marzo 1993

Ben sta veramente perdendo la pazienza.

«Per l'amor di Dio, Barry, mettilo un po' sotto pressione. Ti comporti come una bambinaia.»

Caroline rimane a guardare mentre i due uomini si scornano. Spera che Ben capisca che Barry sa essere molto testardo quando è convinto di agire nel modo giusto.

È paonazzo in viso e la sua bocca è una linea diritta.

Ormai non stanno più trattando. Barry ha preso una decisione e nulla gli farà cambiare idea.

«Si è ritirato per motivi perfettamente validi, Ben. Non sono nelle condizioni di poterlo costringere, né lo farei.»

Ben si liscia la cravatta.

«Senti, Barry, un affare come questo capita una volta sola. Quattrocentomila divise tra noi quattro per quell'immobile sono una bazzecola. Anche così com'è, senza restauri o altri locatari commerciali, ne vale mezzo milione. Potremmo tenerlo così per un anno senza farci niente, e sarebbe comunque un affare, per noi. Gli edifici georgiani vanno *forte*, non possiamo lasciarcelo scappare.»

Barry scuote la testa.

«Lo so perfettamente. Ma conosco anche Mike. In questo momento si sente troppo esposto, e non vuole impegnarsi in un affare di cui non riesce a vedere la fine. Gli ho proposto, se vuole, di prendere una quota inferiore al venticinque per cento. Ho pensato che magari noialtri avremmo potuto far fronte a ventotto e un terzo ciascuno. Gli ho detto che poteva partire dal quindici, con l'opzione di acquistare un ulteriore dieci per cento entro un anno o giù di lì se la situazione fosse migliorata. Ma lui deve ritirarsi per forza.

«Ne abbiamo parlato a fondo, Ben, non c'è niente da fare. Tra il venticinque e il ventotto è il mio limite massimo, e in questo momento non intendo assolutamente entrare in un affare a tre, sono troppo compromesso. Lascia perdere, Ben. Ne capiteranno altri.

«Non potremmo trovare un altro socio?»

Barry scuote di nuovo la testa.

«Abbiamo fatto tutte le ricerche del caso. Non adesso... è il momento sbagliato per troppa gente. Non c'è nessun altro con cui mi sentirei tranquillo ad aspettare che il palazzo cominci a rendere sul serio. Potrebbero occorrere dieci anni, per ottenere il profitto massimo.»

«E Peter?»

«No, a lui interessano soltanto gli affari mordi e fuggi. Non è la persona adatta per una cosa del genere. Qui ci vuole pazienza. Abbiamo bisogno di gente lungimirante, gente di cui ci possiamo fidare.»

«Come Mike?» chiede amareggiato Ben.

Barry gli lancia una lunga occhiata.

«Sì, proprio come Mike. Si è tirato indietro prima che qualcuno di noi si impegnasse, per motivi di lavoro validissimi. Meglio questo che abbandonare la nave di qui a sei mesi e costringerci tutti a vendere in una situazione di mercato tutt'altro che ideale.»

Barry alza la mano proprio nel momento in cui Ben sta per parlare di nuovo.

«Ormai è fatta, Ben. Tenevano il prezzo fino alle due di oggi. Ci hanno dato quarantotto ore, ormai è fatta. Può anche darsi che venga venduto a meno di quattrocento. Ma il punto è: *non ha alcuna importanza*. È troppo tardi per noi. Questo è sfumato. Ne capiteranno altri.»

Barry comincia a infilare alcuni documenti nella valigetta.

Caroline scruta il viso di Ben. È esausto. Ed è arrabbiato. Intuisce che Ben è pronto a rischiare tutto, Barry no. Questa non è che una delle differenze tra i due.

«Ora vado a dire alla banca che l'affare è saltato e perché. Li faremo contenti e ci tratteranno bene la prossima volta. Ci sarà una prossima volta, Ben. Abbiamo solo perso un giro.»

Si rivolge a Caroline.

«E dopo vado a casa.»

Ben è in piedi e sta guardando fuori dalla finestra, le mani affondate nelle tasche.

«Io continuo qui. C'è un mucchio di pratiche da sistemare. Sarò a casa alla solita ora.» Caroline si sforza di mantenere un tono di voce neutrale.

Barry la guarda. «Non puoi farlo domani?»

Caroline scuote la testa.

«Da' un'occhiata al registro delle telefonate. Il fiasco di Merrion Square ha preso tutta questa settimana fino all'ultimo minuto. Adesso bisogna pensare a guadagnarsi il pane.»

Caroline è consapevole dell'impatto delle proprie parole. Quel «fiasco» rivela un chiaro cambiamento di partito. La decisione l'ha presa Barry, e l'insuccesso è tutto suo.

La schiena di Ben si raddrizza notevolmente. Per un istante Caroline si chiede se è convinta di quello che sta facendo.

Barry se ne va. Nessuno dei due uomini saluta.

Appena la porta si chiude Ben si scosta dalla finestra. Tutti i segni della rabbia sono scomparsi. Ha un'aria soddisfatta.

«Bene, capitolo chiuso. Vado a pranzo. E berrei anche qualcosa.»

E poi, quasi ripensandoci: «Vuoi venire con me, Caroline?»

Il tono è perfetto, amichevole, disinvolto. Ma Barry non si è portato via la tensione.

Si è trasformata in qualcos'altro, che riguarda loro due.

Caroline sa che deve prendere una decisione. Sistema con cura i documenti sulla scrivania.

Sorride a Ben.

«Il tempo di prendere il cappotto.»

*

Non appena O'Farrell e Figli hanno finito Rose prende l'aspirapolvere. È contenta di non doverci pensare più per un anno intero.

Pulisce e spolvera, rimette a posto libri e soprammobili, riempiendo di pattume un sacco di plastica nera durante l'operazione. Si ferma solo per preparare il pranzo ai ragazzi e metterli a fare i compiti. Brian in camera sua, Lisa al tavolo della cucina. Funziona meglio così.

Alle cinque la stanza è immacolata. Rose infila le tende in un sacco e le mette in macchina per portarle in tintoria domani.

Va in soffitta a prendere la scala e tira giù le vivaci tende estive pulite dall'ultimo ripiano dell'armadio.

Dopo averle attaccate ha le spalle indolenzite. Però è soddisfatta, veramente soddisfatta della giornata di lavoro.

Riempie la vasca da bagno di acqua calda, e vi getta dentro manciate di sali. Controlla il timer del forno e firma due diari scolastici, ispezionandoli un pochino meno minuziosamente del solito.

Butta i suoi vestiti sporchi nel cesto del bagno. Prende una gonna nera e la camicia di seta fucsia dall'armadio. Forse stasera riuscirà a convincere Ben ad andare a bere qualcosa. Sono secoli che non escono da soli di sera. Quando lui rientrerà si farà trovare pronta.

Rose si immerge nell'acqua fumante con tutta la testa, scaldandosi il viso e il cuoio capelluto.

Reclina la testa, assaporando l'indolenzimento mentre il suo corpo si rilassa.

Il pub ha cominciato a tingersi di un'atmosfera di sogno. Mentre parla con Ben le percezioni di Caroline si affinano. Tutto il resto sta pian piano sbiadendo in un sottofondo confuso.

Nessuno dei due ha praticamente toccato il cibo.

Ben stenta a riconoscersi. Un uomo di mezza età, tutt'altro che un Adone, inquieto e insoddisfatto per anni, all'improvviso si è trasformato in un dinamico visionario amante del rischio.

Non è più un uomo d'affari che si guadagna una vita agiata grazie alla fortuna e al duro lavoro, che sgobba in un ufficio sistemato in casa, bensì un imprenditore lanciato verso altezze senza limiti.

Parla a Caroline di progetti che non sapeva nemmeno di avere. Si gonfia tutto per fare più colpo su di lei. È colto da uno slancio di sicurezza, da un senso di fiducia nel futuro che non aveva da anni.

Caroline riesce perfino a perdonargli il fatto che fumi. Decide che le piace il miscuglio di tabacco e dopobarba. Vorrebbe che la baciasse. Sono già seduti talmente vicini che il minimo movimento da parte sua darebbe il segnale, e lui potrà pensare che l'idea sia stata sua.

Si rassetta la gonna, con la mano sfiora appena la coscia di Ben.

Allora lui le afferra la mano e se la porta alle labbra. In qualsiasi altro momento, nel caso di qualsiasi altra coppia, Caroline avrebbe riso di quel gesto.

Ora le sembra una cosa di un romanticismo estremo. La mano di Ben è sorprendentemente asciutta e calda. La stretta è salda, i polsi sono forti e pelosi. È tutto sommato più solido e massiccio di quanto non le abbia fatto credere il suo giro vita abbondante.

Comincia a chiedersi come sia nudo. Il corpo di Barry è esile e sodo, spesso umido al tatto.

Ben, sospetta, sarebbe diverso.

Quando lui la bacia, sente una carica erotica che solo al dieci per cento è fatta di gin.

La bacia di nuovo, accarezzandole il viso, le mani, il collo, dovunque riesca a trovare un po' di pelle nuda.

Martedì 11 aprile; ore 6.00

Un altro martedì. Un altro inizio alle sei. Rose si domandò se la sua vita fosse mai stata diversa. La puntata all'aeroporto per giocare quello stupido tiro a Ben l'aveva fatta star bene. Ma ora, nella cucina silenziosa, si sentiva circondata da tutti gli orpelli del suo fallimento.

Si chiese che cosa stesse facendo Ben. Sentiva ancora una pugnalata ogni volta che pensava a quei due insieme. Ricordò le parole aspre di Ellen di tanto tempo fa:

«Spero proprio che ti meriti».

Entrava e usciva da uno stato di rabbia. In questo momento, non c'era che vuoto.

Amalgamò e pigiò e formò l'impasto con le palme delle mani. Cominciava a sentirsi meglio.

Questa mattina pensava a quanto poco spazio c'era ormai per Dio nella sua vita. Nessun discorso del papa che dicesse quanto lei era speciale, quanto erano speciali tutte le donne, sarebbe riuscito a convincerla che non era partita svantaggiata.

Le sembrava di non essere mai stata veramente religiosa, non nel senso in cui lo era Ben. E dopo Michael, lo era diventata ancora meno. Si trattava di un rito, un rito che osservava per i figli. Con loro non avrebbe mai accennato ai suoi dubbi.

L'atteggiamento di Ben, invece, era diverso. Per lui la domenica era sacra; pregava tutte le sere. Un buon cattolico.

Si chiese come facesse a pensarla così e fare quello che faceva.

Oggi sentiva con più intensità del solito che le erano stati sottratti vent'anni. Lei aveva osservato le regole ma qualcuno aveva cambiato il gioco. Vent'anni di duro lavoro in casa non le avevano fruttato un bel niente.

Per questo Dio non poteva offrirle alcuna consolazione.

Rose infilò le teglie con le pagnotte nel forno. Una tazza di tè, e poi l'interminabile fotocopiatura. Decise che avrebbe fatto come le aveva detto David O'Brian, ma era l'ennesimo passo definitivo, un altro chiodo nella bara.

Il giorno prima, al telefono, era stato molto sbrigativo: un uomo indaffarato. Rose ci era rimasta male; aveva bisogno di qualcuno che la trattasse con gentilezza. «Ogni promemoria» aveva detto, «ogni lettera, ogni fattura, ogni estratto conto, ogni certificato azionario... fa' copie di tutto. Poi potremo vedere qual è la nostra posizione.»

Se non altro quel «noi» era stato di conforto. Un'altra persona dalla sua parte.

Rose sentiva di non avere la stessa energia, lo stesso ottimismo della settimana scorsa.

Ritirò fuori il suo taccuino. Era terrorizzata all'idea di non avere impegni.

Lentamente, pensosamente, nella cucina vuota si inventò gli impegni per la settimana che l'avrebbero aiutata a sentire ancora una volta che stava ricominciando.

10 aprile 1993

Ben riaggancia il ricevitore con estrema delicatezza. Ha le mani sudate. Prende il fazzoletto dalla tasca e se le asciuga. Spinge indietro la sedia girevole e raggiunge la finestra.

Stenta a credere alla fortuna che ha avuto. Lei ha accettato di rivederlo. Ha temuto che si sarebbe tirata indietro, dicendo che era stato tutto un terribile errore. Nel cuore della notte, disteso accanto a Rose, Ben ha avuto paura. Stava correndo dei rischi?

La mattina dopo non gliene importa più. Vuole Caroline. Staranno attenti. Farà in modo che nessuno scopra niente, almeno non fino a quando saranno pronti. È sicuro che sono fatti l'una per l'altro.

In piedi alla finestra osserva Rose che sta stendendo il bucato. È alle prese con un grande lenzuolo bianco. Il lenzuolo del loro letto. Il vento glielo strappa dalle mani per un momento. Poi, con una folata violenta, il telo le si avvolge addosso. Rose si dibatte per liberarsi della sua umidità pungente.

Per qualche motivo che non riesce a capire, questa scena turba Ben. Per un momento gli viene l'istinto di andare ad aiutarla. Poi si infastidisce. Perché non usa semplicemente l'asciugabiancheria? Non si stufa mai, di essere tanto coscienziosa?

All'improvviso Ben si allontana dalla finestra e chiude la borsa. La scenetta domestica lo ha fatto arrabbiare.

Prende la borsa e raggiunge la macchina passando per la porta di servizio.

Rose sente sbattere la porta.

Ha un tuffo al cuore. Questa è la seconda volta che esce

senza salutarla. Quando arriva di corsa in fondo al vialetto, la BMW si sta unendo al rado traffico pomeridiano. Se ne è andato. Si chiede che cos'è che va tanto storto.

Ben, scorgendola nello specchietto, pigia il piede sul pedale dell'acceleratore.

Una donna di mezza età con un sacchetto portamollette al collo.

Ben preme il tasto del lettore cd che si chiude con delicatezza.

Gershwin. *Rhapsody in Blue*.

Alza leggermente il volume e si dirige verso Malahide.

Mercoledì 12 aprile; ore 8.00

Metà della seconda settimana. Rose stentava a credere di essere sopravvissuta fino a quel momento. Una settimana e mezza. Una vita e mezza. Tutte le sconfitte di ieri questa mattina erano sparite. La sua energia era di nuovo sconfinata.

Oggi il fatto di guadagnare soldi suoi la faceva sentire bene. La Pasqua era tempo di baldoria. Calcolò l'ammontare della sua busta paga. Voleva dare qualche soldo in più a Damien per la serata speciale in discoteca di sabato. E voleva portare Brian e Lisa al cinema e poi a mangiare un hamburger.

Allineate davanti a lei sul tavolo della cucina e sui ripiani c'erano quattro dozzine di dolcetti pasquali, pronte per essere infornate. Inoltre c'erano due dozzine di panini integrali e altrettanti bianchi. Più mezza dozzina di viennesi, la prima ordinazione di questo tipo. Erano noiosi da fare e portavano via molto tempo, ma Rose non aveva intenzione di guardare in bocca a caval donato. Poi la roba tipica di Pasqua, e infine le ciambelle, che erano pronte per essere fritte.

Rose si preparò un caffè istantaneo e annotò nel taccuino il tempo stimato di cottura per ogni infornata. Con un po' di fortuna, tutto sarebbe stato pronto e imballato per partire alle dieci. Senza, forse per le undici. Joe sarebbe passato con il furgone alle undici e mezzo. Comunque andasse, avrebbe fatto in tempo.

Cominciava ad aver bisogno di quelle ore del primo mattino. Preparare il pane le dava una grande soddisfazione. A volte per far presto usava l'impastatrice, ma più spesso affondava le mani fino ai gomiti nelle masse in lievitazione. E giù a impastare, pigiare, arrotolare, formare; amava il senso di compimento. Quello era un lavoro che non aveva mai voglia di affrettare; le piacevano gli odori e le consistenze, la corposità lievitante sotto il palmo della mano. Per la prima volta nella sua vita Rose sapeva che cosa significava andare orgogliosi del proprio lavoro.

A volte si rattristava al pensiero che quello che prima faceva per amore adesso lo faceva per soldi.

Ma così andava il mondo, rifletteva. Gli omaggi alla famiglia e alla massaia non erano che un mucchio di frasi fatte. Il denaro era la misura del successo e dell'importanza; veniva pesato con la stessa precisione della farina e dello zucchero che lei pesava per il suo pane. Il denaro era il lievito che aveva elevato Ben alla ricchezza e alla rispettabilità.

Rose si trovava in quella posizione perché lui l'aveva portata con sé. Al massimo dell'importanza, tutto il suo lavoro fatto per amore, per la famiglia, per il sostegno della casa, non valeva un cazzo di niente.

Andandosene, Ben si era portato via tutto quello che apparteneva a loro, non solo a lui.

Ogni mattina, a un certo punto, Rose si arrabbiava a quel pensiero. Ma pian piano la rabbia cominciava a durare sempre meno; i suoi progetti personali diventavano via via più elaborati, e la rabbia faceva solo parte del rito.

Il timer suonò stridulo. Rose tirò fuori una teglia di belle pagnotte pasquali tonde e paffute, che trasudavano bontà.

Mentre infilava le successive due teglie nel forno, Rose giurò a se stessa che non avrebbe mai più lasciato che accadesse una cosa del genere.

Febbraio 1994

Una buia, opprimente giornata di febbraio. Rose odia il mese di febbraio; il cielo è basso, cupo, cancella i colori. Tutto intorno a lei è di un grigio uniforme.

Naturalmente piove dalle prime ore della mattina. Il taxi non è arrivato, e così accompagna Ben all'aeroporto alle sei. Si sente sollevata per la sua partenza. Ultimamente vivere con lui è stato molto difficile. Oppure la difficile è lei. Ormai non lo sa quasi più.

Se qualcuno le chiede come si sente, risponde: «Stanca». In questi ultimi giorni le sue energie l'abbandonano più rapidamente e più spesso.

Già non vede l'ora di andare a letto presto. Una cena dalla rosticceria, un bagno, e a letto. I piaceri semplici.

Da Natale in poi Ben è stato sempre più irrequieto. O forse già da prima di Natale; alterna periodi di grande energia a periodi di indolenza. Ha un che di fragile, come se le cose non andassero per il giusto verso. E secondo Rose beve anche più di quanto dovrebbe.

Ieri sera lei gli ha proposto, con molta titubanza, di uscire insieme prima del suo viaggio di una settimana a Londra. Con sua sorpresa, Ben ha acconsentito subito. È la prima reazione positiva che ha avuto da lui in diversi mesi. Sta sfuggendo, si sta allontanando da lei. Quando ci pensa, Rose è colta dal terrore.

Forse adesso riuscirà a comunicare con lui, a trovare un varco nel filo spinato che lo circonda.

Quando arrivano al pub dopo una lunga camminata silenziosa, Ben si dirige difilato verso il bar. Rose si allontana per andare a cercare due posti a sedere.

Ha qualcosa in fondo alla gola che comincia a soffocarla.

Sorride ad alcuni vicini e si sente raggelare la faccia. Pensa a quello scherzo che si fa da bambini: se il vento cambia la tua faccia resterà così.

Ben sta arrivando dal bar. Rose osserva la linea della sua mascella, la rigidità della sua camminata. Digrigna spesso i denti nel sonno. E sembra che lo stia facendo anche adesso.

Le si siede accanto pesantemente.

«Vorrei non dover fare questo viaggio.»

Rose ha un tuffo al cuore. Sta tornando da lei? Le sta dicendo che la ama, che preferirebbe stare con lei?

«Il momento non potrebbe essere più sbagliato di così. Barry Herbert non ha fatto i compiti. Quelli là non sono pronti per firmare un contratto. Me lo sento.»

Prende un grosso sorso di whisky. Rose nota che è doppio.

«Che succede, Ben?» gli chiede sottovoce.

E subito il sasso che ha in fondo alla gola si sposta un pochino. Riesce di nuovo a respirare.

Ben si volta di scatto verso di lei. Rose ha l'impressione che sia impallidito di colpo.

«Che cosa vuoi dire?»

«Ultimamente sei molto agitato. Sono mesi che non abbiamo un po' di tempo per noi. Sono preoccupata per te.»

Questa è una formula che di solito funziona. A Ben non piace sentirsi accusare, rammentare qualsiasi genere di colpa, reale o immaginaria che sia.

Rose ha l'impressione di vedere il sollievo balenare sul suo viso. Pensava che stesse per fargli una scenata in pubblico? Ancora non la conosce?

Ben le prende la mano e la stringe.

«Mi dispiace, amore. Questo affare mi ha messo un po' in agitazione. Barry è fin troppo rilassato per i miei gusti, e ho paura che mi sto per cacciare in un pasticcio.»

«Ti accompagnerà in questo viaggio?»

Ben saluta con la mano qualcuno al bar. Ci mette un po' prima di guardarla di nuovo in faccia. Prende un altro grosso sorso di whisky.

«No. È bloccato qui. Ascolta, tu non hai motivo di preoccuparti. Sistemerò la faccenda e torneremo alla normalità. Un altro drink?»

Rose annuisce. La frustrazione la opprime come un nembo di febbraio. Quando torna, Ben è più allegro, il pallore è svanito.

Rose fa uno sforzo immane per adeguarsi al suo umore. Parlano con più facilità, e quando si incamminano verso casa è quasi allegra. La distanza che li separa sembra essersi accorciata un pochino. Forse stasera faranno l'amore.

Ben controlla i bambini mentre Rose si spoglia. Tornato in camera da letto, le dà un bacio frettoloso.

«Mi faccio una doccia. Mi devo alzare alle cinque. Mi potresti buttare un po' di cose nella valigia? Non aspettarmi in piedi, devo mettere in ordine alcuni documenti.» Rose annuisce stordita. Una parte di lei vorrebbe gridargli Fallo Da Te.

Piega sette camicie, quattro cravatte e due pullover di cachemere. Poi sistema con cura la valigia sul pavimento accanto al letto, dalla parte di Ben, spegne la luce e s'addormenta.

Si fanno le cinque, e il taxi non arriva.

Accompagna Ben all'aeroporto, ancora perplessa per il suo estremo nervosismo. È arrabbiato con Barry Herbert. Una volta che Ben è partito, Rose comincia a pentirsi di essere stata così inerte. Poi si sente sollevata di stare sola. Per una settimana. Spazio.

La levataccia delle cinque comincia a farsi sentire nel tardo pomeriggio. Le corse a scuola, la spesa, le corse in piscina, una breve visita al padre, la montagna di bucato settimanale da lavare e asciugare. Alle nove pensa: portatemi via da tutto questo.

Distesa nella vasca da bagno, Rose torna indietro col pensiero. Ben ha un che di sfuggente, qualcosa su cui proprio non riesce a mettere il dito. Crisi di mezza età? Forse si tratta proprio di questo.

Decide di passare all'attacco appena tornerà da Londra.

Non aspettare mai la seconda volta.

L'adagio era della madre. Il modo in cui aveva vissuto la sua, di vita. Che fosse occupata con i figli, le faccende domestiche, o qualsiasi altra cosa: la madre di Rose usciva con il padre senza farselo ripetere nemmeno mezza volta.

Il padre non era un tipo da pub, né lo era la madre. Ma molte, molte sere che Rose ricorda dalla sua infanzia, il padre ripiegava il giornale del pomeriggio, lanciava un'occhiata dall'altra parte del camino alla madre, che sferruzzava o cuciva tutta soddisfatta nella sua poltrona, e diceva:

«Che ne dici di fare un giretto prima della ritirata?»

Il lavoro ai ferri o il rammendo veniva posato all'istante. Dicevano a Ellen di tener d'occhio la casa, e che Rose doveva andare a letto presto. Kevin e Grace, nella mente di Rose, erano comunque sempre a letto. Non figurano nei suoi ricordi.

E i due uscivano, sottobraccio, dirigendosi difilato giù per il lungo viale che portava al mare.

Ellen e Rose prendevano i loro posti vicino al camino, preparavano la cena e continuavano a mangiare fino all'ora di andare a dormire.

Ricordi invernali.

Mentre si insapona le gambe Rose sorride.

Forse può trarre qualche insegnamento da quello che aveva funzionato per la madre e il padre per più di vent'anni. Forse sta sbagliando in qualche cosa.

Con un grande impeto di felicità Rose decide che chiederà a Ben se è così. Se ci fosse un modo di contattarlo stasera, gli telefonerebbe subito.

Solo a questo punto, immersa nell'amore, Rose si rende conto che Ben non le ha lasciato nessun numero dove rintracciarlo.

Questa è una cosa insolita.

Rose sospira, ma non di infelicità. L'occasione le si ripresenterà. Penserà a tutto quanto domani, quando sarà meno stanca di adesso.

Giovedì 13 aprile; ore 11.30

Joe arrivò puntuale alle undici e trenta. Era un militare in pensione, e aveva la mania della puntualità. Questa era una grande consolazione per Rose. Qualcosa di solido e saldo in un mondo in cui i pali della rete si spostavano in continuazione. Accettò una tazza di tè e un dolcetto alle mandorle con fare educato e serio, come se le stesse concedendo un grosso favore. Rose capiva da dove Annie, che era sua figlia, aveva preso tutta quell'efficienza. Era un uomo di piacevole compagnia, cortese e all'antica. A Rose piaceva la contraddizione tra l'orgoglio che provava per il successo della figlia e la sua insoddisfazione di dover vivere in un mondo in cui le donne erano costrette a guadagnarsi il pane.

Era all'oscuro della sua situazione, Rose ne era sicura.

«E per quanto riguarda quegli uomini che voltano le spalle alle proprie responsabilità... secondo me meriterebbero la frusta. Un po' di frustate gli farebbero bene.»

Rose sapeva che adesso la faccenda non era così semplice, se mai lo era stata. Saggiamente, parlò poco. Col tempo aveva imparato a conoscere i cavalli di battaglia di Joe, poteva numerarli ed elencarli.

Dopo aver brontolato a più non posso contro il mondo che non capiva più mentre sistemava le grosse teglie da fornaio nel retro del suo comodo furgoncino partì, e Rose ne sentì veramente la mancanza. Aveva riempito la cucina di certezze, aveva creato una calda, confortevole atmosfera di giustizia nel bel mezzo del caos. E aveva fatto riflettere Rose. Si era aggrappata alle proprie certezze, ciecamente, per vent'anni. Che cosa le dava il diritto di sorridere, con l'aria saputa, all'indignazione di Joe perché il mondo lo aveva deluso?

Anche il suo, di mondo, l'aveva delusa. Nemmeno lei

aveva colto i sintomi. I sintomi del distacco che si stava creando tra lei e Ben.

Adesso nel suo intimo si stava affacciando la consapevolezza, alimentata dall'assenza di Ben e dalla sua lucidità.

Si sentiva pronta a tutto; era in grado di affrontare qualsiasi situazione. La coscienza di aver fatto degli sbagli, di aver avuto torto, di aver contribuito inconsapevolmente alla fine del loro matrimonio le diede una forza improvvisa. Poteva far fronte alla situazione.

Una cosa, però, non l'avrebbe mai perdonata. Ed era il modo in cui Ben se ne era andato. Qualunque cosa fosse successa. Qualunque cosa fosse stata detta. Quel modo di comportarsi era sbagliato.

Il fatto di sapere dove dirigere la sua rabbia le diede uno straordinario senso di forza. Adesso cominciavano a venirle in mente le cose che voleva veramente dire a Ben. Frasi intere raggiunsero una chiarezza che non aveva mai conosciuto prima.

I ragazzi sarebbero tornati presto da scuola perché iniziavano le vacanze di Pasqua; aveva solo due ore per sé. La cosa non le dispiaceva affatto. Era contenta che tornassero presto, così avrebbero potuto fare programmi per una Pasqua veramente speciale.

Rose strappò un foglio dal taccuino della Bonne Bouche e si versò l'ultima tazza di tè dalla teiera.

Una per una, cominciò a pianificare tutte le cose che voleva dire a Ben.

E anche se non fosse mai tornato, erano cose che avrebbe voluto dirgli comunque.

31 marzo 1995

«Rose, io esco. Devo vedermi con Barry Herbert e Jack Morrissey.»

La verità, ma non tutta la verità.

«Farò tardi, non preoccuparti per la cena.»

Rose appare in cima alle scale.

È pallida; ha gli occhi cerchiati e non è truccata. Mentre se ne sta lì impalata Ben si sente invadere da un'impazienza crescente.

«Tardi quanto?» È tutto quello che gli dice.

Lui alza le spalle.

«Le dieci, le undici, probabilmente. Ma non aspettarmi alzata.»

Rose si chiede quanto riuscirà ancora a pazientare.

Sente la presenza di Brian e di Lisa sul pianerottolo, che all'improvviso la osservano.

«Non lo farò. Sono stanca.»

Lui annuisce sollevato.

«Bene, allora. Io vado.»

«Ciao, papà» grida Brian.

«Ciao, papà» grida Lisa.

«Ciao, bambini, fate i bravi.»

E ancora una volta, Rose guarda la porta chiudersi dietro a suo marito.

Mercoledì 12 aprile

Dopo la rivelazione di Ben, Caroline credette di sentirsi male. Solo quando lui iniziò a parlare si rese conto che l'ultimo posto in cui desiderava passare la vita era al suo fianco. Lo shock le fece riconoscere la forza dei suoi sentimenti. Si precipitò fuori dal ristorante come una pazza. Fermò un taxi e diede il nome di un albergo che aveva notato in precedenza, soprattutto a causa del vistoso sombrero che ornava il suo orribile ingresso.

«Hotel Don Pancho, *por favor.*»

Questo era tutto lo spagnolo che sapeva. Meno di cinque minuti dopo entrò nella reception.

Le assegnarono una camera al terzo piano, con vista sulle luci della città. Tenne la stanza al buio e tirò su l'imposta esterna. Caroline sprofondò nella poltrona di vimini ai piedi del letto e inspirò tutti gli odori dell'aria notturna spagnola. Una mistura calmante di fumo di sigarette forti, aglio e acqua di colonia.

Se Ben aveva veramente detto a Rose che la lasciava, allora anche Barry doveva sapere.

Non era uno stupido. Non l'avrebbe mai perdonata. Per la prima volta in quasi tre anni Caroline si rese conto di quanto questo fosse importante per lei.

Aveva amato Ben, in un certo senso. Ma più che dall'amore, si era lasciata trasportare dalla forza della sua passione per lei, e dal proprio desiderio di essere amata. Aveva risposto al bisogno che Ben aveva di lei soddisfacendo un proprio bisogno.

Ma non lo amava come amava Barry. Quella era una vita condivisa, ammaccata e bistrattata a volte, ma reale.

Pensò ad Aoife e a Eoin. A diciotto e quindici anni, non

sembravano più avere un gran bisogno di lei. Ora si rendeva conto del bisogno disperato che aveva lei di loro. Quante bugie, quanti inganni e sotterfugi: sentì la forza della sua colpa come un dolore fisico, una stretta al petto.

Voleva tornare a casa. Una volta concepita quell'idea, il suo stordimento interiore cominciò a dissolversi. Scoppiò a piangere. Doveva tornare a casa.

Sperava solo che non fosse troppo tardi.

Giovedì 13 aprile; ore 22.30

Rose si muoveva irrequieta tra la cucina e il soggiorno, toccando gli oggetti, risistemando i cuscini, ordinando documenti. I figli dormivano, Jane se n'era andata. Aveva bisogno di rassicurarsi che le cose ordinarie erano ancora reali, ancora solide. Che nient'altro l'aveva mollata all'improvviso.

Sicuramente Ellen era ancora alzata. Rose aveva una gran voglia di parlare con lei. All'epoca di Michael era stata molto gentile, offrendo la sua gentilezza in modo brusco, quasi aspro, come le aveva offerto i suoi jeans e il suo giubbotto nuovi quella volta di tanti anni fa.

Avrebbe telefonato a Ellen. Era passato parecchio tempo da quando aveva chiamato quel numero di Londra. Doveva controllarlo: il prefisso era cambiato.

Rispose immediatamente al telefono.

«Ellen? Sono Rose.»

«Rose! Da quanto tempo!»

Il suo tono era affabile. Rose si sentì incoraggiata. Sentì un clic e un lungo sibilo sulla linea mentre Ellen si accendeva una sigaretta ed espirava smodatamente.

«Come state tutti quanti?»

«Bene» mentì Rose, aspettando il momento giusto. «E tu e Richard?»

«Oh, Richard si è concesso una delle sue lunghe assenze. Io sono qui a casa che lo aspetto da moglie obbediente quale sono.»

Rose ebbe l'impulso di riagganciare. Non voleva sentire un'altra tirata contro Richard, e di sicuro adesso le era passata la voglia di raccontare di Ben.

Si sforzò di mantenere la voce calma.

«Quando torna?»

«Non prima di un altro mese. Non volevo che partisse. Ma conosci gli uomini. Fanno il proprio comodo. Come vanno gli affari di Ben?»

Questa era la domanda più diretta che Ellen usava per chiedere di Ben.

«Be', sai, ci sono alti e bassi. Il mondo è complicato. A quanto pare ai vecchi tempi era tutto molto più semplice!»

Il suo era un commento innocente. Un tentativo di sdrammatizzare, di appianare le incrinature nella voce della sorella, di evitare di lasciarsi trasportare. Rose non era preparata per l'attacco, che fu immediato.

«Insisti sempre con le tue stronzate! Hai questa idea romantica di mamma e papà e di quanto fosse tutto meraviglioso! Sei ancora una bambina, Rose.»

Rose sentì riaffiorare i vecchi schemi. Questa volta non aveva intenzione di arrabbiarsi.

«Dopo la tua nascita le dissero di non fare più figli. Per poco non ti perse, e rischiò di morire anche lei. Ma papà non ne voleva sapere. Così ne fece altri due e prima ancora di compiere trent'anni aveva già un piede nella fossa! Ti sembra un quadretto romantico, questo?»

Rose si sentiva esausta. Come potevano avere due memorie tanto differenti? Là dove lei aveva visto dedizione, Ellen aveva visto solo sofferenza. Là dove lei aveva visto complicità, generosità, Ellen aveva visto egoismo, sopruso. Come era possibile che i loro ricordi divergessero tanto?

«A *me* mamma lo disse, com'era. Ma tu, la piccola Rose, non dovevi mai venirlo a sapere.»

Rose sentì il suono inconfondibile del ghiaccio che tintinnava contro il vetro. Ebbe un tuffo al cuore.

«Ellen, non ti ho telefonato per litigare. Non possiamo semplicemente accettare che i ricordi di entrambe contengano una parte di verità, e lasciar le cose come stanno? Ti prego!»

«Sai, tu eri all'oscuro di tutto. Lei ti ha sempre difesa e protetta.»

Rose sentiva che la rabbia di Ellen si stava esaurendo, almeno per il momento. Il tono della sua voce stava diventando sentimentale. Poi cambiò bruscamente discorso.

«Hai chiamato per un motivo particolare? Ci sono novità?»

«No» rispose Rose. «Nessuna novità. Volevo solo sentirti. È da parecchio che non ci sentiamo. Vieni a casa per Natale quest'anno?»

«Non lo so.»

Rose sentì di nuovo il tintinnio del ghiaccio.

«Dipende» aggiunse oscuramente.

Rose decise di non chiederle da che cosa.

«Ora devo lasciarti, Ellen. Ci sentiamo presto.»

«Sì. Buonanotte. Saluta i ragazzi.»

«Grazie. Buonanotte.»

Rose riagganciò. Forse era vero che era stata protetta, difesa. Forse i primogeniti venivano sempre trattati con maggiore durezza. Ormai era completamente depressa... Rose spense le luci e si preparò per andare a letto.

Doveva fare molta attenzione con Damien.

Voleva che i suoi ricordi fossero diversi.

Venerdì 14 aprile; ore 9.30

Il venerdì mattina presto squillò il telefono.

Prima ancora di rispondere Rose sentì una stretta allo stomaco.

«Pronto?»

«Rose... Sono Barry. Devo parlarti. Posso passare da te?»

La cucina era piena di ciotole, tutte le superfici di lavoro erano coperte di farina. Rose notò dei pezzetti di scorza d'arancia candita sul pavimento. Non aveva importanza.

«Certamente.»

«Ci vediamo fra venti minuti.»

Mentre Rose si dirigeva verso il lavello per riempire il bollitore, all'improvviso la cucina le sembrò remota, parte di un'altra realtà.

Si sedette ad aspettare. Il nodo che aveva allo stomaco cominciò ad allentarsi. In un modo o nell'altro, l'attesa era quasi finita.

Barry arrivò dopo venti minuti esatti.

Quando Rose aprì la porta d'ingresso rimase sorpresa vedendo com'era cambiato. Era più magro e più pallido, ma c'era anche dell'altro. Era circondato da una nuvola di energia che riconobbe subito. Rabbia.

«Caroline non sa che sono qui. E non lo verrà a sapere a meno che tu non decida di dirglielo.»

Perfino il suo modo di muoversi era diverso. Risoluto, il passo fermo. Rose gli richiuse la porta alle spalle.

«È tornata ieri. La storia è finita.»

Rose sentì un tuffo di speranza al cuore.

«E Ben?»

«È venuta da sola.»

«Caroline ha lasciato Ben?»

Per un momento Rose si lasciò pervadere da una crescente, maligna soddisfazione; aveva avuto quel che si meritava. Quel bastardo.

«Sì. Non lo ha nemmeno avvertito che partiva. Lo ha deciso all'improvviso.»

Rose percepì che non le aveva detto tutto.

«Dove vuoi arrivare?»

Lui esitava.

«Barry, dopo questi undici giorni, posso sopportare di tutto. Dimmelo.»

«Questa è la sua versione dei fatti. Ce n'è sempre un'altra.»

Rose annuì, incapace di parlare.

«Caroline sostiene di non avermi detto che voleva lasciarmi perché sinceramente non credeva che sarebbe andata a finire così.»

Barry prese la tazza di caffè che Rose gli porse. La strinse con entrambe le mani.

«Dice che si era fatta promettere da Ben di non prendere decisioni prima che fossero trascorse due settimane. Solo dopo la prima settimana è venuta a sapere che lui ti aveva lasciata. Credo che questo, la definitività di quel passo, l'abbia profondamente sconvolta. In sostanza, si è fatta prendere dal panico ed è scappata.»

«Quindi Ben non sa dove sia?»

«No.»

Rose cercò di immaginarsi la scena. Ben, abbandonato, abbronzato, insofferente al caldo. Nelle peste. Che sbavava per Caroline. Adesso come adesso, lo odiava. Era contenta. Da Caroline, dall'altra donna, la sua rabbia si stava spostando verso il giusto oggetto. Verso un uomo egoista, stupido e arrogante: suo marito.

«Grazie per avermelo detto, Barry. Posso farti una domanda?»

«Certo, spara pure.»

«Tornerete come prima, tu e Caroline?»

Barry scosse la testa; più che una vera e propria negazione, il suo gesto significava incertezza.

«Non lo so. Caroline è cambiata. Tutta la sua reticenza è sparita. Non l'ho mai vista tanto emotiva. Ma potrebbe essere tutta scena... Non sono in condizioni di tollerare altre stronzate.»

Al momento di andare via consegnò a Rose un foglietto.

«Questo è il numero del volo. Arriva lunedì alle nove e mezzo.»

Rose annuì in segno di ringraziamento.

Davanti alla porta, Barry si voltò verso di lei e le disse: «Non è mia abitudine dispensare consigli, Rose, e Dio mi è testimone che non sono un esperto... ma mi permetti di dirti una cosa che ho appena imparato?»

Rose annuì.

«Quando Ben torna a casa non essere troppo comprensiva. Non permettergli di approfittare del tuo buon carattere; fagliela pagare.»

«Lo farò... non ti preoccupare.»

Per il resto della giornata Rose non pensò ad altro che a quelle ultime parole. Da quando Ben se ne era andato i suoi sensi di colpa l'avevano preparata a essere ragionevole e tranquilla, e ad ascoltare le sue spiegazioni con tutta la comprensione di cui sarebbe stata capace. Almeno all'inizio. Ma l'energia di Barry l'aveva obbligata ad ammettere che c'era un altro modo, un modo in cui la sua sofferenza e la sua umiliazione sarebbero state riconosciute. Se non avesse avuto una condotta chiaramente delineata nella testa, Ben si sarebbe intrufolato nelle sue incertezze, riempiendo tutte le lacune con sottili insinuazioni sul fatto che in realtà, alla fin fine, la colpa era sua.

Era convinta di sapere come lo avrebbe trattato.

E se invece non fosse più tornato a casa? Poteva essersene andato per sempre. Poteva sparire senza farsi più vivo, senza una spiegazione. Rose sperava proprio che non lo facesse.

Voleva vederlo. Aveva bisogno di fargli sapere come si sentiva.

Questa volta lo avrebbe aspettato.

Ma solo questa volta.

Lunedì 3 aprile; ore 8.00

Ben si secca quando entra in cucina e scopre che i ragazzi non ci sono. Rose li ha rimandati di sopra a lavarsi i denti.

Adesso sarà costretto a dire qualcosa.

«Rose, dobbiamo parlare.»

La sua mancanza di reazione lo irrita. È quasi... *inerte*. Quindi, ai suoi occhi non vale nemmeno la pena di lottare per lui? Rose si limita ad asciugare gli spruzzi d'acqua intorno al fornello.

Poi la sente parlare.

«È per sempre, non è vero?»

Non ce la fa più. La sua rabbia, la sua impazienza, insieme all'inerzia di Rose lo stanno spingendo al limite.

«Credo di sì» risponde senza riflettere. «Non ti amo più.»

È andata. Ben si sente in colpa per aver infranto la promessa che aveva fatto a Caroline, ed è furioso perché Rose lo ha costretto a farlo.

Di colpo spalanca la porta di servizio lasciando che si richiuda lentamente alle sue spalle. C'è uno strano silenzio.

Raggiunge la sua BMW lucidata di fresco e sblocca la chiusura centralizzata.

La docilità della macchina gli dà un senso di soddisfazione; dopo Rose, la sua rapidità di reazione è appagante. Decide di non sentire il giornale radio. Un po' di musica classica lo calmerà di più.

Sceglie la sinfonia *Dal Nuovo Mondo* di Dvořák, compiaciuto dell'appropriatezza del titolo. Guida con scioltezza la sua BMW grigio metallizzato giù per il vialetto, verso il groviglio del traffico mattutino. Le sue mani umidicce stringono il volante. Mentre aspetta che si apra un varco in cui infilarsi, guarda diverse volte nello specchietto. Ha immaginato spesso questo momento. Rose che fuori di sé rincorre la macchina con i capelli al vento e Lisa in braccio. Anzi no, Lisa è troppo grande per essere portata in braccio.

Rose e i figli alla finestra, pallidi, increduli.

Rose da sola alla finestra, in lacrime.

Perde l'occasione per infilarsi nel traffico; un motociclista passa suonando spazientito il clacson. Ben si concentra di nuovo sulla strada. Guarda nello specchietto per l'ultima volta prima di avviarsi.

Niente.

Nessuna crisi isterica. Dovrebbe sentirsi sollevato, ma l'apatia di Rose lo manda in bestia. Si sente a disagio a lasciarli in questo modo, ma ha bisogno di essere libero per un certo periodo, insieme a Caroline. Mentre si dirige verso l'aeroporto, comincia a sentire l'ebbrezza della vera libertà. Solitudine, pace, la tensione che si allenta come il traffico. Sono più di due anni che immagina questa fuga, fin dalla prima volta in cui ha notato veramente Caroline. Caroline in quanto distinta da Barry e Caroline. Gli si chiude lo stomaco quando pensa a lei. Per lui questa è una sensazione nuova, anche dopo più di due anni. Con Rose non l'ha mai provata. È contento di provarla adesso.

Sta per incontrare la sua amante. Staranno insieme, dovranno prendere una decisione.

Lasciare Rose è come lasciarsi la follia alle spalle. Caroline è reale, terrena, forte; un nuovo equilibrio. Per quanto abbia sempre dormito male da quando sono diventati amanti, Ben non è mai stanco. Si sveglia pensando a lei, va a letto ricolmo di lei.

Ben mette la freccia a sinistra ed esce dalla rotatoria per immettersi nel complesso dell'aeroporto. È in anticipo di ore per il volo di mezzogiorno. Ha bisogno di stare là, ad aspettarla. Imbocca il parcheggio lunga sosta, bestemmiando perché per un pelo non riesce ad arrivare con la mano al distributore di biglietti. Apre lo sportello della macchina e si dimena per afferrare il biglietto senza togliersi la cintura di sicurezza. Un giovane in giubbotto di pelle e jeans, il braccio intorno alla sua ragazza, osserva divertito Ben e le bisbiglia qualcosa nell'orecchio. Lei ride e gli bacia il lato del viso, le due paia di occhiali da sole scuri si toccano.

Rendendosi conto di essere in giacca e cravatta, di colpo Ben si sente a un tratto impacciato, e diventa furioso. Riparte, e nello specchietto vede la coppia che osserva lo scatto della BMW. Il giovanotto alza le spalle mentre la ragazza ride.

Improvvisamente placato, Ben si infila con un'impeccabile retromarcia nel posto auto. Controlla che l'abitacolo sia ancora immacolato. Tira fuori la valigia dal bagagliaio, vi getta dentro la cravatta e si mette sulle spalle il pullover di cachemere color panna.

L'allarme suona, discreto, e le sicure scattano.

Ben si infila le chiavi in tasca e si avvia verso il terminal. Quindi si siede ad aspettare.

Rose non riesce a muoversi.

Il cortile della scuola si sta vuotando, alcune madri con passeggini si allontanano a passo veloce. Si salutano, agitano le mani, sorridono.

Segue con lo sguardo un uomo che si precipita nel cortile tenendo per mano un bambino. Si china, inclinando la giovane faccia verso il piccolo. Si abbracciano. L'uomo aspetta che il bambino abbia raggiunto il portone della scuola. Si salutano agitando le mani.

È tutto così normale.

Rose prova ancora a girare la chiave nel cruscotto. Le sue mani sembrano diventate acqua. Al terzo tentativo ci riesce. Per qualche motivo il ronzio del motore la consola.

Con estrema cura si scosta dal marciapiede. Svolta e si allontana lentamente. I piedi sui pedali non sembrano i suoi. Rose sa che deve fare attenzione. Quest'ora del mattino è pericolosa, perfino nei giorni normali.

Vuole andare a casa. Al sicuro, circondata dalle sue quattro mura.

PARTE TERZA

Lunedì 17 aprile; ore 5.30

Due settimane. Erano passate due intere settimane. Rose si svegliò con questo pensiero alle cinque e trenta in punto, la mattina del Lunedì dell'Angelo. Era il gran giorno. Si alzò immediatamente. L'aereo di Ben arrivava alle nove e trenta.

Il telefono squillò alle dieci e mezzo precise.

Rose rispose. Era pronta.

«Pronto?»

«Rose? Sono Ben.»

Lasciò crescere un lungo silenzio. Calcolò la sua durata alla perfezione. Quando parlò di nuovo, Ben era nervoso.

«Rose, ho bisogno di vederti. Dobbiamo parlare.»

Ma dove l'aveva già sentita, questa?

«Ah sì? Credevo avessi detto tutto quello che avevi da dire il giorno in cui te ne sei andato. Allora non hai voluto starmi a sentire.»

Si interruppe per un momento, non voleva sbattere la porta completamente. Gli avrebbe lasciato aperto appena uno spiraglio.

«Mi sta bene. Ho veramente bisogno di vederti, di spiegarti. Non sono ancora sicuro di quello che provo, Rose, non so come andrà a finire, ma una cosa è certa: voglio vederti.»

Rose già sentiva il potere cambiare di posto. La presunzione di Ben di credere che tutto dipendesse dai suoi sentimenti, dai suoi bisogni la riempì di rabbia.

«Non so se ho voglia di vederti in questo momento, Ben; ho bisogno di un po' di tempo per riflettere. Non immaginavo che avresti chiamato oggi. Magari potresti chiamarmi mercoledì o giovedì; ho un sacco di cose in programma per le vacanze dei ragazzi.»

Questa era la prima bugia manifesta in vent'anni. Dava una bella sensazione. Riusciva a sentire la sorpresa di Ben all'altro capo del telefono.

«Mi piacerebbe molto anche vedere i ragazzi, Rose.»

Rose esitò. L'unica cosa che aveva giurato a se stessa era che non avrebbe usato i ragazzi come merce di scambio.

«Sono sicura che anche loro sarebbero contenti di vederti. Cambierò un po' i programmi.»

Ma non aveva intenzione di rivelare troppo.

«Perché non mi richiami domani pomeriggio, dopo le quattro?»

«Okay. Se avrai bisogno di parlarmi, mi trovi da mia madre.»

Da sua madre. Rose stentava a crederci. Sentì una stilettata di disprezzo.

«Non avrò bisogno di cercarti a casa di tua madre. Aspetto di sentirti domani dopo le quattro. Ciao, Ben.»

Indugiò a lungo seduta al tavolo della cucina. Ora che l'attesa era finita si sentiva molto, molto stanca. Era tutta un ribollire di sentimenti contrastanti.

A letto. Sarebbe andata a letto. Si sentiva vuota, fragile. Il fatto che adesso fosse coinvolta anche la madre di Ben era una vera umiliazione.

Rose sapeva che Ben non aveva amici, nessuno su cui potesse contare. Ma addirittura correre a casa da mammina? Quell'uomo non era mai cresciuto; era ancora un bambino, che arraffava tutto quello che gli capitava sottomano e poi correva a casa urlando quando non poteva tenere le cose che voleva. Aveva da crescere almeno per due settimane, le stesse due settimane che aveva appena accumulato lei.

Che delusione. Aveva sperato di meglio.

No, accidenti, non sarebbe andata a letto.

Tirò fuori dal cassetto il registro azzurro e programmò la spesa e le infornate per la settimana entrante.

Presto fu completamente assorta; quando guardò di nuovo l'orologio era l'una. L'ora di pranzo.

Stava diventando una specie di rito. Tirò fuori una delle ultime bottiglie rimaste del vino buono di Ben, l'avvolse in un sacchetto, uscì e si diresse in fondo alla strada verso la casa di Jane.

Martedì 18 aprile; ore 16.00

L'indomani pomeriggio Rose disse ai figli di non rispondere al telefono: stava aspettando una chiamata urgente. Lisa annuì, gli occhi incollati allo schermo della tv. Brian non aprì bocca, limitandosi a fissarla con un'espressione vacua. Quando si voltò per uscire dalla stanza Rose sentiva ancora i suoi occhi su di sé.

Damien la seguì in cucina, e lei gli disse che suo padre era tornato.

«Come sta?»

«Non lo so. Vuole vedervi.»

Damien picchiettava sul pavimento con le punte delle scarpe da jogging.

«Torna a casa?»

La domanda casuale, gli occhi fissi in terra, i capelli che ricadevano sulla guancia ancora paffuta. Rose credette che le si spezzasse il cuore. Le lacrime, che incombevano fin dalla telefonata di ieri, quasi traboccarono.

Damien alzò di colpo lo sguardo.

«Non c'è problema, Ma'. Davvero.»

Rose annuì, mordendosi forte il labbro inferiore.

«Damien, voglio che tu gli dia una possibilità, devi dare una possibilità a noi tutti di sistemare le cose.»

Lui annuì.

«Questo non significa che devo tagliarmi i capelli prima di vederlo, vero?»

Rose scoppiò a ridere.

«Ma no! Lascia solo stare per un po' la campagna pro-orecchino!»

In quel momento squillò il telefono. Alle quattro e un minuto.

«Pronto?»

Rose rispose, consapevole del fatto che lei e Ben stavano giocando a rimpiattino, come in una sorta di truce corteggiamento, dove nessuno dei due voleva apparire veramente interessato.

«Sì, Ben, domani mattina va benissimo. Alle undici; metterò su il caffè.»

Arrivarono Brian e Lisa, fissandola insicuri.

«Papà torna a casa?» domandò Brian.

Rose guardò il suo viso pallido. Negli ultimi giorni aveva rimesso il broncio.

«Viene a trovarci domani. È impaziente di vedervi, perciò, se uscite a giocare, fate in modo di essere di ritorno per le undici.»

«Con questo tempo?» domandò Lisa.

Rose guardò fuori e vide la pioggia improvvisa.

«Forse domani migliorerà. In caso contrario, potrai far venire Kate e Alison a giocare qui.»

La routine era indispensabile. Rose sentì la stanchezza che tornava.

Era stata indaffarata per tutto il giorno, a cucinare, a pulire, a fare questo e quello. La sua mente continuava a correre a precipizio. Sembrava una gara. E adesso il premio era il sonno.

«Che c'è per cena?»

La premiazione era rinviata.

«Pollo al curry, ed è pronto subito, perciò che nessuno abbandoni la cucina. Dopo cena voglio che vi sbrighiate a fare i compiti in fretta e vi mettiate il pigiama presto.»

Alzò le mani per respingere le grida di protesta.

«Potete vedere il vostro film fino alle nove, come vi ho promesso. Poi a letto. Sono distrutta. Niente discussioni, o potrei mordere. Ci sono tre grosse ciotole di pop corn per dopo... Damien, che fai, esci?»

Damien scosse la testa, la bocca piena di pollo al curry.

«Qualcuno viene qui?»

Scosse di nuovo la testa con forza.

«Bene, allora è tutto sotto controllo. Una serata tranquilla in casa Holden.»

Ma Rose si sentiva tutt'altro che tranquilla. Mentre raschiava gli ultimi chicchi di riso e li metteva nel piatto di Damien, si sentì colta dal terrore.

Comunque fosse andata, l'indomani sarebbe stato il giorno più importante della sua vita.

Mercoledì 19 aprile; ore 6.00

Damien scese a passi felpati in cucina. Rose era seduta al tavolo in vestaglia, il taccuino aperto davanti a sé. Una fetta di pane tostato mezza mangiata e una tazza erano state spinte da una parte. Quando la porta cigolò alzò di colpo lo sguardo.

«Torna a letto, Damien. Sono appena le sei.»

Rose era assorta; il tono della sua voce non era cordiale. Improvvisamente sorrise. «Sto bene. Ormai le levatacce sono diventate un'abitudine. Probabilmente tra un'oretta o due mi verrà di nuovo sonno e me ne tornerò a letto. Mi chiami alle dieci?»

Damien annuì sollecito.

«D'accordo.»

In realtà Damien non aveva ancora voglia di alzarsi, e lei sembrava tranquilla. Avrebbe messo la sveglia alle dieci meno cinque e l'avrebbe chiamata. Era contento di avere qualcosa da fare.

Rose lo seguì con lo sguardo mentre si allontanava. Fino a che punto doveva frenarlo, fino a che punto doveva permettergli di assumersi responsabilità da adulto? E in ogni caso, quanta influenza aveva lei realmente? Negli ultimi quindici giorni sembrava cresciuto moltissimo, sia fisicamente che sotto ogni altro punto di vista.

Da quando Ben era tornato, Rose aveva tenuto d'occhio i figli. Lisa aveva ancora molto della bambina piccola, apparentemente non risentiva del trambusto emotivo che la circondava. Damien riusciva a prevederlo, di giorno in giorno, ma era terrorizzata alla prospettiva di un conflitto tra lui e Ben.

La vera preoccupazione era Brian. Era diventato un

bambino molto irrequieto, pieno di movimenti convulsi. La sua goffaggine irritava il fratello e la sorella. Non riusciva a rimanere fermo su una sedia; se ne stava sempre spaparanzato sul divano e di notte buttava per aria il letto. Parecchie volte Rose gli aveva risistemato il piumino e lo aveva spostato verso il centro del materasso. Non era una psicologa, ma l'adolescenza e la perdita di un padre adorato stavano evidentemente esigendo il loro tributo. Doveva escogitare qualcosa in fretta insieme a Ben, per il suo bene.

Tornò al suo taccuino. Aveva bisogno di sottrarsi ai pensieri martellanti che le tenevano compagnia fin dalle quattro.

Adesso erano le sette. L'attesa era quasi finita. Gli occhi di Rose cominciarono a chiudersi. Salì le scale in silenzio, decisa a ignorare lo stropiccio proveniente dalla camera di Damien.

Soddisfatta, si raggomitolò sotto il piumino e si addormentò all'istante.

Quando Damien la chiamò Rose si alzò subito. Rimase sorpresa e compiaciuta vedendolo. Indossava un paio di jeans di cotone scuri e una camicia bianca piuttosto formale. Si era spazzolato i lunghi capelli con molta cura e li aveva legati in un grazioso codino. Si era nettato le unghie e lucidato le scarpe. Tutto questo le diceva: durante la tua assenza, papà, le cose non sono andate a rotoli. Rose è una buona madre e noi siamo figli responsabili e affettuosi. Ci siamo presi cura l'uno dell'altro.

A Damien disse semplicemente: «Che eleganza. Ti stanno bene i capelli così».

Passando davanti alla porta della sua camera che era rimasta aperta, Rose vide che l'aveva riordinata. Era immacolata. Niente panni sul pavimento, il letto rifatto, le tende scostate e annodate. Si sentì fiera. Quello era un voto di fiducia per tutti loro.

A colazione Brian si finse indifferente. Riuscì a rovesciare il cartone del latte e a pestare un dito a Lisa, la quale emise uno strillo talmente acuto che Rose si scottò con il bollitore e dovette sforzarsi per non sgridare entrambi.

Mangiarono in un silenzio pieno di tensione. Rose pensò: tutto questo è assurdo, e a voce alta disse:

«Questa sarà una mattina difficile per tutti noi se non diciamo quello che pensiamo. Presto arriverà vostro padre, e dobbiamo trovare la maniera di parlare tra noi». Si interruppe per un momento, in dubbio su come continuare. «Quando arriva, dopo che lo avrete salutato, vorrei passare un'oretta con lui qui in cucina, a quattr'occhi.»

Brian la guardò pieno d'odio. «Noi non abbiamo il permesso di parlare con lui?»

«Oh, Cristo» pensò Rose. «Ci risiamo.»

«Certo che lo avete. Vorresti parlare prima tu con papà?»

Dopo questa sfida, Brian si tirò indietro.

«No» rispose. «Non ho niente da dirgli.»

«Sì che ce l'hai, invece» pensò Rose, «e spero che riuscirai a farlo, in modo che poi non ti sfoghi con me.»

«Durante le prossime settimane ci sarà tantissimo tempo. Ma prima abbiamo bisogno di chiarire un po' di cose.»

Detto così, sembrava una bazzecola, una cosa da niente. L'assunto era che ogni problema avesse una soluzione. L'avvocato, David O'Brien, era stato fermo e razionale, al riguardo. Per lui una separazione era una procedura, e se lei avesse deciso di diventare formalmente sua cliente, avrebbe dovuto accettare alcune cose; a suo avviso, oltre ad averne pienamente diritto, Rose meritava un trattamento imparziale. Ma questo era perfettamente inutile quando si aveva a che fare con i campi minati della discordia coniugale. Non si trattava di una procedura con un inizio, una parte centrale e una fine, bensì di vent'anni della sua vita, di *tutta* la sua vita sentimentale adulta, e del motivo per cui adesso si ritrovava con tre figli. C'erano state, nell'arco degli anni, dozzine di Ben differenti, dozzine di Rose differenti. Erano stati, a turno, cordiali, affettuosi, divertenti, gentili, generosi, irascibili, egoisti, pigri, tristi e crudeli.

Adesso lei doveva concentrarsi su un Ben che non aveva mai conosciuto: Ben l'infedele, Ben il traditore, Ben il disertore. Come poteva discutere, trattare, accordarsi, mercanteggiare con un illustre sconosciuto? Erano quasi le undici. Pioveva, naturalmente. Brian e Lisa andarono a guardare la televisione, lei zoppicando con aria offesa, lui mogio mogio. Damien andò in camera sua.

Alle undici in punto, la BMW grigio metallizzato imboccò il vialetto. Rose dovette soffocare la risata che proruppe al ricordo del parcheggio dell'aeroporto. Ben fermò la macchina esattamente nel solito posto e si portò le mani alle tasche alla ricerca della chiave.

Rose non sapeva se avesse suonato il campanello e infilato la chiave contemporaneamente – una sorta di preavviso – oppure se avesse suonato il campanello dopo aver scoperto che la chiave non entrava nella serratura. Comunque fosse, la seconda scampanellata fu decisamente stizzita.

Rose aspettò il più possibile, poi andò ad aprire. Si compiacque dell'espressione sorpresa di Ben alla vista della sua figura più snella, in jeans e una semplice camicia di seta che non le stava più da anni. Forse non se la ricordava nemmeno. Lei l'aveva scelta apposta. Il tessuto di Caroline, il colore di Caroline. Seta color pesca. Indossarla le procurava un grande piacere.

«Ciao, Ben.»

Incorniciata dalla soglia indugiò un istante più del necessario. Si fece da parte adagio, mentre con ogni gesto diceva: il mio territorio, il mio spazio in cui, almeno per ora, ti ammetto di malavoglia.

Ben fu colto alla sprovvista. Le serrature nuove, la moglie cambiata, il fatto che il territorio domestico ora fosse conteso lo resero insicuro. Tutto questo accadde in non più di un paio di secondi, ma lui si rese conto, e se ne rese conto anche Rose, che finora la padrona della situazione era lei.

«Ciao Rose, ti trovo bene.»

Lei accolse il complimento accennando un sorriso. Il suo

silenzio gli disse quello che era chiaro a entrambi: Rose non poteva ricambiare il complimento. Ben aveva una gran brutta cera. Aveva quel colorito rosso, mezzo lesso che le carnagioni chiare acquistano quando scherzano troppo con il sole. La fronte e la pelata erano letteralmente incandescenti, i capelli decisamente più radi.

Rose pensò che con tutta probabilità il suo amore per lui si sarebbe rinfocolato, e allora tutto questo non avrebbe avuto importanza. Ma per il momento poteva constatare compiaciuta che come uomo era tutt'altro che attraente.

Ricordò le tante e tante vacanze del passato quando i figli erano piccoli. Ai tempi in cui ancora non c'erano i solari ad alto fattore di protezione. Lei stava molto attenta ai bambini, li teneva coperti, li faceva giocare sotto gli ombrelloni, equipaggiandoli con cappellini di paglia a larghe tese. Ricordava con orrore gli incidenti della propria infanzia quando le sue spalle e la parte posteriore delle gambe urlavano per il dolore mentre la pelle si tendeva, si copriva di vesciche, si spaccava e infine si staccava. Era una parte naturale dell'estate. Ogni anno, durante i primi giorni di vacanza, supplicava Ben di fare attenzione, di andarci piano, di esporsi a piccole dosi. La reazione era sempre la stessa. Imbronciato, spazientito, lui rispondeva: «Smetti di preoccuparti, Rose, starò benissimo».

Ma lei non smetteva e lui non stava benissimo. Per la prima settimana soffriva le pene dell'inferno, rifugiandosi a letto e al buio mentre lei zittiva i bambini e li teneva il più possibile fuori dall'appartamento. Con l'arrivo della seconda settimana, Ben imparava a essere giudizioso, e Rose imparava, ancora una volta, a non aspettarsi né ammissioni né scuse per una prima settimana d'inferno.

«Starò benissimo.» Era come un mantra. Comunque si pronunciasse quella frase, non importava con quale intonazione, equivaleva a un modo di concepire la vita assolutamente egoistico.

Tutti questi pensieri si succedettero con una velocità sbalorditiva nella mente di Rose mentre guardava il marito salutare i figli.

«Papà!»

Lisa arrivò di corsa per farsi abbracciare forte e Ben la sollevò in aria.

«Ciao, piccola!»

Dalla sacca da viaggio di pelle sul pavimento tirò fuori un grosso pacco. Era sempre stato negato per l'acquisto di regali. Questi erano stati scelti da Caroline prima della sua fuga precipitosa, o magari dalla madre di Ben...?

«Finiscila!» si disse Rose severa. Sentiva l'insorgere del risentimento in ogni pensiero. In quel modo, non gli dava nemmeno una possibilità.

Con un gesto freddo Brian tese la mano al padre. Apparentemente sorpreso, Ben la strinse con cautela, senza accorciare la distanza fisica che Brian aveva tracciato. Il bambino mormorò un grazie per il suo pacchetto, e uscì maldestramente dalla cucina sbattendo il gomito contro la porta. Seguendolo con lo sguardo Rose si sentì il cuore rattristato.

Quasi avesse fiutato qualcosa, Damien apparve proprio nel momento in cui Rose cominciò a sentire il rimescolamento del panico.

«Ciao, papà» disse con disinvoltura, tendendo la mano a Ben.

Rose osservò Ben che registrava ogni dettaglio.

«Ciao, Damien» e la sua bocca tradì la disapprovazione quando vide il codino.

Con un senso di turbamento Rose notò che ormai Damien era più alto del padre. Non poteva essere successo in appena due settimane. Si era quindi lasciata sfuggire anche questo? Ben consegnò una busta a Damien dicendo: «Ho pensato che avresti preferito questi».

Damien l'accettò con garbo, rivelando in ogni movimento la sicurezza di una persona consapevole del proprio posto, del proprio rango.

Rose ebbe la netta sensazione che Damien stesse sfidando il padre. «Non farlo, Damien, ti prego non farlo» lo implorò silenziosamente; «penserà che vi ho messo tutti contro di lui.» Infatti, adesso Damien era l'uomo e Ben il ragazzo che cercava la sua approvazione. Rose percepiva il suo disagio, la sua insicurezza. Per la prima volta da che lo conosceva, Ben Holden appariva disorientato.

«Ci vediamo più tardi, Ma'.»

Queste parole, dette mentre usciva, suggellarono lo speciale vincolo madre-figlio che Ben doveva aver notato fin dall'ingresso quasi arrogante di Damien.

«Vuoi un caffè?»

Rose si stava già dirigendo verso il bollitore.

«Sì, solo una tazza veloce. Ho una riunione più tardi questa mattina.»

Rose fu contenta di essere voltata di spalle. Aveva voglia di lanciargli addosso il bollitore e di urlare. Bastardo che non sei altro! Te ne sei andato per due settimane senza una parola, hai pianto sulla spalla di tua madre e adesso non hai nemmeno il tempo per affrontare tua moglie!

Sapeva che dare in escandescenze era una cattiva idea. Ben avrebbe avuto motivo di sentirsi offeso, ferito, e posto che lei avesse una qualche forma di controllo della situazione, l'avrebbe irrimediabilmente perduta. Sentiva già che le stava sfuggendo. Mentre metteva su il bollitore si sforzò di trarre un profondo respiro.

Tornò al tavolo, si fermò accanto a Ben posando le mani sullo schienale di una sedia mentre lui era seduto.

«Secondo me ciò di cui noi due dobbiamo parlare è di gran lunga più importante di quel tuo appuntamento. Da parte mia mi sono liberata per tutta la giornata di oggi. Tu hai detto, più di una volta, che dobbiamo parlare. Sono d'accordo. Parliamo, allora.»

Il conflitto era quasi una presenza fisica. Nessuno dei due parlò. Ben si limitò a guardarla, e lei lo fissò a sua volta senza abbassare gli occhi. Pensò che se l'aria che li circondava fosse stata visibile, sarebbe stata una densa massa color porpora. Glielo leggeva negli occhi: non credeva che lei avesse qualcosa di più importante da fare che starlo ad aspettare.

«Quando ho detto che dovevamo parlare, non pensavo di farlo qui. Stamattina volevo vedere te e i ragazzi, ma secondo me dovremmo trovare un posto più... neutrale per parlare del futuro.»

«E il passato dove lo metti? Soprattutto il passato prossimo?»

La voce di Rose era sommessa e controllata, ma la rabbia, incandescente come lava, cominciava a brontolare.

Ben si irrigidì.

«Dobbiamo parlare di tutto, naturalmente, ma ci vorrà del tempo. Ho bisogno di un lungo periodo per decidere se... che cosa farò. Nel frattempo, questa casa non è il posto adatto per vederci.»

Se la colpa fosse dei suoi modi affettati, da riunione di lavoro, della sua fronte scottata in modo pauroso o della sua convinzione che la decisione spettava solamente a lui, Rose non sapeva dirlo. L'unica cosa di cui era sicura era che la massa color porpora cominciava ad addensarsi e a espandersi e che non si era mai sentita tanto arrabbiata in vita sua.

Acqua bollente, forbici affilate, coltelli da cucina. Si alzò adagio.

«Fuori, Ben.»

Il viso di lui, contro quella fronte ridicola, era di un pallore mortale.

«Fuori di qui, subito.»

Ben cominciò a scaldarsi; non era ancora arrabbiato, solo sorpreso del fatto che non comandava più lui.

«Calmati, Rose. Ricordati che questa è anche casa mia.»

«Sarà pure casa tua, ma qui ci abito io. E adesso, vai a farti fottere fuori di qui.»

Ben detestava le donne sboccate, e Rose lo sapeva. E in quel momento si rese anche conto con una chiarezza sorprendente che non lo rivoleva più in casa.

Anche Ben si arrabbiò.

«Dov'è la tua dignità di donna?»

«Te lo dico io dov'è! Sicuro! La mia dignità giace da qualche parte su una spiaggia di Malaga! La mia dignità è stata calpestata da un uomo stupido, arrogante ed egoista che non si è dato nemmeno la pena di far sapere alla sua famiglia che era vivo! La mia dignità è stata lordata da un uomo che non ha avuto il coraggio di dire la verità nemmeno dopo vent'anni! Ecco dov'è la mia dignità! E adesso levati dai coglioni!»

Per la prima volta in vent'anni, Rose aveva avuto l'ultima parola.

Ben se ne andò sbattendosi la porta d'ingresso alle spalle.

Aveva ragione lui. Quello non era il posto adatto per discutere del passato, del presente o del futuro. Dovevano trovare un terreno neutrale. La rabbia di Rose sbollì molto presto, e si sentì come purificata.

Avrebbe chiamato David O'Brien domani per discutere del prossimo passo da fare.

Intanto, c'erano Damien, Brian e Lisa che aspettavano.

Andò da ognuno di loro, con cautela. Lisa era disposta a farsi rassicurare; Damien era arrabbiato: «Per chi mi ha preso, per un bambino? Non si fa vivo per quasi tre settimane e poi che cosa mi dà? Un misero deca!»

Rose lo ascoltò senza fare commenti. Brian stava giocando con il computer.

«Non m'importa se non torna più.»

Il pacchetto aperto giaceva sul letto, ignorato.

Per il resto del pomeriggio li lasciò tutti per i fatti propri, troppo esausta per giocare alla famigliola felice.

Tolse la pellicola trasparente dagli impasti per il pane e cominciò ad amalgamare con furia. Mentre menava colpi e pugni, stendeva e spianava, Rose si aggrappò a un unico pensiero: quello era il momento della chiarezza assoluta, aveva capito di volere che Ben non tornasse mai più.

«Calmati, Rose» aveva detto. «Questa è anche casa mia» aveva detto.

Era rimasta calma per vent'anni. Adesso era arrivato il momento di infuriarsi.

Venerdì 28 aprile; ore 16.30

I soldi cominciavano a scarseggiare. C'era da pagare l'elettricità e il gas. Ben lo sapeva. Rose aveva pensato di scrivergli all'indirizzo della madre; non voleva parlargli al telefono. Nella lettera avrebbe mantenuto un tono ragionevole e calmo, suggerendo che lui scegliesse un terreno di incontro neutrale. Aveva deciso di essere conciliante, di dirgli che aveva ragione, che la casa non era il posto adatto per incontrarsi.

I soldi che guadagnava con la Bonne Bouche non bastavano neanche lontanamente a pagare i conti. Ormai Rose si svegliava tutte le mattine alle quattro, sfinita e in preda al panico. Come avrebbero fatto a tirare avanti? Se Ben non avesse dato una mano...

Per molti versi il suo ritorno era stato peggio della sua partenza. Rose aveva imparato a far fronte alle offese e alle umiliazioni, a convivere con i sensi di colpa e l'irresolutezza. Ma questo era diverso. Si sentiva intrappolata in un gioco di cui ignorava le regole. Ora il suo matrimonio esisteva come una sorta di patto economico di sopravvivenza in cui il tasso d'interesse era la sua dignità.

Nel tardo pomeriggio si sedette per scrivergli. Non riusciva nemmeno a formulare la prima frase. Per la prima volta da quando Ben l'aveva lasciata, Rose fu pervasa da una grande tristezza. Non era né il dolore né l'angoscia dell'inizio, né la rabbia né il rancore che aveva provato in un secondo momento, bensì un puro e semplice senso di perdita.

Dopo vent'anni di vita in comune, e tre figli con un uomo che aveva amato, non era nemmeno in grado di trovare le parole più semplici per comunicare con lui. Pianse in silenzio, le lacrime sgorgarono liberamente senza ritegno, spazzando via le ultime, deboli speranze di riconciliazione.

Squillò il telefono. Rose si asciugò gli occhi con il dorso della mano, imbrattandosi tutta la faccia di nero.

Fu una conversazione brusca, brutale.

Con le mani tremanti, Rose riabbassò il ricevitore e telefonò immediatamente a Ben, con un bisogno disperato del suo aiuto.

La signora Holden rispose al telefono e Rose si sforzò di mantenere un tono di voce normale. Con sua sorpresa, la voce della suocera era piena di calore.

«Certo, Rose, tesoro, te lo chiamo subito.»

Ignorò la fredda formalità del saluto del marito.

«Ben, dobbiamo vederci subito. Brian è stato sorpreso a rubare in un negozio.»

Ben cambiò immediatamente tono.

«Dove sei adesso?»

«A casa; dobbiamo andare subito al commissariato di Pearse Street.»

«Non muoverti di lì; passo a prenderti.»

Rose afferrò la giacca e la borsetta. Telefonò a Jane per chiederle di tenerle Lisa per un po'. Damien avrebbe badato a se stesso.

Corse giù per il vialetto per andare ad aspettare Ben. Tremava ancora. Dio, se aveva avuto ragione a preoccuparsi per Brian. Rubare videogiochi da Virgin. Forse, forse se Ben era disposto a tornare, potevano riprovarci. Doveva assolutamente fare qualcosa per Brian.

Forse avrebbero trovato una soluzione. Doveva fare un tentativo.

Sabato 29 aprile; ore 10.00

Alle dieci suonarono alla porta. Rose si rivoltò nel letto, ordinando a Damien di andare a rispondere. Aveva le palpebre pesanti e le bruciavano gli occhi. Alle quattro del mattino era ancora sveglia, e aveva rivissuto in ogni minimo dettaglio la scena al commissariato. L'agente aveva detto di aver fatto prendere a Brian «un bello spavento».

Arrivando al commissariato insieme a Ben, Rose era rimasta sconvolta alla vista della gente che entrava e usciva, affaccendata in attività ordinarie. Uomini e donne in divisa giravano disinvoltamente portando schede segnaletiche da un posto all'altro. Altri si rassettavano l'uniforme e uscivano di corsa verso le auto che aspettavano fuori. Regnava un'atmosfera estremamente attiva, normale. Ma questa non era la normalità; questo non era un posto per suo figlio.

«Signori Holden, per di qua, prego.»

Anche questo era anormale, aveva pensato Rose. Era ancora la signora Holden? Tutto aveva un che di irreale. Quando si erano alzati per seguire l'agente, a Rose tremavano ancora le gambe.

Seduto nella stanza degli interrogatori, Brian era imbronciato. Quando gli si erano seduti accanto non l'aveva nemmeno degnata di uno sguardo. Aveva tenuto gli occhi bassi, fissi sul tavolo.

Il giovane agente si era presentato. Rose non riusciva a ricordare, non aveva sentito il suo nome. Il cuore le martellava nel petto.

«... Ed è un reato molto grave» aveva sentito. «Te ne rendi conto?»

L'espressione di Brian era rimasta immutata.

Rose gli aveva messo una mano sul braccio.

«Brian, ti prego, rispondi.»
Lui si era scrollato di dosso la sua mano con rabbia. Rose si era voltata verso Ben in cerca d'aiuto.
«Brian, voglio sapere perché lo hai fatto. Se non collabori, rischi di finire in guai grossi. Su, forza, parla.»
Ben era chinato in avanti, i gomiti poggiati contro le ginocchia. Rose aveva notato che le sue nocche erano bianche.
Aveva visto il broncio sulla faccia di Brian trasformarsi in insicurezza. L'agente aveva ripreso a parlare. Rose cominciava ad avere la sensazione che si sarebbe svegliata tra poco da quel brutto sogno.
«... E sono sicuro che non vuoi una fedina penale sporca, vero? Sai, è una cosa che rimane per sempre, che ti accompagna per il resto della vita. Non avrai mai il nome pulito. È questo che vuoi?»
A quel punto il tono si stava facendo più duro, le stesse parole venivano ripetute con un'insistenza che aveva terrorizzato Rose. Ma il sistema funzionava. Se non altro adesso Brian lo guardava in faccia, stabilendo il contatto. Ascoltava quello che l'agente gli diceva. Rose aveva notato con sollievo che cominciava a essere veramente spaventato.
«Non l'ho fatto apposta» si era giustificato all'improvviso.
«Pensavi di farla franca?»
La voce di Ben era piena di rabbia, di umiliazione. Per la prima volta Brian aveva guardato il padre in faccia. Gli occhi gli si erano riempiti di lacrime. «Oh, mio Dio» aveva pensato Rose. «Che macello. Non può andare avanti così.»
Brian aveva scosso la testa spargendo qualche lacrima.
D'un tratto l'atmosfera nella stanza si era distesa, cedendo a un senso di sollievo. Era finita. Rose aveva sentito le parole «diffida d'ufficio». Brian annuiva mentre ascoltava l'agente spiegare quanto fosse serio il fatto di essere messi alla prova. L'agente lo aveva costretto a guardare mentre scriveva qualcosa lentamente, senza alcuna fretta. Aveva fat-

to firmare a Brian lo scritto. Poi lo aveva mandato fuori ad aspettare.

Rose non ricordava niente di quello che l'agente aveva detto a lei e a Ben, tranne che non ci sarebbero stati strascichi a patto che Brian rigasse diritto.

Immensamente sollevata, Rose si aspettava di trovare un figlio penitente fuori della porta. Avrebbero sistemato tutto. Invece era furibondo, pieno di tic, e muto.

Si era resa conto che dopo tutto non avevano risolto un bel niente, con lui. Rose era profondamente depressa. L'episodio non li aveva riavvicinati, loro tre. Semmai li aveva allontanati ancora di più.

Il tragitto da Pearse Street fino a casa era stato teso e silenzioso. All'altezza degli archi di Fairview, Ben aveva finalmente parlato. Il suo tono di voce era freddo, reciso.

«Secondo me è da stupidi permettere a un bambino di dodici anni di andare in giro per la città senza un adeguato controllo. Non mi importa se tutti i suoi amici lo fanno. Bisognerebbe proibirglielo.»

«Ancora una volta è colpa mia» aveva pensato Rose. Ma si era tappata la bocca. Non intendeva certo litigare con Ben davanti a Brian.

Arrivati a casa, aveva mandato Brian difilato in camera sua dicendogli che avrebbero parlato della faccenda l'indomani mattina.

Ben non era entrato. Il territorio, e il problema, erano di Rose.

Rose aveva mandato Lisa a letto presto, e detto a Damien di non preoccuparsi, che gli avrebbe spiegato tutto l'indomani. Poco dopo le quattro, aveva preso un sonnifero e si era data alla ricerca dell'oblio.

E adesso proprio non aveva voglia di alzarsi. Si rese vagamente conto di qualcuno che rispondeva alla porta. Sperava che la visita non fosse per lei. Sentì una serie di colpi leggeri alla porta della sua camera. Per un momento lottò con il desiderio di ignorarli, fingendo di dormire.

Ma dopo quello che era successo ieri non poteva farlo.

Damien aprì, piano piano.
«Ma', è la nonna.»
«Oh Signore, fammi morire subito» pensò Rose.
«Dille che scendo subito.»
Con uno sforzo Rose si tirò su a sedere. La mera forza di volontà poggiò i suoi piedi sul pavimento. Si infilò un paio di fuseaux e una camicia e si sciacquò la faccia con acqua fredda.
Aveva un aspetto orribile. Non avrebbe fatto alcun tentativo per migliorarlo. Perché avrebbe dovuto? Che vedesse pure come l'aveva ridotta il figlio.
A quel pensiero Rose si sentì subito in colpa. La poveretta non era più responsabile di lei del comportamento di Ben. Un pensiero confortante, questo. Se non altro adesso avevano qualcosa in comune.
Damien aveva già messo su il bollitore. Quando Rose arrivò in cucina l'anziana donna si alzò in piedi; le andò incontro e la cinse in un grande abbraccio materno. Rose era allibita. Dopo tanti anni, non sapeva ancora come chiamarla. «Signora Holden» suonava ridicolo, un'eco di se stessa. «Nonna» era condiscendente, «Maureen» troppo confidenziale. Di solito risolveva il problema rivolgendole direttamente la parola. Al telefono diceva allegramente: «Salve, sono Rose. Come va?»
Ed ecco che si era presentata senza invito. Era la messaggera di Ben? Era venuta a commettere qualche bassezza in sua vece? Rose si vergognò immediatamente di quel pensiero. Le mani della suocera tremavano e Rose si rese conto che era profondamente sconvolta. Il dolore dell'anziana donna la indusse a essere gentile. L'abbracciò a sua volta dicendo: «Si accomodi, preparo un tè per tutt'e due».
La suocera si sedette, con il cappotto ancora addosso, la borsa ben stretta davanti a sé, come uno scudo.
«Mi dia il cappotto, che lo vado ad appendere.»
Le consegnò il cappotto ma continuò a stringere la borsetta.
«Ben non sa che sono qui.»

«Okay» pensò Rose, «andiamo a naso.»

Aspettò.

«Non approvo assolutamente il modo in cui si sta comportando.»

«Allora siamo in due» pensò Rose, «ma non lo dirò, altrimenti balzerai in sua difesa.»

«Da piccolo era molto egoista, e a quanto pare non è cambiato.»

Rose non disse niente. Ringraziò Dio per il rito della preparazione del tè.

Infine Rose fu costretta ad affrontarla. Portò le tazze e i piattini al tavolo, versò il latte in un bricco e si sedette di fronte alla suocera. Diede un'ultima rimescolata al tè prima di versarlo.

«Che posso dire? È un momento difficile, questo.»

Rose si domandò se avesse saputo di Brian, e sperò di no. Non ce la faceva a rivangare quella storia. Non ancora.

«Da Ben non riesco a cavare niente; suo padre non vuole affrontare il discorso, né con me né con lui. Gli ho detto che potrà stare da me al massimo un mese. O si assume le proprie responsabilità oppure si trova un altro posto dove andare. Non ho alcuna intenzione di essere tenera con lui.»

Era il discorso più lungo che Rose le avesse mai sentito fare. Cercò di corrispondere agli sforzi della suocera di essere gentile, ma la nuvola del sonnifero la opprimeva.

«Mi dispiace, ma stanotte ho dormito male. Davvero non so che dire. Mi ha lasciata tre settimane fa. Non ho idea di che intenzioni abbia. I ragazzi sono confusi e io non ne posso più.»

Era la verità. Tutte le illusioni di forza e indipendenza si erano infrante all'improvviso. Era indietro con le ordinazioni, non aveva energie per lavorare. Probabilmente avrebbe finito per mandare a rotoli anche questo.

«Voglio aiutarti. Posso fare la baby-sitter se ne avrai bisogno, e poi voglio darti questi.»

Infilò la mano nella borsetta e tirò fuori una grossa busta.

«E per favore, dammi del tu e chiamami Maureen.»

Rose le sorrise e respinse la busta con un cenno della mano.

«Sei molto buona, Maureen. Davvero, lascia stare, me la caverò.»

«Insisto. Se la prendi così, allora accettali per i miei nipoti. Ti prego.»

Rose non poteva rifiutare.

«Grazie» disse semplicemente.

Maureen annuì soddisfatta. Mentre prendevano il tè, Rose le raccontò quello che era successo, trovando in lei un'ottima, e insperata, ascoltatrice.

«Le conseguenze» disse con tono severo appena Rose ebbe finito di raccontare la sua storia. «Ben non ha mai dovuto affrontare le conseguenze delle sue azioni. Era sempre protetto.»

Rose la guardò sorpresa. Le parole di Maureen le sembravano azzeccate. All'improvviso si rivide, durante tutti quegli anni trascorsi insieme, a riordinare le cose che lui lasciava in giro. A raccogliere i cocci. Si domandò chi lo avesse fatto prima che incontrasse lei.

«Suo padre era convinto che non potesse fare del male. Ben ha sempre avuto quello che voleva.»

Rose provava un rispetto nuovo per lei. Conosceva bene il figlio; i suoi commenti rivelavano una grande sensibilità.

Dopo un'ora, Maureen si alzò per andare via. Rose aveva gradito la sua compagnia, e lo disse.

«Chiamami se hai bisogno d'aiuto. Questa visita rimarrà una cosa tra noi due. Né Ben né suo padre sanno che sono qui.»

Rose annuì.

«Farò in modo che rimanga tale.»

«Fatti sentire.»

Un altro caloroso abbraccio e se ne andò.

Senza il marito e il figlio Maureen era diversa. Rose ora la vedeva come un individuo, non più come parte di un monolite da sopportare a Natale e a Pasqua.

Damien accompagnò la nonna alla fermata dell'autobus. Rose salutò con la mano l'anziana donna finché non la vide più. Poi aprì la busta.

Dentro, in biglietti crepitanti, c'erano cinquecento sterline.

Non era ricca, la suocera; la sua era vera generosità, vero sacrificio. Rose sentì tutto il sollievo che il rinvio della condanna provocava in lei. Questo le dava un po' di respiro, non solo potere d'acquisto.

Rose nascose la busta nel suo armadio e andò ad affrontare Brian.

Sabato 29 aprile; ore 11.30

Brian non sapeva bene quale fosse la sua posizione. Era meno ostile del giorno prima, ma ancora pieno di tic e scontroso.

Rose si sedette nella poltroncina di vimini, lui ai piedi del letto. In un certo senso, quella scena aveva un'aria molto familiare.

«Brian, voglio parlare con te di quello che è successo ieri.»

Brian stringeva il copripiumino, aprendo e chiudendo il pugno all'infinito.

«Voglio che mi guardi.»

La voce della madre aveva un'asprezza che Brian non aveva mai sentito prima. Alzò subito lo sguardo verso di lei. Rose gli lesse la paura negli occhi.

«Quello che hai fatto ieri è una cosa molto pericolosa e stupida. Penso che adesso te ne renda conto.»

La faccetta pallida cominciò a tendersi. Dio, quanto somigliava al padre.

«Voglio capire perché lo hai fatto, Brian. Tu hai qualche idea?»

Lui alzò le spalle.

«È stata solo una sfida.»

Rose trasse un profondo respiro. Piano, piano, t'acchiappo scimmietta.

«Hai sempre fatto tutto quello che i tuoi amici ti hanno sfidato a fare?»

Alzò di nuovo le spalle. Silenzio.

«Rispondimi, Brian.»

La voce di Rose era volutamente dura. Lui *non* sarebbe

cresciuto credendo che le conseguenze riguardassero solo gli altri.

«Non sempre.»

«E perché questa volta lo hai fatto?»

Adesso entrambi i piccoli pugni erano serrati intorno al piumino.

«Non la smettevano di starmi addosso.»

Rose riusciva a immaginare la scena. Tutto il gruppo in ordine sparso che voleva a ogni costo «Streetfighter». Le gomitate, le spinte, la pressione del gruppo. Visto che sei tanto bravo con i giochi, perché non provi questo? Rose quasi sentiva il sarcasmo. Offrivano la promessa dell'approvazione, dell'appartenenza, una sorta d'amore. Riusciva a capire perché lo aveva fatto.

«Ma *tu* lo hai fatto. Tu eri il responsabile, e ti hanno preso.»

«Non volevo.»

La voce era ridotta a un sussurro, le lacrime sgorgavano abbondanti.

A questo punto Rose si spostò dalla poltroncina al letto. Prese il visetto infelice tra le mani.

«Lo so che vuoi che tuo padre torni a casa, ma non è questo il modo per farlo tornare.»

Ormai non le resisteva più.

«Ce la stiamo mettendo tutta per risolvere questa faccenda, tesoro. Tuo padre e io vi amiamo tutti e tre moltissimo.»

Gli baciò i capelli dritti sulla nuca.

All'improvviso Brian si divincolò.

«Papà mi rivolgerà ancora la parola?»

Con una fitta di dolore il cuore di Rose saltò un battito.

«Ma certo. È sconvolto e arrabbiato perché sei stato disonesto. E lo sono anch'io. Ma sistemeremo tutto.»

Lasciò che si allontanasse da lei.

«Finché non lo avremo fatto, non avrai il permesso di andare in centro, né da solo né in compagnia, finché non te lo dirò io.»

Brian non reagì.

«Dovrai riguadagnarti la mia fiducia. Voglio che tu rifletta su quello che hai fatto. Voglio essere sicura che ti renda conto della gravità di quello che hai fatto. Fino ad allora, rimarrai agli arresti.»

Brian annuì. Rose avrebbe giurato che era sollevato. Non le venivano in mente altri modi di punirlo, né aveva la più pallida idea di quanto tempo far durare il castigo, come fargli recepire il messaggio.

Avrebbe dovuto rifletterci. Questa era una cosa completamente nuova per lei.

Ritornò in cucina per preparare del caffè forte. Non poteva tornare a letto con tutto quel caos che la circondava.

Raccolse le tazze e i piattini sporchi, caricò la lavastoviglie e si sedette, chiedendosi come avrebbe fatto ad affrontare quel che restava del week-end.

Venerdì 19 maggio; ore 9.00

La mattina dopo essersi trasferito nell'appartamento che aveva preso in affitto, Ben passò in macchina davanti alla casa di Caroline. Aveva preso l'abitudine di passare davanti alla sua casa la sera tardi. Spesso gli veniva la tentazione di farle visita se la macchina di Barry non c'era. Ma il buonsenso gli diceva che magari erano usciti insieme. Dopo tutto, quella di Barry era la macchina migliore.

La vista delle luci accese al pianterreno, o un'ombra che scivolava davanti alla porta d'ingresso diretta di sopra, riempiva Ben di una rabbia assurda. Dall'esterno tutto sembrava normalissimo.

Non era disposto a rinunciare a lei: Caroline lo voleva ancora, ne era sicuro. Con il senno di poi, il fatto che in Spagna fosse scappata piantandolo in asso era comprensibile. Era stato un po' pesante.

Maledisse se stesso per essere stato tanto precipitoso. Le occorreva più tempo. Bisognava tener conto dei suoi figli; sarebbe stato molto difficile per lei.

Al mattino la macchina di Barry non c'era, mentre quella di Caroline era ancora lì. Bene. Conosceva la sua abitudine di arrivare quasi tutte le mattine in ufficio dopo Barry, e di fermarsi di più la sera. La mattina usciva solo dopo che Eoin e Aoife erano andati a scuola, mentre Barry era in casa la maggior parte dei pomeriggi. Caroline detestava cucinare, a Barry invece non dispiaceva. Ben l'aveva sempre considerata una soluzione strana, ma non aveva mai fatto commenti. Simili dettagli non avevano grande importanza.

L'importante per lui era rassicurare Caroline che la voleva ancora, che aveva un terribile bisogno di lei. Naturalmente lei poteva prendersi tutto il tempo che le occorreva. Ma alla fine si sarebbero trovati.

Ben ripartì in fretta. Decise di non usare il telefono della macchina. Sarebbe tornato all'appartamento. Parcheggiò nel cortile, proprio davanti alla porta principale.

Si accorse che gli sudavano le mani mentre componeva il numero di Caroline. Rispose lei; con prudenza, gli parve. Bene, probabilmente aspettava una sua telefonata.

«Caroline. Sono Ben.»

Non riuscì a dissimulare il tono sollevato. Finalmente potevano parlare.

«Ti avevo chiesto di non chiamarmi più.»

La sua voce era ancora aspra, ma meno di prima. Aveva visto giusto: la prima volta Barry era lì.

Adesso non aveva intenzione di pressarla.

«Caroline, dobbiamo parlare. Non possiamo lasciare le cose così come stanno.»

«Non lasciamo così un bel niente. La nostra relazione è finita. Non c'è altro da dire. È stato uno sbaglio e adesso è finita.»

Sarebbe stato inutile contraddirla. Era chiaramente sconvolta, lo sentiva dalla sua voce.

«Non voglio forzarti in alcun modo. Ma ci sono molte cose rimaste in sospeso. Secondo te non merito di sapere perché hai deciso di partire?»

Ben s'interruppe, pensando che per il momento aveva detto abbastanza. Sapeva che lei odiava lasciare una questione a metà.

«Non vedo proprio perché dovremmo incontrarci.»

Bene. Non aveva detto di non essere disposta a farlo.

«Per me un motivo c'è» disse Ben. «Ho bisogno di vederti per convincermi che dici sul serio. Sono disposto a vederti in qualsiasi posto e in qualsiasi momento a tua scelta, e poi ti lascerò in pace.»

Riusciva a sentire l'esitazione di Caroline.

«Ascolta, Caroline, se non vuoi vedermi in pubblico, adesso ho una casa mia. Puoi prendere un taxi, sarà una cosa molto discreta. Un paio d'ore non è una grande richiesta dopo due anni, ti pare?»

Sapeva che lei detestava sentirsi in debito con chiunque.

«D'accordo. Dammi il tuo indirizzo e il numero di telefono. Vedrò che cosa posso fare.»

Ma Ben sapeva di aver vinto.

Vista la situazione, finì di disfare i bagagli. Presto sarebbe dovuto andare a casa a prendere un sacco di roba. Il pensiero di un altro confronto con Rose lo demoralizzò. Le ultime due volte lo aveva fatto montare su tutte le furie. Magari avrebbe potuto fare in modo di andarci mentre lei non era in casa. Avrebbe potuto farsi aprire da Damien o da Brian. Sarebbe stato più facile.

Sapeva che Caroline sarebbe venuta più prima che poi. Tutto quello di cui aveva bisogno per convincerla era stare un po' con lei. Tolse di mezzo gli ultimi cartoni. I mobili erano comodi e abbondanti, forse un po' troppo frivoli per i gusti di Caroline.

Prima di uscire per affrontare il direttore della sua banca, Ben attivò la segreteria telefonica. Con un po' di fortuna, Caroline avrebbe richiamato quel giorno stesso.

Era pronto.

Martedì 23 maggio; ore 10.30

All'inizio della settimana seguente, Rose ricevette una secca lettera da Ben in cui la informava che il mutuo era stato pagato e così anche altri conti in sospeso. Manifestava la speranza che potessero incontrarsi presto per «regolarizzare la loro situazione». Rose si sentì come l'oggetto di un promemoria, non più un essere umano. Aveva passato l'intera domenica a mettersi in pari con il lavoro per la Bonne Bouche, e a preparare altri assaggi nella speranza di aumentare un pochino i suoi guadagni.

La lettera di Ben ebbe l'unico effetto di accrescere in lei l'impressione che delle porte continuassero a chiuderlesi tutt'intorno. Cominciava a odiarlo costantemente, anziché a brevi impeti. Il fatto che ormai le rimaneva solo una ristretta gamma di alternative la spaventava. Se si fossero separati, dove sarebbe andata a vivere? E come avrebbe fatto a educare, vestire e sfamare i suoi figli? Ma non voleva niente da lui, non intendeva accettare niente da lui. Nella lettera accennava a gravi difficoltà economiche.

Sei mesi prima gli avrebbe dato man forte sbrigando pratiche, fotocopiando documenti, fissando appuntamenti con i funzionari di banca. Ora era sospettosa, non credeva nemmeno a una parola.

Forse Ben stava preparando il terreno per ridurre gli alimenti all'osso? Era d'accordo con i suoi contabili? Rose riusciva a immaginare entrate occultate, uscite gonfiate, profitti minimizzati. Ricordò una volta in cui lui aveva accennato alla «contabilità creativa». Quel termine l'aveva messa un po' a disagio. Ma ne aveva ignorato il significato per il bene della propria agiatezza. Non mettere i bastoni tra le ruote. Ancora una volta si rammaricò per essere stata tanto passiva, ancora una volta sentì il rimescolio della nuova forza che credeva l'avesse abbandonata nel momento in cui Ben era tornato.

David O'Brien le aveva dato istruzioni particolareggiate. Doveva specificare e valutare il costo di ogni spesa che le veniva in mente. Una specie di bilancio del tenore di vita per fare il sunto di vent'anni. Doveva aprire la posta commerciale; doveva fare una copia di ogni pezzo di carta su cui riusciva a mettere le mani. Non doveva parlare con il marito.

Aveva quasi finito di fotocopiare i documenti degli archivi. David aveva sottolineato che tutto era importante: estratti conto, certificati azionari, corrispondenza, promemoria. Era sicura che Ben sarebbe venuto a prendere tutto non appena avesse lasciato la casa della madre. Non cercò neppure di fare distinzioni tra le cose importanti e quelle trascurabili. Conoscendo la meticolosità del marito, fotocopiò tutto quanto.

In soffitta c'erano ancora due cartoni pieni di buste. Forse una di queste conteneva la sicurezza per i ragazzi.

Rose finì di stirare l'ultima divisa di scuola. Quella mattina era stata un'impresa organizzare tutti. Non voleva che la situazione si ripetesse anche l'indomani. Damien aveva fatto la sua parte, cosa, questa, che Rose avrebbe continuato a incoraggiare e, infine, preteso. Lisa si era agitata perché aveva paura di fare tardi a scuola. Brian era rimasto impalato, senza dire una parola; odiava tutto il caos che lo circondava.

A Rose non importava. Cominciava a rendersi conto che una casa disordinata non era un peccato mortale.

Lei, da parte sua, la prendeva con calma. Stava diventando più difficile osservare la routine domestica. Non voleva più fare Superwoman. Si rendeva conto di trasmettere il messaggio, soprattutto a Brian: adesso guardava alla vita in modo leggermente diverso; il mondo non ruotava tutto intorno a una casa in perfetto ordine, dove gli armadi si riempivano come per incanto, senza sforzi, senza riconoscenza.

Inoltre c'erano le cinquecento sterline che le avevano tolto un po' del peso dalle spalle. Cercò di farsi venire in mente un modo di mostrarsi gentile con Maureen. Ma l'istinto di autoconservazione la fece esitare. Poteva essere un'alleanza pericolosa per lei, Rose. Il sangue non era acqua. La madre di Ben sembrava avere poche illusioni sul conto del figlio, ma era pur sempre suo figlio.

Rose chiuse l'asse da stiro e sciacquò la sua tazza da caffè. Non aveva ancora voglia di mettersi a infornare. Aveva bisogno di uscire di casa. Per qualche motivo si sentiva minacciata, temeva qualche avvenimento imprevedibile. Si infilò una giacca a vento leggera e uscì nel sole ancora freddo.

Da quando Ben era venuto in visita, la sua stessa casa aveva l'effetto di turbarla. Non poteva aprire la porta senza immaginarlo, arrabbiato, dall'altra parte. I suoi vestiti negli armadi la mettevano in agitazione, come non avevano mai fatto prima. Ogni volta che il telefono squillava pensava che fosse lui.

Al semaforo Rose attraversò la strada. Dirigendosi verso Dollymount, si sentì rassicurata dai quadretti familiari tutt'intorno a lei. Questo, se non altro, non era cambiato. C'era l'alta marea e il sole scintillava dappertutto. Nonni spingevano passeggini, qualche occasionale jogger passava sudato. Rose si chiese per un momento se avrebbe visto la donna con il walkman, l'uomo con i due levrieri. Quanti anni erano passati... Oggi Michael avrebbe avuto quattordici anni. Rose si sentì rinvigorire dalla velocità della camminata, dalla forza della brezza marina.

Tornata a casa appese la giacca a vento nell'armadio. Rivedere le cose di Ben la rattristò, come se stesse riordinando dopo la morte di qualcuno. Ma lui non era morto: era vivo e vegeto e le rovinava la vita.

Avrebbe voluto che venisse e si portasse via tutti i ricordi di ciò che avevano condiviso, qualunque cosa fosse.

Le stanze avevano ormai bell'e perduto l'ostilità nei suoi

confronti. Tutte le ombre scure che vedeva dopo che Ben l'aveva abbandonata erano svanite. Ma ogni ambiente aveva anche perduto il proprio calore, la propria personalità. Non c'era più una stanza in cui si sentisse veramente a proprio agio. Aveva l'impressione di essersi da tempo trasferita altrove.

Non restava altro da fare che chiudere la porta.

Venerdì 26 maggio; ore 17.00

Appena varcata la soglia, per prima cosa Rose andò ad accendere il forno. Aveva quattro ore per preparare tutto a puntino, ed era nervosa. Jane l'aiutò a scaricare i pacchi dalla macchina, curiosa come una scimmia.

La casa era vuota. Dava un'impressione di non vissuto. Nemmeno i mobili costosi e le suppellettili di buon gusto riuscivano a dissimulare il fatto che non era una casa.

«Non ho mai visto un frigo così pulito!»

Jane lo stava riempiendo velocemente, un ripiano dopo l'altro.

«Non c'è assolutamente niente qua dentro: ma la usa qualcuno questa cucina?»

Tutto era immacolato, sterile.

Rose si sentiva a disagio. Che scherzo era mai questo? Una lussuosa e discreta villa di città, appartata in un angolo molto tranquillo della South County di Dublino. Nessun bambino che giocava in strada, nessun segno di vita da nessuna parte. Macchinoni davanti a tutti i cancelli.

Quando le aveva telefonato Annie Cartwright, Rose aveva accettato con entusiasmo quell'incarico. Aveva bisogno dei soldi e la Bonne Bouche la trattava bene. La fiducia che Annie aveva in lei l'aveva aiutata ancora una volta a superare una brutta giornata. Rose non aveva badato molto alla sua insistenza su una discrezione assoluta. Ora le venne qualche dubbio. Sperava che non si trattasse di qualcosa di illegale.

Annie le aveva detto di non preoccuparsi del vino, che sarebbe arrivato più tardi. Ci sarebbe stato anche qualcuno per apparecchiare e servire a tavola. Il suo lavoro consisteva esclusivamente nel preparare e cucinare le pietanze. Aveva discusso dettagliatamente il menu con Annie.

Rose aveva già fatto una prova di tutti i piatti. Ora era terrorizzata. Doveva cucinare per dodici palati sconosciuti. Era contenta che Jane fosse con lei.

Alle cinque e mezzo i preparativi erano a buon punto; Rose si rilassò un pochino. Aveva preparato il sorbetto al limone il giorno prima; restava solo da lasciarlo ammorbidire in frigo per un'ora prima di servirlo. Jane era incaricata di modellarlo e decorarlo.

Rose attaccò i vari fogli di Post-it con le liste delle cose da fare sullo sportello del freezer. Quando arrivava a cimentarsi con una voce la depennava. Jane era l'aiuto ideale. Eseguiva gli ordini a puntino, in modo ordinato ed efficiente. Un'ora dopo aveva smesso addirittura di scherzare.

La mattina presto Rose aveva già dato una prima cottura all'anatra brasata. Adesso era arrivato il momento di trasferire le due enormi casseruole di ghisa nel forno. Tirò fuori tutti i ripiani, giostrandosi per fare spazio finché non entrarono alla perfezione. I funghi andavano aggiunti quasi all'ultimo, e c'era da preparare la gelatina. Infine avrebbe rappreso la salsa con beurre manié un istante prima di servire, e sarebbe stata impeccabile. Pregò che lo fosse.

I contorni consistevano in spinaci alla noce moscata e patate novelle con burro al prezzemolo. Lei e Jane li prepararono insieme, assicurandosi che le patate fossero palline perfette. Gli spinaci andavano lavati foglia per foglia. Una volta cotti, bisognava saltarli in un composto di burro, pepe nero e noce moscata. Rose cominciava a sudare. Tutte quelle ore di preparativi, e c'era sempre la possibilità che tutto andasse a catafascio all'ultimo minuto.

Per il momento, si concentrarono sul primo piatto: Pain de sole; strati di sogliola al limone e farcitura alle erbette. Come minimo un'ora e mezzo di preparazione, da servire con salsa mousseline. Nonostante tutta la sua meticolosa programmazione, Rose era in preda al panico. C'erano troppe cose che potevano tradirla. L'ambiente la intimidiva, gli ospiti erano tante incognite e si era lasciata dietro una vita che cascava a pezzi.

Damien badava ai fratellini, ma tra lui e Brian c'era un grande astio. Rose era preoccupata al pensiero di averli lasciati soli. Damien gli aveva dato il tormento per il furto del videogioco, e la reazione di Brian era andata oltre la rabbia. Odiava il fratello, aveva detto, perché si comportava da grande, «come se comandava lui». Odiava Damien perché aveva usurpato il posto di Ben. Rose tracciava in continuazione la sottile, quasi invisibile linea che correva tra il trattare Damien da adulto, e l'appoggiarsi a lui come a un sostituto di Ben. Era stremata.

Qui, in questa cucina, aveva tutto il necessario, dai germogli di estragone alle foglie di camelia per il sorbetto. Ma nemmeno questo bastava a garantire il successo. Le era capitato altre volte di fare cilecca nonostante ce l'avesse messa tutta.

Jane le porse una tazza di tè.

«Il tè cura tutti i mali.»

Rose sorrise. Era sul punto di rispondere, ma esitò sentendo una chiave nella porta d'ingresso. Jane la guardò con finto stupore.

«Quante chiavi ci sono per questa casa?» bisbigliò.

La porta della cucina si spalancò. Un'apparizione in jeans attillati e maglietta nera si parò davanti a loro, masticando chewing-gum e mandando indietro una criniera di capelli ossigenati.

«Salve ragazze. Io sono Debbie. Annie mi ha detto che vi avrei trovate qui. Chi di voi due è la grande cuoca?» Jane indicò con il pollice in direzione di Rose e fece le presentazioni per tutt'e due.

Debbie annuì soddisfatta.

«Io mi occupo della tavola, del servizio e dei piatti sporchi; tra poco arriverà Tony con il vino. Certo che Annie deve proprio fidarsi di voi due. Prima d'ora non ha mai dato in appalto la cucina.»

Rose si sentì assurdamente fiera. La sua stima di sé salì alle stelle. Ci avrebbe pensato lei a far riuscire tutto quanto.

Debbie si mise a tirare fuori piatti e ciotole dai mobiletti della cucina. Jane la seguì con lo sguardo.

«Dio, quanti piatti!»

«Vieni qua.»

Debbie aprì una porta, dietro la quale Rose aveva immaginato ci fosse una dispensa. Nel locale c'erano due lavastoviglie, un grosso lavello, un forno a microonde e una macchina per l'espresso.

«Così vive certa gente!» esclamò Jane.

Debbie le guardò con curiosità.

«Annie non vi ha informate?»

«Certo», rispose Rose prontamente, «ma non ha accennato alle *due* lavastoviglie!»

Pensava che Jane sarebbe scoppiata di curiosità: proprio nel momento in cui stava per riaprire la bocca, Rose aggrottò la fronte. Jane la richiuse obbediente, gli occhi scintillanti di malizia.

Quando Debbie ebbe finito andarono tutte e due a vedere la tavola. Era un quadro: una tovaglia di lino inamidato con tovaglioli assortiti, composizioni di fiori freschi, il non plus ultra in fatto di posate e cristalleria. Prendendosi a gomitate, Rose e Jane si ritirarono in cucina a ridere in modo incontrollato fino a quando la lista delle cose da fare non le riportò alla realtà.

Poco dopo le sette, tutto parve accadere in gran fretta. Tony arrivò avvolto in un turbine di bottiglie e di efficienza, impeccabile in camicia bianca e cravatta nera. All'improvviso Debbie apparve in un casto vestito nero corredato di grembiule bianco, i capelli biondi tirati indietro da un cerchietto di satin, irriconoscibile, eccetto che per la gomma da masticare.

D'un tratto si udì un fragore di voci che ridevano e discutevano. L'atrio era gremito di gente. Rose e Jane erano talmente indaffarate che non alzarono nemmeno gli occhi, ma avevano la netta sensazione che la casa si stesse riempiendo. Tony si muoveva in silenzio da una stanza all'altra, distribuendo drink. Debbie, senza gomma da masticare, girò con vassoi contenenti i delicati canapè che le tre donne avevano appena finito di decorare. Il volume aumentò, risate scroscianti scoppiavano a intervalli.

Alle otto e mezzo in punto, Rose passò in consegna a Debbie la prima portata, incrociò le dita e sperò che avessero un quarto d'ora per dare gli ultimi tocchi al piatto principale, per far rapprendere la salsa, glassare i funghi, cuocere gli spinaci, e versare il burro al prezzemolo sulle patate. Ce la fecero, con due minuti di anticipo.

Debbie prese una rapida boccata da una sigaretta prima di servire il piatto principale. Mandò via il fumo agitando con violenza la mano.

«Non ditelo a Tony; sa che ho smesso.»

Rose aspettò trepidante che fossero stati serviti tutti. Il brusio della conversazione si era fatto uniforme, meno frenetico. Una volta finita questa parte, poteva rilassarsi. Il dessert era una sciocchezza.

All'improvviso il taciturno Tony le fu accanto.

«I complimenti del padrone di casa allo chef. Che cosa gradiscono da bere, le signore?»

Rose era talmente sollevata che per poco non scoppiò a piangere. Jane rispose per tutte e due.

«Due gin tonic abbondanti, grazie, Tony.»

Dopo averle servite entrambe con grande pompa, sorrise per la prima volta in tutta la serata.

«Eccoli belli abbondanti, signore, e congratulazioni.»

Rose alzò il bicchiere per brindare con Jane.

«Senza di te non ce l'avrei fatta, grazie.»

Jane, a sua volta, alzò il proprio.

«All'amicizia.»

Di là il volume aveva ricominciato ad aumentare. Con la punta del piede Jane aprì uno spiraglio della porta e fece un cenno a Rose.

Nessuna delle due credette ai propri occhi. Il tavolo era

una specie di «Who's Who» del mondo della politica e dell'alta finanza irlandese.

Il padrone di casa aveva appena preso la parola. Intorno a lui il silenzio era assoluto, quasi reverenziale. Rose lo riconobbe immediatamente. Meno corpulento che in televisione, era tuttavia altrettanto imponente. La sua testa calva scintillava alla luce delle candele. Aveva l'aria rilassata, disinvolta: un uomo sicuro della propria importanza in mezzo ai propri pari. Appoggiandosi leggermente all'alto schienale della sedia, le mani comodamente intrecciate sullo stomaco, stava raccontando al suo pubblico la *vera* storia dietro all'ultimo scandalo.

«Non è Murtagh, quello?» bisbigliò Jane vicino all'orecchio destro di Rose.

Rose annuì. «Affari Esteri.»

A Jane venne da ridere e dovette tornare rapidamente in cucina. Intorno al tavolo ci fu uno scroscio di risate; la storia era finita ed era stata apprezzata. Tony si mosse di nuovo tra gli ospiti senza far rumore. I bicchieri furono riempiti.

Alla destra del padrone di casa sedeva una delle ragazze dalla bellezza più arrogante che Rose avesse mai visto. Si toccava in continuazione con la punta delle dita i capelli biondi scomposti. Stavano festeggiando il suo compleanno.

«Discorso! Bernardette! Discorso!» Questa fu la pretesa chiassosa di un signore che Rose era sicura di conoscere, ma non riusciva a inquadrare. Era rosso in viso, e aveva un enorme sigaro acceso tra il pollice e il medio. Lo teneva elegantemente a una certa distanza, come se potesse esplodere. Si girò per parlare all'uomo che gli stava seduto accanto, continuando a tenere gli occhi puntati sul padrone di casa. In quell'espressione fugace Rose lo riconobbe.

Jane, che nel frattempo si era ricomposta, era di nuovo dietro la sua spalla.

Rose indicò in silenzio in direzione dell'uomo che aveva appena chiesto un discorso.

Jane alzò le spalle. Rose le parlò sottovoce.

«Quello che ha fatto soldi a palate? Quello su cui sta indagando l'Ordine degli Avvocati?»

Rose annuì, portandosi il dito alle labbra. Jane era tutt'occhi.

Quando la ragazza si alzò per ringraziare gli ospiti dei regali, rivelò il minivestito di lycra nera più aderente e più corto che Rose avesse mai visto. Con finto pudore si tirò giù il vestito, lasciando che i capelli biondi le cadessero sulla faccia permettendole di fare una serie di gesti esagerati per rimetterli a posto. Si passò le ciocche bionde tra le dita mentre le unghie rosse scintillavano. Le sue lunge braccia abbronzate brillavano di gioielli mentre si raccoglieva i capelli sulla testa per mettere in mostra il regalo del suo amante: un paio di orecchini con diamanti.

Gli sorrise.

«Desidero ringraziare tutti per essere venuti. E in particolare desidero ringraziare Brendan per questa deliziosa festa a sorpresa.»

Lui le rivolse uno sguardo indulgente, senza mai staccarle gli occhi di dosso. L'esame degli altri uomini fu più discreto, ma non meno approfondito.

«E naturalmente, per questi graziosi orecchini.»

Bernardette si chinò e baciò la pelata del ministro.

Tutt'intorno al tavolo ci fu uno scroscio di applausi. Rose notò gli sguardi che si scambiarono le altre tre ragazze. Un sopracciglio sardonicamente inarcato qui, un sorriso dissimulato là. Rose avrebbe dato qualunque cosa per sapere quello che stavano pensando. In quelle silenziose reazioni c'era un che di freddo, in quegli sguardi un che di crudele.

Rose osservò la festeggiata quanto più attentamente le fu possibile, senza dover aprire di più la porta. Aveva il terrore che la scoprissero. Dietro la sua aria vulnerabile quella ragazza doveva nascondere una fibra d'acciaio. La falsa timidezza, il vestito appariscente, il viso perfettamente truccato miravano a lasciare senza respiro, ad ammaliare e a ornare l'uomo che la fissava con malcelato desiderio.

Gli ospiti continuarono ad applaudire e a esclamare per

molto tempo dopo che Bernardette ebbe finito il suo discorso. Il padrone di casa si beò della loro attenzione. Questa sera l'attaccatura dei suoi capelli e la sua figura corpulenta non avevano importanza. Irradiava potere e denaro; i suoi ospiti rasentavano l'adulazione. Non per caso, secondo Rose, la ragazza più bella era, in modo tanto evidente e definito, la sua.

Rose era sconvolta sino in fondo alla sua anima borghese.

«Hai visto chi c'è di là?»

Jane annuì.

«Il fior fiore della leadership d'Irlanda, e praticamente nemmeno l'ombra di una moglie.»

Era vero. A questo punto Rose aveva riconosciuto tre degli otto uomini, riusciva ad abbinare i nomi e le facce: il ministro, un faccendiere, un avvocato. Due con il codino che non conosceva, ma il tipo le era familiare. Dall'ultima campagna del governo sui media si vedevano dappertutto. Uno, che voltava le spalle a Rose, era un mistero totale. Era immerso in una fitta conversazione con i due uomini che gli sedevano accanto. Tutti e tre erano completamente assorti nella discussione. Rose sentì un dolore improvviso. Aveva già visto situazioni del genere. Questa era una trattativa d'affari, qui c'erano soldi in ballo.

Tutte e quattro le donne presenti erano giovani, stupende e sicure di sé. Rose non ne riconobbe nessuna. Chiunque fossero, a quel che le risultava non erano persone in vista.

«È mai possibile che sia uno sport tanto diffuso?» bisbigliò a Jane.

Jane alzò le spalle.

«È una cosa che lascia senza parole, vero? Almeno la metà di quegli ipocriti voterebbe contro il divorzio. Non c'è da stupirsi se Annie l'ha tirata tanto in lungo sull'importanza della discrezione.»

Tutta quella disinvoltura, quella sfacciataggine. Sicuramente avevano tutti qualcosa da perdere. Forse quella garanzia di riservatezza.

Rose si chiese se fosse lei la sola ingenua. Si trattava di una cosa che sapevano tutti tranne lei? Era l'unica persona a credere a quello che la gente diceva quando veniva intervistata in televisione? Rose si chiese se fosse l'unica donna in Irlanda a non essere cresciuta.

E adesso che sapeva, che cosa avrebbe fatto? Solo poche settimane prima sarebbe inorridita al pensiero che qualcuno di sua conoscenza lavorasse in un imbroglio del genere. Sarebbe stata sicurissima che la scelta giusta, la scelta morale, era rifiutarsi di averci a che fare.

E adesso, a quel che sembrava, non poteva più neanche permettersi i propri princìpi. Quando i soldi ce li aveva, giusto e sbagliato erano molto chiari. Ora che non aveva niente, o quasi, le cose non erano più così bianche e nere. Aveva bisogno di mantenere i suoi figli, aveva bisogno di fare qualcosa per se stessa. Se non avesse accettato quell'incarico lo avrebbe fatto qualcun altro, aggiudicandosi l'ottimo compenso che ne derivava. Che differenza avrebbe fatto se lei avesse rinunciato? Il suo senso di responsabilità nei riguardi dei figli doveva essere più forte del turbamento davanti alla morale sessuale altrui.

In quell'ambiente lussuoso lei e Jane prepararono del caffè costosissimo. Rose intuiva di ignorare profondamente i fatti della vita. Sentiva di dover fare un gran lavoro per rimettersi in pari.

«Stai bene, Rose?»

La domanda di Jane le fece notare che non parlava da un bel po'.

«Sto benissimo; sono solo un po' più vecchia, tutto qui. Un altro gin tonic quando torniamo a casa sistemerà tutto.»

Debbie stava sciacquando i piatti e caricando le lavastoviglie. Rose e Jane raccolsero le loro cose e salutarono Debbie sottovoce. Tony insistette per portare i cartoni fino alla macchina. Uscendo sentirono il brusio uniforme della conversazione proveniente dalla sala da pranzo. Le porte erano chiuse. Rose non voleva vedere più niente.

«Bello spettacolo» disse Jane mentre si allontanavano in macchina. «Non c'è da stupirsi se poi pagano tanto gli uffici stampa.»

«Tutto ruota intorno all'immagine, non ti pare? La trovo una cosa molto deprimente.»

Dopo il successo, Rose fu oppressa da un enorme senso di delusione. Forse era solo stanca. Non aveva voglia di rievocare la serata, non aveva voglia di parlare, non aveva voglia di un altro drink. Si sentiva in colpa per essere di pessima compagnia.

Quando furono quasi arrivate Jane sbadigliò rumorosamente.

«Chiudiamo qui la serata. Sono stanca morta.»

Rose le era riconoscente.

«Grazie infinite, Jane. Ti chiamo domani.»

«Il piacere è stato mio. Non ci avrei rinunciato per nulla al mondo.»

E se ne andò.

Rose non trovava le parole per definire quello che provava. Si rendeva solo conto che dentro di lei stava nascendo l'esigenza, forte, di qualcosa.

Sabato 3 giugno; ore 19.30

Ben era andato via dalla casa dei genitori da due settimane. Aveva chiamato Rose per dirle di inoltrargli la posta. La telefonata fu la loro prima conversazione dopo quel pomeriggio al commissariato di Pearse Street. Non aveva reagito ai suoi messaggi, in cui gli suggeriva di vedere i figli. Damien se ne era infischiato, mentre Lisa aveva chiesto più volte a Rose:

«Perché non possiamo andare a trovare papà?»

Rose aveva fatto del proprio meglio, ma sapeva che Lisa non era soddisfatta.

Brian era diventato ancora più scontroso e indisponente, sia a casa sia a scuola. Non faceva altro che giocare a «Mortal Kombat», «Virtual Fighter» e «Tekken» con il computer. Rose era disperata perché non riusciva a comunicare con lui, non riusciva a impedirgli di rifugiarsi in un mondo fantastico sempre più violento e distruttivo. Nei suoi confronti aveva un atteggiamento di silenzioso disprezzo; le obbediva, sì, ma senza mai mettersi a discutere. Evitava perfino di guardarla negli occhi.

Il giorno prima, mentre gli cambiava la biancheria del letto, aveva trovato il suo diario scolastico, infilato tra la testiera e il materasso. Con il cuore in gola, sapendo già quello che avrebbe trovato, Rose lo aveva aperto. Aveva sfogliato le pagine più recenti. «Non ha fatto i compiti. Sgarbato e ostile durante le ore di lezione. Si rifiuta di partecipare.» E poi: «Si prega di fissare un appuntamento con l'insegnante».

Aveva rimesso il diario dove lo aveva trovato. Aveva bisogno di tempo per trovare il modo di affrontare la questione. Dio, com'era stanca.

Adesso Rose lavorava più che mai, accettando tutto quello che Annie le proponeva. Maureen veniva tutti i giorni, dal lunedì al venerdì, e preparava il pranzo per Brian e Lisa. Rose si sentiva strappare, tirare in tutte le direzioni. Doveva trovare una soluzione insieme a Ben: non potevano andare avanti così.

Perché lui la tirava tanto per le lunghe?

Ormai era estate. E durante le vacanze estive i ragazzi facevano cose che costavano soldi. Lei li sfamava tutti i giorni della settimana e cercava di mettere da parte qualcosa, per quanto piccola, di quello che guadagnava. Ma non poteva permettersi nessun extra. Né Maureen poteva continuare a fare la baby-sitter per niente. Non era giusto.

Quel sabato sera tornò a casa tardi, dopo aver consegnato una dozzina di pizze fresche per una festa a Howth. Era esausta, in piena sindrome premestruale e arrabbiata.

Brian le venne incontro furibondo.

«Damien non mi ha voluto dare i soldi per andare al cinema, e ci sono andati *tutti* tranne me!»

«Brian, non puoi andare al cinema per il semplice motivo che non ho soldi. Damien ha una piccola somma che gli ho dato per le emergenze, ma il cinema non è un'emergenza. Damien ha solo eseguito gli ordini.»

«Se permettessi a papà di tornare a casa avremmo soldi in abbondanza. È colpa tua se se n'è andato! È tutta colpa tua!»

Per una frazione di secondo Rose ebbe voglia di picchiare quel dodicenne furioso e insopportabile che la fissava pieno di astio. Tenne le mani lungo i fianchi, temendo che se avesse cominciato a picchiarlo non avrebbe più smesso. All'improvviso, Rose ebbe voglia di indirizzare la propria rabbia sull'oggetto giusto.

«Prendi il cappotto. Tu vieni con me... subito!»

Da quando Ben se ne era andato Rose non aveva mai alzato la voce; aveva trattato tutti con i guanti, rispettando i sentimenti e cercando di esaudire bisogni impossibili. Brian sembrava davvero spaventato, e Rose era contenta. In uno sprazzo di malignità, la sua paura le dava più soddisfazione che se si fosse fatto in quattro per lei. Sentiva la pressione accumularsi, la sua testa sembrava sul punto di esplodere.

«Sali in macchina, *subito.*»

Brian era silenzioso e obbediente. Se non altro l'espressione imbronciata era sparita. Con una sgommata Rose si avviò giù per il vialetto verso la strada principale, quasi senza badare al traffico.

«Dove andiamo?» All'improvviso la voce di Brian si era fatta esile, da bambino.

«Andiamo a trovare tuo padre così potrà dirti di persona perché non vuole tornare a casa. Sono stufa di fare la parte della cattiva, stufa del tuo atteggiamento e del tuo modo di fare, stufa di elemosinare la tua approvazione.»

La rabbia le fece bene. Rose sperava solo di non scoppiare a piangere. Voleva essere forte e dura e furiosa, esigere rispetto e riconoscenza.

La BMW stava nel parcheggio del condominio. Bene, era in casa. Rose fermò la macchina, abbandonandola in mezzo al cortile con il motore acceso.

«Brian, scendi.»

Brian obbedì all'ordine.

Rose suonò il campanello dell'appartamento al piano terra. Continuò a pigiarlo con il dito fino a quando vide la sagoma di Ben precipitarsi a rispondere. Era in disordine, come se si fosse addormentato in una poltrona. Bene, tanto meglio. Quando gli si avvicinò sentì il familiare odore di vino. Tirò Brian a sé, più bruscamente di quanto intendesse. Il bambino stava piangendo, e per poco Rose non si intenerì.

«Ecco tuo figlio, Ben. Forse puoi spiegargli tu perché te ne sei andato di casa e perché è successo quello che è successo. Forse tu riuscirai a farlo smettere di rubare, a farlo smettere di trattare sua madre come spazzatura. Prendilo: è anche figlio tuo.»

Rose si voltò e andò via, ignorando il grido di stupore di Ben. Dimenticandosi che il motore era già acceso avviò la macchina, e questa emise uno stridio assai soddisfacente mentre si precipitava in retromarcia verso l'uscita, senza curarsi di Ben che la rincorreva disperato.

Filò di corsa verso casa, lasciando sgorgare e scorrere le lacrime. Controllò che Lisa dormisse, mandò Damien a letto con modi bruschi, che lo ferirono, e staccò il telefono. Poi si sedette nel soggiorno al buio, decisa a ubriacarsi.

Sabato 3 giugno; ore 19.30

Frustrato, Ben si passò le mani tra i radi capelli.

«Ma Caroline, quando eravamo insieme noi...»

Fu interrotto dal suono stridulo del campanello. Qualcuno lo stava pigiando forte con il dito. Caroline si fece bianca come un cencio e il bicchiere le cadde di mano. La macchia rossa parve impiegare secoli a penetrare nel tappeto bianco.

Ben andò ad aprire imprecando.

Caroline riusciva a sentire ogni parola rabbiosa.

«Ecco tuo figlio, Ben. Forse puoi spiegargli tu perché te ne sei andato di casa e perché è successo quello che è successo. Forse tu riuscirai a farlo smettere di rubare, a farlo smettere di trattare sua madre come spazzatura. Prendilo: è anche figlio tuo.»

Cristo. Era Rose. All'improvviso Caroline si sentì male. Si guardò intorno frenetica. Avrebbe fatto in tempo a nascondersi?

Sentì il forte rombo di protesta del motore di una macchina mentre la marcia veniva ingranata malamente. Sentì Ben gridare pieno di rabbia e mettersi a correre.

Nel frattempo udì un bambino che singhiozzava. Caroline si sentiva paralizzata. La porta sbatté e Ben tornò nel soggiorno, un braccio intorno alla spalla di Brian. La faccia del bambino era sconvolta dal pianto.

Caroline spiccò il cappotto da dietro la porta. Ben era rosso in viso e furioso. Accompagnò Brian in cucina, senza dire una parola. Caroline lo sentì dire che tornava subito.

Lei s'infilò il cappotto di corsa e si fermò davanti alla porta. Scosse la testa in direzione di Ben e alzò la mano anche se lui non tentava di raggiungerla.

«Non cercarmi mai più. Non voglio più vederti.»

Caroline aveva le lacrime agli occhi. Ben sapeva che erano per Brian, non per lui. Fece un gesto rassegnato.

Caroline aprì la porta da sola e uscì.

Ben si riempì di nuovo il bicchiere e tornò in cucina, mentre il suono dei singhiozzi faceva aumentare la sua rabbia nei confronti di Caroline e di Rose. Si sedette pesantemente accanto al figlio.

Arruffò i capelli dritti sulla testa china di Brian.

«Smetti di piangere, figliolo.»

Brian deglutì e si sforzò di obbedirgli.

«Scusa, papà. Da quando te ne sei andato è stata molto dura.»

Ben gli versò un bicchiere d'acqua. Brian prese un sorso, chinandosi sopra il bicchiere. Ben notò che aveva le unghie sporche.

«Tornerai a casa?»

Ben non sapeva cosa rispondere. Come poteva aspettarsi che un bambino lo capisse?

«Vedremo. Forse... Ho bisogno di sistemare parecchie cose. Nel frattempo tu dovrai comportarti bene. Non voglio più sentir dire che causi altre preoccupazioni!»

Brian non rispose.

«Hai fame?» gli chiese Ben, cercando un terreno neutrale.

Brian annuì.

«Non hai voglia di quello che c'è in casa, vero?»

Amareggiato, Ben ricordò la cura con cui aveva preparato il salmone affumicato, il pane di segale, l'insalata.

«Se non ti piace, possiamo ordinare qualcosa in rosticceria.»

Brian si allontanò per dare un'occhiata. Tornò quasi subito.

«Posso avere qualcosa dalla rosticceria?»

Ben annuì e si avvicinò il telefono. Fece un cenno verso il soggiorno.

«Va' a sederti sul divano e accendi la tv. Io torno subito.»

Brian sparì. Ben vuotò il bicchiere di vino e compose il numero della rosticceria più vicina, che conosceva a memoria. Intanto si domandava che cosa si sarebbe inventato dopo.

Domenica 4 giugno; ore 9.30

Rose si svegliò con un terribile mal di testa. Nello stesso istante in cui aprì gli occhi sentì suonare alla porta. Durante il suo sonno agitato, lo aveva sentito, sapeva che sarebbe successo. Mentre Damien stava scendendo lo chiamò.

«Non ti preoccupare, Damien, è tuo padre. Ci penso io.»

Senza dire una parola Damien si ritirò in camera sua. Rose sapeva che era offeso perché lei aveva cominciato a escluderlo. Ma lo faceva per il suo bene. Forse più tardi avrebbe cercato di spiegargli il perché. Anche lei sentiva la sua mancanza.

Si diede tempo per andare ad aprire. Oltre alla testa, aveva male alla schiena e la pancia le dava il tormento. Perdeva molto sangue e si sentiva debole. Ma se non altro la rabbia premestruale era sparita. Si sentiva in grado di affrontare Ben e Brian.

Era anche contenta per il fatto che il suo ciclo biologico le avesse permesso di reagire in quel modo. «Le donne sono brave a trarre il meglio dal peggio» pensò, «a sopportare l'insopportabile.» A volte l'unica valvola di sicurezza era la rabbia e il risentimento contro il mondo in generale che si accumulavano poco prima del ciclo. Di solito Rose si sentiva suscettibile e sull'orlo delle lacrime, nei giorni precedenti; si sentiva irritata perché le persone intorno a lei davano per scontato che fosse contenta di occuparsi di tutti tranne se stessa. Poi, con la comparsa del ciclo, la rabbia spariva e Rose si meravigliava perché non imparava mai a riconoscerne la causa. Ogni volta quella rabbia era reale, ogni volta il risentimento era giustificato.

E proprio perché *era* reale, adesso lo capiva, *era* anche

giustificata. Il fatto che sparisse con l'affievolirsi delle emozioni ingigantite delle mestruazioni non significava che non esisteva. Significava solo che lei non aveva una percezione abbastanza acuita per sentirla ancora una volta, dopo esser tornata «normale».

Aprì a Ben e Brian, calma e padrona di sé. Brian aveva un'aria molto derelitta, Ben era pensieroso e pallido.

Rose decise che non era disposta a sopportare altre stronzate.

«Vai in camera tua, Brian, noi due parliamo dopo.»

Il suo tono di voce era fermo, ma aperto alla promessa della riconciliazione, dell'amore. Brian annuì e corse di sopra, senza voltarsi a guardare il padre.

«È meglio che entri» disse a Ben, con naturalezza, decisa a non lasciarsi strappare il vantaggio. Il loro rapporto si era ridotto a questo, a una partita di tennis, o meglio ancora, a una mano di poker, in cui nessuno dei due era disposto a rivelare la propria tattica.

«È stato un bel dramma, ieri sera.»

Più che le parole, Rose afferrò il senso nascosto di quell'affermazione. Riempì il bollitore e giurò di non lasciarsi trasportare.

«Era una situazione molto drammatica. Prova a immaginare: un ragazzo adolescente, abbandonato dal padre che adora, comincia a rubare per attirare l'attenzione. Ma l'attenzione non arriva. Il padre si squaglia e l'adolescente sta malissimo. E allora che cosa fa? Se la prende con la madre, e a questo punto diventa lei la colpevole, la responsabile dell'infelicità di tutti, tranne che della propria, alla quale nessuno bada comunque. Così, il dodicenne egocentrico tocca tutti i tasti che conosce. Niente comunicazione, niente padre, niente soldi, niente più certezze. Risultato: esplode. Ecco perché ieri sera è finito sulla soglia della tua casa, perché non hai fatto niente per rassicurarlo che sei ancora suo padre. E io non sono più disposta a tollerarlo, Ben. Sono stufa di fare da scudo tra loro e te. Se sei uno stronzo totale, allora perlomeno faccelo sapere a tutti, in modo che possiamo riprendere a vivere le nostre vite. Ma io non sono più disposta a portare la tua colpa oltre alla mia.»

Era il discorso più lungo che Rose avesse mai fatto. Ben l'aveva fissata dall'inizio alla fine pieno di stupore. Il fatto che non si preoccupasse del suo giudizio l'aveva resa eloquente. Non le importava più niente della sua disapprovazione. Non aveva bisogno della sua stima. Si sentiva distaccata e aveva i postumi della sbornia, in ugual misura.

«Voglio solo che ti prenda la responsabilità dei tuoi figli, tutto qui. Per quanto mi riguarda, non mi importa più niente di te.»

A quelle parole Ben alzò lo sguardo.

«Non penso che potrò tornare, Rose.»

Rose decise di rischiare il tutto per tutto.

«Non mi stai ascoltando, Ben; non ti rivorrei a casa nemmeno se fossi l'ultimo uomo sulla terra. Voglio solo che troviamo un modo di continuare a vivere senza essere costretta a rivederti.»

«Farò del mio meglio, Rose, ma è un periodo molto difficile per gli affari. Devi avere pazienza.»

«Ho avuto pazienza per vent'anni, Ben, aspettando che la vita cominciasse. A quanto pare, però, le difficoltà negli affari non ti tengono lontano dal buon vino e dalle compagnie femminili dispendiose, o sbaglio?»

Rose non aveva mirato completamente alla cieca. La sera prima, quando era venuto ad aprire, l'aspetto di Ben denotava qualcosa che le veniva in mente solo adesso. Non stava dormendo. Il suo rossore e i vestiti in disordine non erano dovuti a un sonnellino dopo il lavoro. C'era qualcuno con lui; gli aveva sentito addosso odore di vino, un odore di cui non si era più ricordata fino a quel momento. Era Caroline o qualcun'altra? «Chi se ne importa» pensò Rose seccata. L'arrivo di Brian doveva aver mandato a monte il suo interludio romantico, con chiunque lo stesse avendo. Rose si sentì contenta, contenta, contenta.

La faccia di Ben era diventata ancora più pallida.

«Non sono disposto a discutere della mia vita privata con te.»

Si alzò con movimenti rigidi, scostando la sedia con cautela.

«Ti darò un colpo di telefono per accordarci su quando potrò passare a prendere il resto delle mie cose. Il mio avvocato si metterà in contatto con te per disporre degli alimenti.»

«Il tuo avvocato potrà mettersi in contatto con il mio, Ben, per trattare fino a raggiungere un accordo soddisfacente per tutti. Non sono disposta a farmi dettare le condizioni.»

Ben rimase chiaramente allibito.

«Tu hai un avvocato? Da quando in qua?»

«Da quanto te ne sei andato, bastardo che non sei altro. E ti dirò di più: ho una fotocopia di ogni contratto, di ogni azione, di ogni promemoria che hai scritto. E adesso, fuori. Ti chiamerò io quando farà comodo a *me* che passi a prendere le tue cose. Nel frattempo non mi aspetto di avere tue notizie.»

Rose buttò letteralmente Ben fuori di casa. Durante tutto il colloquio, lo aveva spinto pian piano verso la porta d'ingresso. Ora la sbatté con soddisfazione, diritta sulla sua faccia arrabbiata. Non intendeva più essere responsabile dei rapporti di Ben con i suoi figli. Se lui avesse deciso in tal senso, allora sarebbero continuati, e lei avrebbe incoraggiato i figli a vederlo. Se avesse deciso diversamente, allora lei non avrebbe potuto fare più niente. Aveva già abbastanza responsabilità per conto suo.

Dopo che la porta sbatté, Damien si affacciò esitante nell'ingresso.

«Stai bene, Ma'?»

Era preoccupato, insicuro.

«Sì, tesoro, sto benissimo. Vieni qui da me.»

Rose lo cinse con le braccia e lo cullò, come se fosse ancora un bambino.

«Tutto si sistemerà, vedrai. Credo che da adesso in poi dovremo cavarcela da soli.»

Gli baciò il viso teneramente.

«Staremo benissimo.»

Damien annuì. Rose si avviò su per le scale e disse da sopra la spalla:

«Stasera terremo un consiglio di famiglia.»

Chiuse la porta della sua camera e si riimmerse nel lusso di un letto ancora caldo. Provava un appagamento del tutto nuovo per lei.

La macchia rossa del vino di Caroline era ancora là quando Ben tornò all'appartamento. In un certo senso si era aspettato che fosse sparita. Anche i resti della cena erano ancora là. E nel minuscolo cucinino, i piatti che aveva impilato erano ancora là. I contenitori di alluminio della rosticceria stavano sul coperchio del secchio della spazzatura, pieni di cenere e mozziconi di sigaretta di diverse serate irrequiete passate in solitudine.

L'appartamento non aveva più un aspetto gradevole. C'era una patina di sporcizia dappertutto. Ben portò gli ultimi piatti in cucina e chiuse la porta.

Tirò fuori la sua valigia da sotto le scale e si sedette davanti al tavolinetto.

Domenica 4 giugno; ore 12.20

Era mezzogiorno passato quando Rose si svegliò. Il mal di testa era sparito; si sentiva leggera, rinvigorita. Infilandosi la vestaglia, andò direttamente in camera di Brian. Bussò e aspettò fino a quando venne ad aprirle.

La stanza era in ordine. Il computer era spento. Rose ebbe la sensazione che l'avesse aspettata. Si sedette nella poltroncina di vimini. Cominciava a sembrare una vecchia amica. Accavallò le gambe e si strinse nella vestaglia. All'improvvisò sentì freddo.

«Mi dispiace se sono stata brusca con te ieri sera. Ma non mi pento di quello che ho fatto.»

Brian la guardò. Per la prima volta dopo parecchio tempo non c'era ombra di ostilità nel suo sguardo.

«Queste ultime settimane sono state difficili. Ma non sono disposta a permetterti di comportarti male né in casa, né in strada né a scuola.»

Si interruppe vedendo il suo sguardo colpevole.

«Vai male a scuola?»

Brian annuì.

«Bene, forse è meglio che me ne parli in modo da evitare altre sorprese. Se mi dici la verità, sarò molto meno severa con te.»

Brian infilò la mano tra il materasso e la testiera e tirò fuori il diario scolastico. Lo consegnò alla madre senza una parola.

Rose lo aprì con cura, come se non lo avesse mai visto prima.

Guardò Brian in faccia.

«Andiamo male, Brian. Andiamo molto male. Ma voglio fare un patto con te.»

Non si curò del fatto che lui non avesse aperto bocca. Sapeva che ascoltava ogni sua parola.

«Non ti lascerò mandare tutto in malora. Lo so che vuoi che tuo padre torni a casa, lo so che ti manca.»

Si chinò verso di lui.

«E so anche, più o meno per certo, che le cose non potranno più tornare come prima. È dura per tutti noi, ma ci dobbiamo abituare. E ora, veniamo al patto.»

Brian aspettava.

«Tu rinunci ai videogiochi durante la settimana, e dedichi più tempo ai compiti. Durante il week-end potrai giocare per un periodo di tempo che concorderemo insieme. Dipenderà da quanto ti sarai impegnato durante la settimana, e non alludo solo alla scuola. Fin qui mi segui?»

«Sì.»

«In cambio, io non uscirò dai gangheri per queste note sul tuo diario. Metteremo una pietra sopra a tutti i litigi delle scorse settimane. Affare fatto?»

Brian annuì.

«Non mi interessa punirti per la tua cattiva condotta; voglio che cambi.»

Rose ebbe l'impressione che lui volesse parlare, e aspettò. Poi gli disse sotto voce:

«Non è tutta colpa mia, Brian. Non è stata una mia scelta. Mi ci devo abituare anch'io».

Lui si alzò dal letto e le si avvicinò.

«Mi dispiace, mamma. Non l'ho fatto apposta.»

Le sue mani erano bianche e tremanti. Rose gli tese le braccia.

«Lo so. Vieni qui da me. Sistemeremo tutto.»

Brian scoppiò a piangere. Rose lo strinse ancora più forte, e lui non si tirò indietro. Infine, dolcemente, lo fece sedere sulle sue ginocchia.

Piano, piano. Ogni giorno ha la sua pena. Quanto basta per arrivare a sera.

Lunedì 12 giugno; ore 6.30

Rose stava per perdere la pazienza. La segreteria telefonica di Ben era rimasta inserita per tutto il week-end, e lui non aveva risposto a nessuno dei suoi messaggi. A dispetto dei suoi grandi sforzi era a corto di soldi. L'assegno con cui oggi avrebbe pagato il supermercato sarebbe andato in protesto. Non voleva toccare i soldi di Maureen se non come ultima risorsa. E comunque le divise e i libri di scuola li avrebbero inghiottiti quasi tutti.

Ora stava davanti all'appartamento di Ben. Le tende erano ancora accostate, probabilmente dormiva. Rose guardò l'orologio. Le sei e mezzo. L'ora in cui si alzava di solito era passata da trenta minuti. Evidentemente era cambiata anche quella.

Questo era il terzo tentativo. Sabato sera era rimasta ad aspettarlo dalla mezzanotte alle due. Non era partita con l'intenzione di aspettare tanto a lungo, e dopo le due ore, il suo senso di umiliazione per essere costretta a elemosinare l'aveva sopraffatta, e non aveva pensato ad altro che a tornare a casa.

Ieri sera alle dieci, ci aveva riprovato. A Ben piaceva sempre andare a letto presto la domenica. Alle undici, non vedendolo arrivare, si era sentita piena di imbarazzo e di rabbia. Era come se lei fosse invisibile. Si era sbarazzato di tutti loro come di un vecchio pullover. Una volta buttati via, non esistevano più.

Questa mattina il senso di umiliazione di Rose era diminuito. Adesso era semplicemente furiosa.

Non era più disposta ad aspettare. Era arrivato il momento di pretendere, non di elemosinare. Scese dalla macchina e chiuse piano lo sportello. Si era preparata il discorso. Voleva essere fredda e farsi valere, non voleva un altro scontro.

Suonò il campanello e aspettò. La macchina c'era. Sembrava che ci fosse qualcuno nell'appartamento. Non le importava nemmeno se era in compagnia. Questi erano affari.

Suonò di nuovo il campanello, facendosi un pochino da parte in modo da non essere visibile attraverso il vetro. Infine sentì dei movimenti all'interno.

La porta si aprì. Ben aveva la barba lunga ed era assonnato.

«Ho bisogno di parlarti, Ben. È tutto il week-end che ti cerco.»

«Sono stato fuori» rispose parandosi massiccio nel vano della porta.

Rose sapeva che era una bugia.

«Posso entrare? Non ti ruberò molto tempo.»

Riluttante, lui aprì la porta appena quanto bastava per farla passare.

Una volta dentro, Rose rimase in piedi.

«Ho bisogno di soldi. Non ce la faccio a mantenere i ragazzi da sola. Sono settimane che non mi dai niente; ho bisogno di soldi per le spese di casa.»

Ben non si mosse.

«Non sono per me, Ben. Ti ho già detto che non voglio niente da te. Sono per i ragazzi. Fino a quando la questione non sarà sistemata legalmente, non mi lasci altra scelta che venire a cercarti.»

«A chiedere l'elemosina» aggiunse silenziosamente. Ma questa mattina non le importava. Sapeva che era tutta una tattica da parte di Ben. Questi erano affari.

Guardò l'orologio.

«Devo andare a lavorare. Possiamo sistemare questa faccenda?»

Lui aveva incrociato le braccia.

«Non ho contanti in casa. Questo lo sai.»

Rose si guardò intorno in cerca di una sedia. Si sedette, e accavallò le gambe mettendosi a proprio agio.

«Ti aspetto qui mentre tu vai al bancomat. Ce n'è uno a Sutton Cross. Non dovresti metterci molto.»

«Non possiamo aspettare fino a domani?»

«No, non possiamo. Io resto seduta qui fino a quando non ti decidi a mantenere i tuoi figli. Non mi importa se ti ci vorrà tutta la giornata.»

L'umiliazione delle ultime due sere era stata cancellata. Rose si sentiva bene. L'istinto le disse anche che adesso Ben i contanti in casa li avrebbe tenuti.

Ben si voltò di colpo e uscì dal soggiorno. Quando tornò aveva la faccia tirata. Le lanciò una manciata di banconote.

«Sono già nei guai per conto mio, Rose. I soldi non si trovano per strada.»

«A chi lo dici.»

Lentamente, senza fretta, Rose contò i soldi.

«Qui ci sono solo cento sterline. Bastano a malapena per questa settimana.»

Ben alzò le spalle.

«È tutto quello che ti posso dare. In questo momento gli affari vanno male.»

Rose mise i soldi nel portafogli.

«Dovrò tornare la prossima settimana, e quella dopo ancora. Sono sempre i tuoi figli, Ben.»

Rose si alzò. Era contenta di non aver perso le staffe.

«Ci vediamo la settimana prossima. Potresti anche fare una telefonata ai tuoi figli. Soprattutto a Brian, gli manchi molto.»

Ben aprì la porta.

«Non dirmi quello che devo fare. Li chiamerò quando avrò tempo.»

Rose non rispose. Non si sentiva né triste, né angosciata, né afflitta. Questi non erano che affari.

Ben le chiuse la porta alle spalle.

Rose si immerse nuovamente nel traffico leggero e si diresse verso il centro e poi a Greystones.

Lunedì 26 giugno; ore 11.30

David O'Brien aveva esaminato con molta cura tutti i documenti e i calcoli di Rose. Rose aveva aspettato mentre lui buttava giù appunti, sfogliando avanti e indietro la pila di fogli che gli aveva preparato. Lavorava concentrato, passandosi di quando in quando la mano tra i folti capelli grigi. Infine alzò lo sguardo e la fissò al di sopra delle lenti bifocali.

«Queste mi sembrano stime molto basse, Rose; tutte le tue spese sono ridotte all'osso.»

«È quello che ho speso per vivere nelle ultime dodici settimane. Ce la faccio, se sto attenta.»

David posò con delicatezza la penna sulla scrivania davanti a sé. Il suo ufficio era stipato di cartelline di carta di manila, tutte ordinatamente impilate. Rose si chiese se sapesse che cosa contenevano tutte.

«Non è così che dobbiamo muoverci, Rose. Quello che voglio da te è una stima globale di tutte le tue spese di quando Ben ancora viveva con te. Che stile di vita conducevi? Con che frequenza uscivate? Con che frequenza andavate in vacanza, passavate un week-end fuori?

«Devi continuare a spendere alla stessa maniera, altrimenti il giudice non farà altro che assegnarti il minimo. Ti darà quello che ti occorre per mantenere te stessa e i tuoi figli. Se dici che puoi farcela, per assurdo, con cinquanta sterline, allora probabilmente ti verrà assegnata quella cifra. Ben se la riderà, e manterrà se stesso e il suo appartamento a spese tue.»

David aspettò, osservando le emozioni contrastanti sulla faccia di Rose.

«Ma se tanto per cominciare i soldi non ce li ho, come faccio a spenderli? Ben ha pagato il mutuo e i conti, ma non riesco a fargli scucire contanti. Promette in continuazione, ma poi non lo fa.»

«È proprio questo il punto. Se lui riesce a dimostrare in tribunale che ce la fai a tirare avanti senza grossi contributi da parte sua, che sei in grado di mantenere te stessa e i ragazzi, che attualmente lui versa in gravi difficoltà economiche, che cosa succederà secondo te?»

Sembrava la rivelazione di una verità orribile. Evidentemente si trattava di una strategia, che con tutta probabilità Ben aveva concertato con il suo avvocato. Prima Rose aveva solo avuto un sospetto; ora le parole di David parevano confermarlo.

«Hai ancora una carta di credito?»

«Sì, a meno che Ben non l'abbia annullata. Non ne ho una intestata a me.»

«Usala; e per tutto quello che compri conserva le ricevute e le specifiche. L'estate è un periodo dispendioso se si hanno figli. E così anche il ritorno a scuola. Abbiamo un solo colpo a disposizione e dobbiamo fare centro. Se non otteniamo quello che vogliamo questa volta, per trascinare di nuovo Ben in tribunale potrebbero volerci molti soldi e molto tempo.»

«Io da lui non voglio niente, David. Quello che voglio è per i ragazzi.»

David alzò le spalle.

«Ti ha abbandonata, Rose. La tua vita ha subito un cambiamento drammatico e non per colpa tua. Questo ti dà diritto a un risarcimento pecuniario. Non dimenticare che tuo marito è molto ricco. Finora, se l'è cavata.»

Rose guardò il signore anziano e cortese che sedeva di fronte a lei, gli occhiali abbarbicati sulla punta del naso. Jane l'aveva avvertita di non lasciarsi ingannare dalla sua aria benevola.

David si chinò verso di lei.

«Ascolta il mio consiglio, fagliela pagare cara. Poniamo che più ne prendi tu, e più cara gli costerà; sarà tuo marito a dover pagare il conto.»

Rose scoppiò a ridere.
«È terribile; non è che una tattica, o sbaglio?»
David allargò le mani.
«Non è nulla di personale, Rose, sono solo affari. Credimi, è così che tuo marito guarda la faccenda in questo momento, a giudicare dalle lettere che ho ricevuto dal suo avvocato. Dacci dentro, spendi, spendi, spendi. Consideralo un investimento per il futuro dei tuoi figli.»
Rose annuì, aveva paura di parlare. Ben la stava punendo, lo sapeva, per avergli scaricato Brian quella sera. Per le ultime due settimane era stato vago, sempre occupato, le aveva promesso in continuazione di farle avere i soldi per le spese domestiche, ma senza mai tirarli fuori. Lei aveva reagito lavorando fino allo sfinimento. Non poteva andare avanti così, era troppo stanca e preoccupata per riuscire a ritagliare un po' di tempo per la sua famiglia, si vergognava troppo per raccontare a qualcuno quello che stava succedendo.
Era un sollievo che David fosse a conoscenza della situazione. Adesso, se non altro, la sua ottica era molto meno personale. Questi erano affari.
«Solo affari. Non è questo che dicono i mafiosi quando si eliminano a vicenda?»
Rose si alzò.
«Grazie, David. Seguirò alla lettera i tuoi consigli.»
Tirò fuori un rotolo di fotocopie dalla borsetta.
«Qui ci sono le copie di tutta la corrispondenza che Ben ha ricevuto nelle ultime settimane.»
David le sfogliò rapidamente.
«Sai, il fatto che tu figuri tra gli amministratori è un'arma a doppio taglio. Se si trova davvero in difficoltà, anche tu puoi essere coinvolta.»
Rose alzò le mani in aria.
«Be', dovranno sbattermi in galera. A questo punto non credo di avere nient'altro da perdere.»
David l'accompagnò alla porta.
«Riusciremo a ottenere quello che ti serve, Rose, ma de-

vi fidarti di me. Non parlare nemmeno con Ben senza consultarmi, e non permettergli di attirarti in qualsiasi genere di trattativa. Qui non c'è spazio per i sentimenti.»

Riconoscente, Rose gli strinse la mano e se ne andò, consapevole di aver compiuto ancora un'altra svolta e di essere sopravvissuta.

Domani avrebbe portato fuori i ragazzi per tutta la giornata. Un hamburger, il bowling e un cinema. Magari, chissà, sarebbe venuto anche Damien.

L'unica nota positiva in tutto questo era Brian. Dal giorno in cui lo aveva scaricato al padre si stava comportando meglio. Piano piano, con titubanza, cominciava a reagire. Stava mantenendo la sua parte del patto, e lei la propria. Era meno collerico. Rose aveva bisogno di stare più tempo con lui per rendere il rapporto più reale, più solido. Sperò in Dio che adesso Lisa non cominciasse a creare problemi o, che Dio non volesse, Damien.

Aveva bisogno di un po' di respiro.

E ora, si sarebbe data alle spese.

PARTE QUARTA

Sabato 1° luglio; ore 11.00

Rose proprio non riusciva a crederci. Stava veramente facendo *tardi*, e doveva andare all'aeroporto. All'ultimo momento Lisa si era messa a frignare dicendo che non voleva rimanere a casa con i fratelli. Rose aveva capito che la bambina aveva paura; le lagne coprivano qualcosa di più oscuro.

Fu sul punto di cedere. Chiaramente Lisa temeva che lei andasse via e non tornasse più.

Rose la prese sulle ginocchia e le disse tutte le cose appropriate, con un occhio all'orologio. Sentì una profonda stilettata di senso di colpa che partiva proprio sotto il cuore.

Un flashback di Ben e della casseruola fumante con le uova di *quella* mattina le fece prendere una decisione. Avrebbe dato la priorità a se stessa.

«Lisa, tesoro, sarò di ritorno tra due ore. Se l'aereo di Martha è in ritardo, ti chiamo.»

Resisté all'impulso di dire: «E ti porterò una bella cosa».

Accarezzò i capelli della figlia.

«Ti ho promesso che domani andremo tutti a pranzo fuori; passeremo l'intera giornata con Martha.»

«Ma adesso» pensò, «mi concederò un'ora da sola con Martha e non ho intenzione di cedere.»

«Metti su il bollitore all'una, ti va?»

Dal soggiorno giunse uno scroscio di risate.

«Svelta, Lisa, vieni a vedere!»

Lisa accorse.

Grazie a Dio c'era la televisione. Rose si affacciò alla porta.

«Ciao a tutti! Ci vediamo presto. Fate i bravi!»

«Ciao, mamma!»

«Ciao, mamma!»
Rose diede un'occhiata all'orologio.
«Santo cielo! Vado.»
Si sentiva come una bambina la vigilia di Natale. Le cose stavano andando meglio. Annie le aveva dato due settimane di ferie, i ragazzi erano contenti di essere in vacanza, e ormai Martha stava per arrivare. A volte Rose si spaventava pensando a quanto fosse impaziente di rivedere Martha. Nella sua mente aveva attribuito un'enorme importanza alla sua visita. Aveva come l'impressione che tutto si sarebbe sistemato non appena ne avesse parlato con Martha.

E se Martha era cambiata? Rose temeva che dopo tanti anni non sarebbero riuscite a ritrovare la loro vecchia amicizia. E se non fossero più riuscite a parlare?

Quando la notte prima si era finalmente addormentata, i sogni di Rose si erano popolati di aerei che precipitavano e di strane donne le quali sostenevano di essere Martha mentre lei sapeva che non era vero. Gli incubi avevano gremito il suo sonno e si era svegliata esausta.

Due intere settimane. Il tempo le si stendeva davanti come un'eternità. Comunque fosse andata, lei doveva smettere di sfacchinare per un po', se non altro per poi ricominciare rendendo di più. La situazione era sotto controllo. Era proprio bella, questa nuova sensazione di indipendenza. Rose decise che le piaceva.

Aprì il finestrino ed estrasse il biglietto del parcheggio dalla fessura. Ormai l'aereo doveva essere atterrato. La barra si alzò. Cinque minuti dopo, Rose maledisse i nuovi parcheggi dell'aeroporto di Dublino. In quello vecchio sembrava che ci fossero sempre posti. Adesso invece, solo una volta arrivata all'ultimo livello, uscendo di nuovo fuori all'aperto, ne individuò uno. Accanto c'era una BMW grigio metallizzato e Rose scoppiò a ridere al ricordo dello scherzo che aveva fatto insieme a Jane quel giorno.

«Questa è la seconda volta che rido negli ultimi giorni» si rimproverò. «Devo stare attenta. Potrei finire per diventare allegra.»

Si sentiva molto leggera e libera mentre si dirigeva verso il terminal degli arrivi. Buon segno: c'era appena un rivoletto di persone che passavano per le porte automatiche, tutte con sacchetti del duty free di Heathrow. Non c'era nessuno impalato con l'aria smarrita. Non che Martha avrebbe avuto l'aria smarrita...

Rose la scorse.

Nello stesso momento in cui Martha la vide, Rose ebbe la certezza che tutto sarebbe andato bene. Tutta agitata, indicò un punto non affollato lontano dalle barriere.

Martha avanzò con fare deciso e educato tra la gente che si abbracciava e strillava. Tese le braccia e Rose la strinse forte, inzuppandole di lacrime il colletto di velluto. Per qualche minuto nessuna delle due parlò.

Rose ebbe la forte sensazione di non aver ritrovato soltanto Martha.

Sabato 1º luglio; ore 22.30

«Non mi pare che noi due ci siamo mai prese una bella sbornia insieme.» Martha fece quest'affermazione con tono grave mentre tirava fuori una grossa bottiglia di Jameson dal sacchetto del duty free che prima aveva poggiato dietro il divano.

Rose era contentissima per come Martha si era fusa con il suo ambiente, la sua famiglia, senza alcun senso di estraneità da parte di nessuno.

Brian l'aveva presa subito in simpatia lasciando Rose sbalordita. Quando Martha gli aveva stretto la mano aveva fatto un'espressione prima sorpresa, poi compiaciuta. Che cosa si era aspettato? Lei si era annotata mentalmente la cosa per più tardi.

Rose notò la grande cura con cui Martha aveva scelto i regali. Doveva aver letto con molta attenzione la lettera che le aveva scritto ormai parecchie settimane prima. Ebbe un improvviso, vivido ricordo dei tredici fogli azzurri di posta aerea, e in silenzio ringraziò Martha per averli letti tra le righe.

Il videogioco di Brian era complesso, difficile; un cambiamento totale rispetto agli abituali giochi al massacro. Lo guardò mentre si immergeva nel grosso manuale. Da quando Ben se ne era andato, era la prima volta che lo vedeva seduto abbastanza fermo da riuscire a leggere.

Ora erano finalmente sole: Brian e Lisa erano andati a letto tutti contenti, Damien sarebbe rimasto fuori fino all'una. Rose si sfilò le scarpe e si raggomitolò nella poltrona di fronte a Martha.

«Lo sai, Martha, che questo è il primo giorno in cui mi sono sentita in pace con me stessa fin da quando mi sono alzata? Sono veramente contenta che tu sia venuta.»

«Anch'io. I tuoi ragazzi sono meravigliosi, hai fatto molti progressi da quando mi hai scritto, e poi sei bellissima. Sono sicura che ti stai muovendo nel modo giusto, Rose. Complimenti.»

Martha levò il bicchiere, e Rose fu abbacinata da un'immagine di vent'anni prima, quando Martha aveva fatto quello stesso identico gesto. La sua repentinità e nitidezza le fecero venire le lacrime agli occhi.

«Ben non ti è mai piaciuto, è così, vero?»

Martha strinse con delicatezza il bicchiere fra le mani.

«Sì, Ben non mi è mai piaciuto, ma questo non significa che avessi *ragione*, o che il fatto che Ben ti abbia piantata provi qualcosa. Anche se lo avessi portato alle stelle, magari ti avrebbe lasciata lo stesso.»

«È quasi solo una questione di fortuna, non è vero?»

Martha annuì.

«Credo di sì. Sto ancora cercando di scoprirlo!»

Rose si sentiva insicura.

«Hai una storia con qualcuno?»

Martha agitò la mano per dire forse sì, forse no. All'improvviso la sua espressione si fece incerta. Rose ebbe la netta impressione che non avesse voglia di approfondire l'argomento. Decise di non insistere.

Tese il bicchiere per farselo riempire. Sia che fosse il whisky, oppure Martha, o una combinazione dell'uno e dell'altra, Rose si sentiva sulla buona strada per arrivare a capire a fondo quello che le era capitato.

«Raccontami che cosa è successo, Rose, fin dall'inizio.»

Rose fu sorpresa dalla facilità con cui riuscì a dare una forma agli ultimi tre mesi. Rifletté e analizzò, ricavò dei nessi e un senso dal caos.

Era l'alba quando andarono a letto. Rose si sentiva allo stesso tempo estremamente sobria e su di giri. Le trame della sua vita affioravano con chiarezza e lei cominciava a capire che cosa l'aveva portata al presente.

Calma e lucida, sapeva quello che doveva fare.

Domenica 2 luglio; ore 9.30

Quando Martha scese l'indomani mattina, Rose stava preparando la colazione.

«Ehi, stavo venendo a preparartela io!»

Martha l'abbracciò al volo. Rose non staccò gli occhi dalle uova strapazzate che si stavano rapprendendo rapidamente.

«Perché stravolgere la tradizione? Ogni momento importante della mia maledetta vita l'ho passato in questa cucina, davanti a questi fornelli. La mattina in cui Ben se n'è andato stavo bollendo le uova, ora le sto strapazzando. Chissà se c'è un messaggio nascosto in tutto questo.»

«Forse» disse allegramente Martha, «le preferisci strapazzate. Forse il messaggio è questo.»

Rose spense il gas e infilò la mano nel forno dove teneva in caldo il pane tostato. Tirò fuori due piatti.

«Tieni, mandalo giù, ti farà bene.»

Martha emise un gemito. «Conosci la seconda parte? 'Buttalo fuori e ti sentirai meglio!' Vacci piano: stamattina sono un po' delicata.»

«Be', io no. Sto morendo di fame. Mi sento benone, e so esattamente che cosa voglio fare.»

Rose preparò un bricco di caffè forte.

Martha aspettò.

«Parlare con te ieri sera è stata la più bella esperienza che mi sia capitata in parecchi anni, Martha. È stato come se tutte le idee confuse sparissero. Riesco a vedere dov'ero, e comincio a vedere dove voglio andare.»

Martha annuì. Il suo viso assunse quell'espressione grave che Rose aveva amato tante volte. Martha aveva sempre un che di estremamente solido; non era mai incostante, mai distratta. Quando ascoltava, lo faceva con tutto il corpo. Non ammetteva interruzioni. Mentre parlavi, ti apparteneva.

«Ti ricordi quando ieri sera abbiamo parlato dei traghetti?» domandò Martha con un sorriso.

«Ogni singola parola! Mi sembrava di aver scoperto una verità universale! Sì, mi ricordo: ho detto che gli uomini e le donne sono come tanti traghetti. Esternamente sono molto simili, nel punto di partenza e nella destinazione. La tragedia è che mentre uno è ancora impegnato nel tragitto di andata l'altro ha appena iniziato quello di ritorno.»

Rose si interruppe per un momento, mentre le lacrime le salivano di nuovo agli occhi.

«Di fatto, pensare che sia successo proprio questo a me e Ben mi fa star meglio. È una spiegazione plausibile, ha una logica. Ed è molto meno dolorosa. Forse mi piace proprio per questo.»

«Ha veramente importanza il 'perché'?» le chiese Martha, che ormai sembrava aver ritrovato l'appetito.

«No. Ma le conseguenze sì. Non provo più rancore nei confronti di Ben. Non mi sento obbligata a fingere. Posso lasciarlo andare. Ma voglio fare in modo che i ragazzi abbiano ancora un padre.» In quel momento entrò Damien. Il suo corpo seguì gli occhi fino al grande vassoio di pane tostato, poi si ricordò le buone maniere.

«Avanti» gli disse Rose. «Serviti pure.»

In un attimo prese quattro fette.

Poi guardò Martha, che a sua volta lo fissò scuotendo la testa. Rose lasciò correre. Provava un orgoglio assurdo perché suo figlio e la sua migliore amica avevano un segreto.

«Più tardi» disse Martha.

Rose cominciava a incuriosirsi.

«Vattene, Damien, parliamo più tardi.»

Damien obbedì a Martha senza discutere, prendendo una banana e una manciata di prugne al passaggio.

Rose si sentì stringere il petto. Dio, quanto mangiavano. Ben le aveva dato poco e niente. Tutto quello che c'era sul tavolo lo aveva comprato con i propri guadagni. Cominciava a sentirsi disperata. Questo fatto, insieme al senso di sconfitta che negli ultimi tempi aveva provato, rendeva tanto più urgente il bisogno di chiudere con lui.

«Non voglio più vivere qui, Martha. Tutto puzza di Ben. Voglio ricominciare, da sola, insieme ai ragazzi. Lui non ha fatto il minimo sforzo per vederli, ma su questo posso lavorare. Voglio rivederlo per dimostrargli che so essere ragionevole. Non voglio niente da lui, voglio solo che mantenga i ragazzi. Troverò un lavoro, come cuoca, come donna delle pulizie, qualsiasi cosa. L'unica cosa che voglio davvero è il divorzio, in modo che ogni cosa sia definita con chiarezza. Non intendo andare avanti così.»

Martha annuì mentre Rose si asciugava le lacrime. Lacrime liberatorie, questa volta, lacrime migliori, più sane, più pulite di quanto non fossero state per molto tempo.

«È un grande cambiamento, Rose, e ci devi pensare bene. E questo capita proprio a fagiolo per darti la buona notizia che ho per te.»

Rose la guardò. Si sentiva come un bambino che guardasse trepidante il genitore, fonte di tutte le cose belle. Sapeva che stava per succedere qualcosa di allegro.

«Ho prenotato una casa nel Clare per noi cinque per una settimana, a partire da sabato mattina. Si parte alle dieci.»

E con calma Martha si riempì la tazza di caffè.

«Poi, con le idee chiare, le ossa riposate e rinvigorita da Arthur Guinness, potrai dire a tuo marito di andare affanculo.»

E alzò la tazza per brindare.

Ridendo, singhiozzando, grata come una bimbetta esultante, Rose levò la propria.

Martedì 4 luglio; ore 18.00

Ben non stava certo semplificando le cose.

Prima era stato molto brusco con Rose, al telefono. Non aveva soldi, aveva detto. Lei viveva in una casa che era il suo bene primario. *Lei* godeva di tutte le cose di sua proprietà.

«Sei tu quella che ha tutte le comodità. Io ho a malapena di che tirare avanti. La banca mi sta strangolando.»

Rose passò al contrattacco.

«Allora mettiamoci d'accordo per vendere e saldare i debiti di tutti. Dopo potremo ripartire da zero, e io non dovrò assillarti.»

La voce di Ben si fece più aspra.

«Te l'ho già detto. Questo non è il momento di vendere. La casa è il mio bene di maggior valore. Non mi lascerò certo convincere a venderla precipitosamente.»

Rose notò il pronome singolare. Sentì montare la rabbia.

«Bene, se questi sono la *tua* casa, e la *tua* macchina e il *tuo* bene primario, allora non ci sono anche i *tuoi* figli? Hanno bisogno di cibo, di vestiti e di sicurezza. Io da te non voglio niente.»

Non ti potevi sbarazzare dei figli come di vestiti vecchi quando ti stancavi di loro, quando passavano di moda, quando non ti stavano più bene. Questa volta era stata Rose a sbattere giù il telefono.

Furiosa, prese la scala a pioli e andò su in soffitta. Tirò giù diversi cartoni, cartoni che prima contenevano il *suo* pregiato vino. *Lei* aveva cominciato a berlo solo dopo che se ne era andato.

Furiosa, riempì i cartoni uno dopo l'altro. E mentre era

così affaccendata prese alcune decisioni. Ben aveva detto con voce fredda di non avere nemmeno un bicchiere da vino, insinuando che Rose viveva nel lusso, nel suo lusso, perché li aveva *lei*.

Nel primo cartone mise una dozzina di bicchieri da vino rosso, sistemando ciascuno nello scomparto dove prima c'era stata una bottiglia di vino.

Che venisse a domandare.

Tirò fuori gli scomparti del secondo cartone e ci sistemò la caraffa con la barca, quella che gli piaceva tanto. Dopo un momento di esitazione, ci infilò anche il portaghiaccio di cristallo. Rose li detestava. Nel terzo cartone mise sei bicchieri da sherry, sei da whisky, sei da porto. Avevano dodici di tutto. Così ogni cosa era divisa esattamente a metà.

Che venisse a lamentarsi, adesso.

Nell'ultimo cartone buttò tutto il contenuto del suo comodino. Gemelli, fermacravatte, spiccioli. Quello era l'unico posto in cui Ben non era mai stato ordinato. Il motivo era forse che in una camera da letto divisa con un'altra persona non si poteva nascondere niente?

Piangendo furiosamente, Rose caricò la macchina. Non con i suoi vestiti, non con i pullover che gli aveva comprato. Quelli poteva venire a riprenderseli di persona, e affrontarla. Dio, quanto non lo poteva soffrire.

Le sarebbe piaciuto avere una pistola. Sarebbe stata una fine molto pulita per tutta questa storia. Lui stava insudiciando il loro matrimonio, stava lasciando un caos che poi lei avrebbe dovuto riordinare. Se Ben fosse semplicemente morto, allora lei avrebbe potuto rimpiangere decentemente quello che avevano condiviso in passato, e poi rimettersi in carreggiata.

Mentre finiva di caricare il bagagliaio Martha tornò dal centro. Aveva portato con sé Damien, Brian e Lisa. Guardandoli scendere dall'autobus, la rabbia di Rose si sgonfiò come un palloncino.

Chiuse il bagagliaio e corse in bagno. Aprì l'acqua fredda, e si sciacquò i polsi, la faccia, per far rallentare il cuore che le martellava.

Gli avrebbe dato di che stressarsi.

Rose si applicò un po' di idratante su guance e palpebre. Poi un tocco di fondotinta, cipria e fard. Matita per gli occhi e rossetto.

Gli avrebbe fatto vedere.

Si era ormai calmata, quando entrò in cucina; Martha aveva fatto il tè. Rose ne tracannò una tazza scottandosi la gola, facendosi male al groppo che sentiva là in fondo.

Con eccessiva disinvoltura disse che doveva assentarsi per un'ora. Martha la fissò in volto, ma Rose non voleva ricambiare quell'occhiata, non voleva guardarla negli occhi.

Doveva farlo. Forse non era una cosa assennata, ma era stufa di sforzarsi di essere assennata.

«Cucino io. Ho già organizzato i miei tre aiutanti, abbiamo già comprato gli ingredienti. Ti faremo una sorpresa.»

Mentre diceva questo Martha ammiccò a Lisa. La bambina ricambiò allegramente la strizzata d'occhi.

Mentre Rose stava aprendo lo sportello della macchina, Martha uscì sul portico.

«Sei molto arrabbiata, Rose. Sei sicura che è il momento giusto per fare quello che hai in mente, qualunque cosa sia?»

Rose annuì.

«Sì. Che si riprenda pure una parte dei suoi beni primari. Sono molto meno arrabbiata di quando li ho impacchettati. Ho bisogno di liberarmi di questa paccottiglia.»

Rose gesticolò con furia in direzione della parte posteriore della macchina.

Martha annuì con aria grave. Cinse le spalle di Rose e l'abbracciò forte.

«Allora fallo, e torna subito qui. Ti aspettiamo, e ti serviremo la cena.»

In risposta Rose annuì, mordendosi il labbro. Dio, perché le donne non potevano sposarsi tra loro? Sarebbe stato tutto più semplice.

*

Ben fu colto alla sprovvista al vederla. Ormai si era calmata. Aveva intenzione di scaricare i bicchieri e l'orribile, volgare caraffa insieme agli ultimi vent'anni. Prima che Ben venisse ad aprire, per un momento Rose fece un folle calcolo. Secondo le attuali stime di Ben, quanto valeva il cristallo di Waterford? Quanti anni di fedeltà, di pasti preparati, di pulizie, di messaggi telefonici rappresentava il suo carico?

Datemi una pistola.

Dentro, lui fu freddo, severo. A Rose l'appartamento sembrò orribile, e se ne compiacque. I mobili erano da pochi soldi, la stanza era sudicia e ai suoi piedi c'era una brutta macchia di vino.

«Puliscila, bastardo che non sei altro» disse la voce dentro la sua testa.

«Che vuoi, Rose?»

Era mai possibile che avesse amato quell'uomo tronfio e pelaticcio di mezza età? Notò che era ingrassato, la sua pancetta era aumentata. La cosa le fece piacere. Lei non era mai stata tanto magra come adesso.

Il disordine della stanza non le sfuggì. Scatole di cibo da asporto, un sacco della spazzatura in un angolo, il tavolino cosparso di giornali.

All'improvviso, senza motivo, sentì un'immensa compassione per lui. La sua rabbia si dileguò, scendendo dalla sommità della sua testa giù, giù per gli intestini, per uscire infine dalle dita dei piedi. Povero, misero stronzo.

All'improvviso, provò la stessa sensazione che aveva tanti anni prima quando spingeva il passeggino a Clontarf: il ratto che rosicchiava in fondo alla gola.

Solo che ora si rendeva conto della perdita che era all'origine del suo dolore, e tutte le speranze andarono a farsi benedire.

«Non voglio niente, Ben. Ti ho solo portato un po' di cose che forse ti servono.»

Rose aprì la porta e la fermò, poi tornò alla macchina.

Lui non accennò ad aiutarla.

Rose impilò i cartoni dietro la porta d'ingresso.

Una volta che li ebbe portati dentro si sentì meglio. E le era venuta fame. D'un tratto ebbe voglia di andarsene.

«Hai detto che non avevi bicchieri da vino, Ben. Be', eccoteli. E anche la caraffa che ti piaceva tanto.»

Vide il suo viso cambiare colore ed espressione. Rose era perplessa. Che gli aveva preso?

«Dov'è?»

Rose lo guardò con un'espressione vacua. Rendendosi conto che aveva la bocca aperta la chiuse.

«Che cosa? Sono nel cartone. I bicchieri sono nel cartone.»

Le venne in mente una lezione di irlandese per principianti. *Tá na gloinne sa bhosca*, pensò: «È una scatola di vetro», e quasi le sfuggì un risolino. Cominciava a sentirsi un po' isterica. La faccia di Ben era quella di uno *strano.*

«Il vino, stupida stronza. Il *vino.*»

Quale vino? E allora si ricordò. Ma certo. Il vino che l'aveva tenuta in vita le prime due settimane. Il vino che aveva bevuto insieme a Jane.

«L'ho bevuto, Ben. Per l'amor di Dio, che ti prende?»

La faccia di Ben s'era fatta di porpora.

«Era un *investimento*!» le disse tra i denti. «Quel vino valeva una maledetta fortuna!»

Rose perse il controllo.

«Un altro *bene* del cazzo, immagino! Be', cerchiamo di essere coerenti, allora!»

Prima che Ben riuscisse a fermarla, Rose si chinò e tirò fuori i bicchieri ai suoi piedi. Guardandolo diritto negli occhi, li mandò tutti in frantumi, riempiendo lo squallore del suo appartamento di cascate di luce e colori.

Ben cercò di afferrarle la mano. Lei lo scansò con una spinta.

Rose tirò fuori la caraffa con la barca. Quanto valeva? Cinque anni? La ruppe contro la parete, sentendosi trafiggere la guancia da schegge dirompenti. Ormai non le importava più niente. Questo le dava soddisfazione quasi quanto ucciderlo.

Ben le strinse entrambi i polsi dietro la schiena e lei gli assestò un calcio, forte, sullo stinco. Con un urlo di dolore Ben la lasciò andare.

Con la stessa rapidità con cui era venuta, l'esaltazione svanì, e Rose ebbe paura. Le aveva fatto male, le stava venendo addosso di nuovo, voleva afferrarle le mani. Rose era riuscita a tirar fuori le chiavi dalla borsetta e alzò le mani per difendersi.

Chissà come, un attimo dopo, la faccia di Ben era lì, insieme alle chiavi, alle mani e alla rabbia. Rose non lo fece apposta, ma fu inevitabile. La chiave della sua macchina gli scavò un lungo punto esclamativo bordeaux sul lato sinistro della faccia.

Gli occhi di Ben parvero farsi enormi.

Poi la colpì. Forte. In pieno viso con tutta la forza del suo braccio destro, con tutta la rabbia degli ultimi vent'anni.

Si fermarono entrambi, inorriditi.

Senza una parola, Rose raccolse la borsa da terra, aprì la porta con mano tremante e se ne andò.

Usò la chiave sporca di sangue per aprire lo sportello dalla parte della guida.

Salì e girò la chiave nel cruscotto.

Non guardò nemmeno indietro.

Martedì 4 luglio; ore 19.30

L'odore di cipolle fritte arrivava fino a metà del vialetto. Quando spense il motore Rose tremava ancora. Dandosi un'occhiata nello specchietto vide una lunga stria di sangue sulla guancia destra, vicinissima all'occhio. Era stata fortunata.

Dopo quell'accesso di collera era sfinita. Tutta la parte sinistra della testa le pulsava. Aveva la sensazione che con il colpo si fosse slogato qualcosa. Lo zigomo era di un rosso vivo. Pareva gonfiarsi a vista d'occhio. Non poteva affrontare i ragazzi in quello stato.

Con movimenti malfermi scese dalla macchina e si trascinò giù per il vialetto. Doveva scappare prima che la vedessero. Si diresse verso la casa di Jane, pregando in cuor suo di trovarla. Pigiò il campanello. Jane venne ad aprire quasi immediatamente.

Per un istante il suo viso s'illuminò di piacere. Poi, notando la faccia di Rose, cambiò espressione.

«Gesù» fu tutto quello che disse.

L'aiutò a entrare nell'ingresso. Rose aveva la sensazione che tutto questo stesse succedendo a un'altra persona. Le sue gambe erano diventate di plastilina, come se fosse reduce da una camminata faticosa. Non riusciva a parlare. Non riusciva a formulare un pensiero, una frase. Si rendeva conto di sentire dolore, ma non riusciva a localizzarlo. Era lei che lo sentiva? C'era un suono stranissimo.

Erano i suoi denti. Battevano. Tutto tremava.

Persone lontanissime s'affaccendavano intorno a lei. Le sembrava di essere di nuovo in ospedale. Ma invece di spogliarla strato dopo strato, la stavano coprendo. A poco a poco, cominciò a sentire caldo. Soprattutto alle mani. Qualcuno le teneva come per stringere una tazza. Una tazza da bambino. Qualcosa tipo «My Little Pony». Qualcosa di bianco e rosa, una promessa di idillio.

Era tè. Tè forte e caldo, con tanto zucchero. Cominciò a mettere a fuoco. Le parole presero a sgorgare.

Jane le accarezzò i capelli. Bisbigliò qualcosa a Jim il quale, pallido e sconvolto, riempì la tazza di Rose.

Il camino elettrico era acceso. Era salva.

«Per favore... telefonate a casa. Parlate con Martha e ditele di dire ai ragazzi... quello che le pare. Non devono preoccuparsi, non devono sapere.»

Jane era seduta sul bracciolo della lisa, comoda poltrona. Cingeva le spalle di Rose con un braccio. Con la mano libera fece il numero di Rose.

«Vuoi parlarci tu?»

Rose scosse la testa. Qualche minuto dopo Jane riagganciò.

«È tutto sotto controllo. I ragazzi stanno bene. Stanno cucinando alla cinese. Martha gli ha detto che farai tardi. Li terrà occupati il più a lungo possibile.»

Stupita, Rose si rese conto che Jane era quasi in lacrime. Doveva proprio avere un aspetto orribile. Con tutta probabilità peggiore di come si sentiva.

«Abbiamo chiamato il dottore.»

«Non ce n'è bisogno.» Rose ritrovò in parte la voce. «Tornerò fresca come una rosa.»

Da dove l'aveva presa quell'espressione? Non la sentiva da anni, e non l'aveva nemmeno mai usata personalmente. Era una voce dell'infanzia, di ginocchia sbucciate, ghiaccioli e casa dei suoi.

Suonarono alla porta.

«Be'» disse Jane, «è arrivato, quindi tanto vale che ti fai vedere.»

Kevin McDermott entrò nella stanza qualche secondo dopo che Jane era uscita. All'improvviso Rose si sentì troppo stanca per protestare. L'uomo portò con sé una ventata di gentilezza ed efficienza. Rose si sentì tornare bambina.

Le pulì il viso con delicatezza, asportando minuscoli frammenti argentei di vetro.

«Non c'è bisogno di metterti i punti, Rose, sono solo taglietti minuscoli. Dimmi come è successo.»

Rose gli spiegò com'era andata, ansiosa di chiarire che i tagli erano colpa sua, della sua rabbia. Quelli non glieli aveva fatti Ben.

«E che mi dici di questo bell'occhio pesto? Ti sei fatta da sola anche questo?» Rose gli raccontò come meglio poté delle chiavi, delle mani, della rabbia.

Lui annuì. «Ti devo scattare una foto, Rose, quindi non ti muovere.»

La Polaroid sibilò.

«Ti darò qualcosa per dormire, e qualcosa per il dolore. Domani ti farà un male cane. Voglio ridarti un'occhiata domani sera. Passerò a casa tua dopo il giro di visite.»

Rose si sentiva priva di volontà; l'unica cosa che riusciva a fare era accettare passivamente quello che le facevano gli altri. Aveva completamente perso il controllo.

Lottò con quel senso di indolenza di cui conosceva i pericoli, da prima.

«Lo prendo dopo, Kevin. Devo andare a casa a cena. I miei figli stanno cucinando per me.»

Notò il suo sguardo perplesso.

«No, non sono pazza. D'accordo, sono ancora un po' sotto shock, ma i miei ragazzi mi aspettano. Dopo cena potrò crollare quanto mi pare e piace. Ma questo è un avvenimento importante.»

Kevin annuì.

«Okay. Puoi bere un paio di bicchieri di vino, non di più. E prendi queste quando sarai già a letto. Dovrebbero mandarti k.o. più o meno subito. Ci sentiamo domani.»

E se ne andò.

Jane si rimise seduta sulla poltrona. Dell'altro tè. Rose lo bevve, piena di gratitudine. Si sentiva *veramente* meglio. Avvertiva un forte senso di fine.

Non di un lieto fine, bensì di qualcosa di netto e brutale.

Alzò lo sguardo e sorrise a Jane.
«Mi passerà. Grazie. Domani avrò bisogno di parlare con te. Per favore, vieni.»
Jane annuì, accarezzandole la mano.
«Certo che verrò. Quando vorrai.»
Rose si alzò. Ormai si reggeva abbastanza bene. Le ginocchia erano tornate al loro posto.
«Devo andare a casa a mangiare alla cinese con i miei ragazzi. Che cosa gli ha detto Martha?»
«Niente. Aspetta che torni tu. Puoi sempre raccontare di essere stata assalita e scippata.»
Rose sorrise.
«Sarà un'ottima scusa, per il momento. Mi accompagni a casa a piedi?»
Il dolore si stava facendo risentire, quello pulsante sopra l'orecchio sinistro. Aveva la sensazione che qualcosa stesse crescendo dentro l'occhio. Se lo toccò. Era gonfio.
Avrebbe dovuto dare il minor peso possibile alla cosa. I più piccoli le avrebbero creduto. Quello che la preoccupava era Damien.
«Andiamo.»
Jim volle per forza accompagnarla in macchina per quel breve tragitto mentre Jane prese posto sul sedile posteriore insieme a lei, con i cubetti di ghiaccio avvolti in un sacchetto di plastica e poi in un tovagliolo.
Che sciocca era stata. Era colpevole quanto Ben. Non avrebbe dovuto nemmeno provare a parlargli mentre era ancora arrabbiata. Per un momento sperò di avergli fatto né più né meno altrettanto male di quanto gliene avesse fatto lui.
Se non altro non toccava a lei raccogliere i vetri.
L'odore di cipolle era ancora forte, ma si erano aggiunte delle spezie che le sembravano familiari, e che tuttavia non riusciva a riconoscere. Il suo stomaco oscillava tra la nausea e la fame.
Avrebbe fatto del proprio meglio.
Entrò direttamente in cucina dalla porta di servizio. An-

cora una volta con tatto. Sarebbe anche morta in quella cucina, una volta giunta la sua ora?

«Salve, ragazzi. Eccomi qua.»

In pochi minuti i piccoli si tranquillizzarono. Ma Rose notò il modo in cui Damien la guardava: all'improvviso i suoi occhi si fecero neri contro una faccia di un pallore mortale. Cercò di segnalargli che non era grave come sembrava, di aspettare, che gli avrebbe spiegato.

Damien uscì improvvisamente dalla cucina.

Dovette lasciarlo andare. Brian e Lisa erano ansiosi, spaventati alla vista del suo occhio che stava rapidamente diventando nero.

Martha recitò alla perfezione la parte del medico rassicurante. Mandò Brian a prendere il ghiaccio e Lisa a cercare un altro pullover senza mai interrompere una splendida radiocronaca con cui confermava che non era grave come sembrava. Il fermento che creò, il tono della sua voce, la prontezza delle sue mani ebbero l'effetto di calmare Brian e Lisa fino a riportarli alla normalità, a uno stadio in cui riuscivano addirittura a prendere la cosa con coraggio.

Rose disse che doveva andare in bagno. Prendendo il visetto di Lisa tra le mani disse alla bambina che aveva una fame da lupi. Le andava di dare una mano a Martha e apparecchiare?

Prese Brian per mano e lo condusse in soggiorno, dove aprì la porta a soffietto. Con aria sconsolata, gli porse l'ultima bottiglia di vino.

«Portala a Martha e chiedile di farti vedere come si apre. Io vado di sopra un momento. Appena scendo possiamo mangiare. Non vedo l'ora.»

Brian annuì, gli occhi ancora fissi nei suoi alla ricerca di un indizio. Poi, all'improvviso, la abbracciò. Fu una vera agonia, ma anche il dolore più dolce che Rose avesse provato da molto tempo.

Gli baciò la punta dei capelli dritti.

«Sei il migliore» bisbigliò.

E ora, Damien.

Andiamo a naso. Piano, piano, t'acchiappo, scimmietta. Ogni giorno ha la sua pena. Quanto basta per arrivare a sera.

Che giornata di merda.

Mercoledì 5 luglio

Il giorno dopo le fece un male cane, e anche il giorno dopo ancora. Lasciò le consegne a Martha. Era una sensazione piacevole, non fare niente. Jane venne e si fermò parecchie ore. Simpatizzò subito con Martha. Rose era contenta.

Il pomeriggio, si sedettero ognuna su una sponda del letto a bere vino e a ridere a crepapelle della collera di Ben per il suo investimento, e tutti i sentimenti cupi rimasero lontani. Mentre raccontava, Rose rideva e piangeva. *Tá na gloinne sa bhosca*. In fondo, riderne insieme a Jane e Martha non era poi una cosa tanto feroce, tanto odiosa.

Tra un sorso di vino e un analgesico, Rose dormì a intervalli per l'intera giornata: tutto aveva ancora un che di irreale.

Pian piano, vedendo che si riprendeva, Damien si rilassò. Nei momenti in cui era sveglia, si rendeva conto di fare un enorme sforzo per dimostrargli una cosa: guarda, sto bene, sopravviverò. Non sono affatto una vittima. Sono Rose. Sopravviverò. A tutti quegli anni. Quanto a Damien, lui aveva avuto l'impulso di ammazzare il padre.

Rose fu molto chiara quando gli raccontò quello che era successo, ripetendo la storia all'infinito. Aspettò che Damien se ne facesse una ragione. Aspettò che capisse di non dover soddisfare nessuna pretesa, nessun bisogno.

Quella sera a cena lei e Martha ce la misero tutta. Tirarono fuori foto del cottage, fecero programmi.

Rose non si era mai sentita tanto riconoscente nei riguardi di una persona in tutta la sua vita.

Giunse alla conclusione che doveva essere un buon segno. Le cose sarebbero cambiate in meglio.

Sabato 8 luglio; ore 10.00

Rose chiuse a chiave e innescò l'allarme, sperando che non ci fossero noie durante la sua assenza. Un momento prima di partire andò a controllare la camera da letto. Le finestre erano chiuse, i vari gingilli d'oro nascosti. Per un momento ebbe la tentazione di prendere il resto dei soldi che le aveva dato Maureen. Ma resistette. Le bastava l'assegno della Bonne Bouche.

Se ne avesse portati di più li avrebbe spesi. E i ragazzi dovevano imparare a divertirsi con meno.

Chiudere il bagagliaio e allontanarsi in macchina fu per Rose come lasciarsi alle spalle la sua vita. Martha si rifiutò di lasciarla guidare. Rose non protestò più di tanto. Il viso le doleva ancora molto, e l'occhio era un'interessante tavolozza di azzurri e viola. Si sentiva ancora tutta anchilosata e dolorante.

Fatto strano, quel dolore le piaceva. Era fisico e ne conosceva la causa. Gli analgesici lo facevano passare.

Lo preferiva al ratto che aveva avuto in fondo alla gola per quasi vent'anni. Tutta la pesantezza era sparita. La sua testa era lucida, riusciva a respirare senza problemi. Sconvolta, si rese conto che quel sentimento era felicità.

La prima giornata che passarono nel Clare fissò la tabella di marcia dell'intera settimana. Il clima era caldo e soleggiato. Alle dieci, andavano tutti a fare una lunga passeggiata, spingendosi contro il vento, raccogliendo con entusiasmo la sfida fisica delle colline e delle rocce.

Tornavano al cottage per pranzo.

Ogni pomeriggio andavano in macchina in qualche località raccomandata dalla guida turistica, normalmente scelta da Lisa o da Brian.

Poi di nuovo a casa per cena.

Ogni sera andavano in un pub diverso, dove apprezzavano la musica e la calorosa accoglienza riservata ai bambini. Rose pensò che sarebbe stata capace di vivere là per il resto della sua vita. L'andamento semplice delle giornate, che assunse quasi subito il carattere di una vecchia routine, e la stanchezza totale di ogni sera la convinsero che la vita poteva essere diversa. I vecchi schemi *potevano* cambiare.

E in un momento imprecisato, tra una cosa e l'altra, Martha insegnò a Damien a guidare.

Solo il sabato mattina Rose divenne depressa. Doveva tornare ad affrontare l'altra vita. Si sentì agitata per tutto il giorno, come se a casa stesse succedendo di tutto, e le cose precipitassero in un tumulto incontrollabile.

La sua era una sensazione di terrore che non si spiegava solo con la fine della vacanza.

«È una cosa naturale» la rassicurò Martha mentre preparavano i bagagli. «Hai passato un periodo d'inferno. Un po' di depressione, un po' di abbattimento adesso è naturale. Passerà. E se non passerà, potrai farti aiutare. Non c'è nessuno che distribuisce medaglie a chi ne esce completamente da solo, lo sai?»

Rose sorrise.

«Sì, sicuramente hai ragione.»

Riordinarono insieme in silenzio. La settimana dopo Martha sarebbe andata a Galway; poi avrebbe passato tre settimane a Londra. E infine a casa, a Sydney.

Rose non sapeva che fare senza di lei.

«Tornerò, lo sai, e stavolta ci terremo in contatto.»

«Certo. Mi mancherai.»

Martha annuì.

«Anche tu. Rose, senti.»

Rose alzò lo sguardo dalle valigie. Martha aveva un'espressione un po' imbarazzata.

«Se qualcosa dovesse andare storto dal punto di vista economico, me lo fai sapere? Non puoi lavorare più di così;

lascia che ti aiuti se dovessi rimanere al verde. Lo faccio volentieri, d'accordo?»

«Sì, te lo prometto. Comunque mi hai già aiutata.»

Mentre si dirigevano verso Dublino Rose sentì che la depressione cominciava ad alleviarsi. Si sentiva tranquilla, di nuovo in pace.

Sabato 15 luglio; ore 21.00

Nello stesso istante in cui infilò la chiave nella porta principale, Rose sentì che qualcosa non andava. Si sbrigò a digitare il codice per evitare che suonasse l'allarme. Tutto sembrava in ordine, ma l'istinto le diceva che non era così.

Martha e i ragazzi andarono in cucina per mettere su il bollitore. Rose disse che sarebbe scesa tra un momento.

Davanti alla porta della camera da letto si bloccò. Era aperta. Lei l'aveva chiusa. Ma l'allarme... come?

Ben. Non sapeva come avesse fatto, ma era sicura che fosse stato Ben.

Cautamente aprì un po' di più la porta, rimanendo ancora ferma sul pianerottolo. Non poteva dire che la camera da letto fosse in disordine, ma non era come l'aveva lasciata. Il letto era spiegazzato. L'aria era diversa.

Apparentemente non mancava nulla. Aprì l'armadio. Con una sensazione di malore, di mancamento, vide che la parte di Ben era vuota. Niente abiti, niente giacche, niente scarpe.

Come aveva fatto a entrare? Si sentì profanata, come se un ladro si fosse introdotto in casa mentre dormiva.

Improvvisamente in preda al panico, aprì l'anta centrale dove c'era la scaffalatura.

I pullover. Spariti.

Passò rapidamente la mano su tutti i ripiani vuoti, uno dopo l'altro. Di sicuro Ben non le avrebbe mai rubato i soldi. Doveva aver messo la busta di Maureen da qualche altra parte. Doveva averla nascosta in un posto sicuro. Cercò disperatamente di ricordare. Con uno sforzo costrinse le mani a rallentare. Perlustrò sistematicamente ogni ripiano, ogni cassetto, ogni tasca.

Erano sparite. La busta delle duecento sterline era sparita.

Rose si sedette pesantemente sul letto. Aveva fatto male a non portare quel denaro con sé. Almeno così se lo sarebbe goduto.

Sentì dei rapidi colpi alla porta.

«Stai bene? Il tè è pronto.»

Il tè. Il simbolo della perfetta normalità.

Martha fece capolino alla porta. La faccia di Rose le chiuse la bocca. Il suo sorriso svanì.

«Che c'è, Rose? Sembri un fantasma.»

«Ne ho appena visto uno. È stato qui.»

«Chi? Ben? Come fai a saperlo?»

«Tutti i suoi vestiti sono spariti. Non so come abbia fatto a entrare. Ho cambiato tutte le serrature. Ma è stato qui. Lo so che sono stata una stupida, lo so che avrei dovuto metterli in banca, ma erano il mio fondo di emergenza.»

«Che cosa ha preso, Rose? Dimmelo, che cosa ha preso?»

C'era una punta di rabbia nella voce di Martha; Rose rimase sorpresa. Non ricordava di aver mai visto Martha arrabbiata.

«Duecento sterline. Quello che restava dei soldi che mi aveva dato sua madre.»

Martha si inginocchiò sul pavimento fino a trovarsi con la faccia alla stessa altezza di quella di Rose. Le posò le mani sui gomiti.

«Rose, guardami. Guardami, Rose.»

Rose obbedì. Le tornò il senso di distacco: tutto stava accadendo a qualcun altro, non a questa Rose.

Fece un grande sforzo per mettere a fuoco Martha.

«Rimedierai alla perdita dei soldi. Questa non è che un'altra fine. Hai chiuso con lui. Non può farti più niente. Mi ascolti?»

Rose annuì. La forza delle mani di Martha cominciò a riportarla in terra.

«Hai tre figli che contano su di te, e tu non li hai mai

piantati in asso. Non permettere che questo fatto vanifichi tutti i tuoi sforzi. Che cosa ripetevi sempre a te stessa dopo la morte del piccolo Michael? Dillo, Rose.»

Le lacrime cominciarono a scorrere.

«Io sono Rose» bisbigliò. «Sopravviverò.»

«Non sei più sua moglie. Stai ricominciando daccapo. Che questa sia l'ultima volta che ti fa del male.»

«Non è tanto per i soldi...»

«Lo so. Lo so. Dai, lavati la faccia. I ragazzi ti stanno aspettando.»

Rose si alzò e obbediente andò in bagno. Si lavò il viso e si spazzolò i capelli.

Sentì Martha che diceva allegramente: «Arriviamo!» La sentì scendere per impedire a Lisa di salire.

Rose si raddrizzò, ed ebbe letteralmente la sensazione fisica di riprendersi. Obbligò le ginocchia a piegarsi, le gambe a muoversi, la faccia a sorridere.

E tornò giù in cucina.

Lunedì 24 luglio; ore 12.15

Il lunedì successivo Rose aspettò che Martha partisse per Galway prima di andare a cercare Ben. Sentiva che se ne era andato definitivamente, questa volta. Ora che le aveva rubato i soldi, Rose sapeva che non avrebbe mai avuto il coraggio di affrontarla. Questa volta se ne era andato per sempre. Con una curiosità spassionata, Rose si chiese se fosse partito con Caroline, o con qualcun'altra. Era andato lontano? In realtà non le importava, però le sarebbe piaciuto saperlo.

Nel primo pomeriggio di lunedì andò a trovare Jane. Come sempre lei fu molto disponibile. Il tempo era splendido e in quattro e quattr'otto fu organizzata una scappata al mare. Brian e Lisa erano contenti.

«È superfluo ringraziarti ancora, immagino» disse Rose. «Mi sento come l'Angelo della Morte, l'immancabile portatore di cattive notizie.»

«Al contrario, sei stata l'immancabile portatrice di buon vino. Adesso sono felicissima di averlo apprezzato tanto! Prenditela pure comoda. Faremo un picnic.»

«Allora ci vediamo più tardi.»

«Buona fortuna. Sei sicura di non voler aspettare che ci sia anch'io con te?»

«Sicurissima. Ormai non abbiamo più motivi per litigare.»

Mentre guidava verso l'appartamento di Ben a Howth Rose era calma.

Quando arrivò vide diverse persone sedute sui balconcini, altre nel cortile sotto ombrelloni dai colori vivaci. Parcheggiò davanti alla porta di Ben e bussò. In realtà non si aspettava una risposta; la sua era solo una formalità.

Una donna se ne stava in disparte a leggere. Sembrava un po' più vecchia delle altre. Rose le si avvicinò.

«Mi scusi. Sto cercando l'inquilino dell'appartamento numero nove. Si chiama Ben Holden.»

La donna chiuse il libro.

«Anch'io. E lei chi sarebbe?»

Rose fu colta alla sprovvista dal suo modo di fare spontaneo.

«Sono Rose Holden. La sua... ex moglie.»

La donna annuì. Raccolse una grossa borsa di tela da terra.

«Credo che abbia traslocato. Le dispiace venire con me?»

Rose la seguì. La donna frugò nella borsa e tirò fuori un grosso mazzo di chiavi.

«Io sono Geraldine Kenny. Sono la proprietaria di alcuni di questi appartamenti.»

«E anche molto simpatica» pensò Rose tra sé.

Aprì il portoncino di Ben.

«Stamattina, visto che nessuno mi rispondeva, ho portato fuori tutti i sacchi della spazzatura. La casa cominciava a puzzare.»

La stanza era completamente vuota. Restava solo la macchia di vino a dimostrare che una volta Ben era stato lì.

«Ha lasciato queste.» La donna porse a Rose alcune buste. «Avevo intenzione di imbucarle, ma alcune sono senza indirizzo. Ci sono solo i nomi. Immaginavo che sarebbe passato qualcuno. Le vuole prendere lei?»

Rose avvertì che la donna era a disagio. Che cosa sospettava? Un suicidio? Un omicidio? Forse aveva visto un po' di andirivieni a casa di Ben. Checché avesse visto o intuito, sicuramente la donna sospettava qualcosa.

«Sì, le prendo io.»

Rose fu sul punto di farle una domanda, quando la donna la precedette:

«Non deve niente, ha pagato tutto».

Voleva liberarsi di lui. «Siamo in due» pensò Rose. Tutti

i vecchi rancori, placati per un po', cominciarono di nuovo a irrompere nel suo intimo. Eccola lì, ancora una volta, a riordinare le cose lasciate in giro da lui. Rose tese la mano per prendere le lettere.

«Bene. Allora, a queste provvedo io.»

E probabilmente i suoi soldi avevano provveduto all'affitto, quel bastardo.

«Vuole che inoltri la posta?»

«No» rispose Rose. «Non ho la più pallida idea di dove sia andato. Grazie per l'aiuto.»

Aspettò di arrivare a casa per aprire le buste.

Una per Barry, una per Jack Morrissey alla banca, una per lei, una per l'avvocato, altre due indirizzate a nomi che non riconobbe.

Le aprì tutte.

Quando ebbe finito, prese cinque buste nuove e scrisse gli indirizzi. La sesta lettera la portò al lavello.

Frugò nel cassetto alla ricerca di fiammiferi. Ne accese uno tenendo la lettera per un angolo e dando fuoco a un altro. La guardò bruciare, piena di soddisfazione. Poi aprì il rubinetto e la mandò giù per lo scarico del lavello. Quel gesto la riempì di stanchezza. Il fallimento era suo, secondo lui, la colpa era sua, lui aveva bisogno di ritrovare se stesso. Be', sarebbe stato meglio, molto meglio, se fosse sparito senza una parola.

Tirò fuori quello che restava del whisky di Martha dal mobiletto del soggiorno. Non si diede la briga di richiuderlo a chiave. Non ce n'era motivo. Non c'era più niente.

Digitò la nuova combinazione dell'allarme.

Poi, con la bottiglia sottobraccio, fece l'ormai familiare tragitto fino in fondo alla strada, verso la sanità di mente, verso Jane.

Martedì 25 luglio; ore 9.10

«Allora, che alternative ho?»

Era la mattina presto di martedì. Rose stava parlando con David O'Brien.

«Praticamente nessuna, immagino» si rispose da sola.

«Rose, se non riusciamo a rintracciarlo, possiamo fare ben poco. Hai idea di dove possa essere andato?»

«No, adesso come adesso, no. Forse se continuo a pensare mi verrà qualche idea. Ma in tutta sincerità, dovrò organizzarmi dando per scontato che non lo troveremo mai. Anzi, spero proprio di non rivederlo più. Sarebbe tutto molto più semplice se fosse morto.»

Ci fu un momento di silenzio. «Posso solo cercare di immaginare come ti senti, Rose. Mi dispiace veramente.»

Rose scosse la testa con forza per trattenere le lacrime. Questo non era il momento per l'autocommiserazione, né per la commiserazione di nessuno.

«Mandami quelle cinque lettere» le disse David. «Ne farò delle copie e poi le spedirò. Ma da quello che mi hai detto, mi sembra che Ben non abbia lasciato garanzie economiche di sorta. Non parlarne con nessuno, non prendere iniziative fino a quando non mi rifarò vivo con te. Lo so che Barry Herbert è un tuo amico, ma non dirgli ancora niente. Mi hai sentito?»

Sarebbe stato perfettamente inutile spiegare a David che Barry era un uomo per bene, un uomo d'affari dotato di principi morali. Sarebbe stato perfettamente inutile spiegargli che l'istinto le diceva che se c'era qualcuno in grado di salvare qualcosa dalle disastrose operazioni commerciali di Ben, era proprio lui. David era sospettoso per natura e per professione.

Rose acconsentì. «Okay, aspetterò di sentirti. Riuscirai a fare presto?»

Rose stava imparando che la legge era molto lenta. Alla gente comune e ai suoi problemi, al divorzio all'irlandese, non aveva nulla da offrire. Rose sentiva che non aveva diritti. Non era più la metà di una rispettabile, solida coppia borghese.

Era la metà di niente. Ora tutto dipendeva da Ben: bisognava rintracciarlo, riordinare quel caos, ottenere il suo consenso. Senza quello, Rose si trovava nella terra di Nessuna. E ancora una volta, aspettava. Non voleva spendere altro tempo della sua vita aspettando.

«Mi rifarò vivo con te entro venerdì. Intanto, resisti. Devi darmi la possibilità di fare indagini.»

Indagini. Che bella parola. La sua vita sarebbe stata plasmata dalle indagini. Il futuro dei suoi figli, della sua casa, il suo. Aveva il presentimento che quelle indagini sarebbero durate a lungo.

Rose fece il caffè e si sedette nella quiete della cucina. Le sarebbe piaciuto abbandonarla – quella cucina dove, a quanto sembrava, era successo tutto – e trasferirsi in un'altra, di cucina, dove gli avvenimenti sarebbero stati determinati solo da lei.

L'avrebbe dipinta di un colore diverso. I pensili e i cassetti avrebbero contenuto soltanto oggetti semplici. Avrebbe liberato la sua casa delle complesse macchine della cucina da cordon bleu. Per quelle avrebbe trovato un altro posto, un posto chiamato lavoro, non casa. Cominciò a progettare un altro spazio, un'altra cucina dove avrebbe potuto cominciare a guadagnarsi da vivere. Cucinare: per amore o per soldi.

Rose tirò fuori il taccuino dalla borsetta e stese un elenco delle possibili fonti di reddito. C'era la Bonne Bouche, per quattro ore al giorno, per esempio, tutte le mattine dalle sei alle dieci. C'era la cena per dodici una volta al mese. C'era il servizio di catering per le feste, magari avrebbe potuto sforzarsi e portarlo a una volta alla settimana.

Con un improvviso lampo di intuizione, a Rose venne in mente un'altra cosa che poteva fare. Perché no? Perché non avrebbe dovuto prendere l'iniziativa e credere in se stessa? Immaginava che Jack Morrissey sarebbe stato disposto a tutto pur di riprendersi i suoi soldi.

La mente di Rose mulinava. Preparò da mangiare per le sei, come se avesse inserito il pilota automatico. La cena fu turbolenta, le vacanze estive erano al culmine. Brian e Lisa, in particolare, erano pieni di lentiggini e salute. Come poteva dirgli che il padre se ne era andato per sempre?

Per un momento fu colta dal panico. Era pazza? Come poteva far fronte a tutto questo da sola? Poi il momento passò.

Dopo cena si rinchiuse nell'ufficio di Ben e lavorò fino a notte fonda. Alle quattro aveva finito. L'ufficio era cosparso di carte. Riposti al sicuro, in una cartellina azzurra, c'erano quattordici fogli scritti con una grafia nitida. Doveva imparare a usare il computer.

Rose era talmente su di giri che non riusciva a dormire. Decise di portarsi avanti sulle ordinazioni della Bonne Bouche. Per le quattro ore successive si affaccendò davanti al forno, provando due nuovi impasti mediorientali. Poteva farcela, sapeva che poteva farcela. E ce l'avrebbe fatta.

Mentre aspettava che gli impasti lievitassero, ripensò alla sua vita. Da ragazza desiderava solo le cose che credeva avesse la madre. E sua sorella Ellen diceva che si era sbagliata perfino in questo. Poi aveva desiderato solo quello che desiderava Ben. Non si era mai data il tempo di capire che cosa voleva veramente, indipendentemente dagli altri. Ma questo avrebbe davvero fatto di lei una persona diversa a diciannove anni, e come avrebbe potuto esserlo? Rose si domandò come avrebbe potuto un bambino cercare di diventare un adulto diverso. Come si può imparare a plasmare se stessi?

Per la prima volta nella sua vita, Rose sì sentì adulta.

Era come se le fosse caduto un velo dagli occhi. Vedeva la sua vita futura molto diversa, come una seconda opportunità. Un nuovo inizio. Non c'era nessuno a proteggerla. E nemmeno a darle l'illusione di proteggerla. Aveva la responsabilità di se stessa e di altri tre individui, che non avrebbe tenuto nella bambagia come aveva fatto sua madre con lei. Ecco qual era la differenza. Ecco come si imparava a plasmare se stessi. L'unico modo in cui li avrebbe protetti sarebbe stato metterli davanti a tutte le scelte che lei non aveva mai avuto, che non si era mai inventata. Non ne aveva mai sentito la mancanza per il semplice fatto che ne ignorava l'esistenza. Con i suoi figli avrebbe fatto di meglio. Gli avrebbe insegnato che c'erano scelte da fare, e non solo strade da seguire.

Li avrebbe sfamati, vestiti, educati, o sarebbe morta nel tentativo di farlo. Se qualcuno avesse cercato di toglierle la casa per pagare i debiti di Ben, gli avrebbe dato filo da torcere. Ma per il momento, non aveva intenzione di preoccuparsi di questo. Ogni giorno ha la sua pena. Quanto basta per arrivare a sera.

Mi manchi, mamma. Mi dispiace che non siamo riuscite a capirci. Spero di non morire prima che i miei figli e io possiamo essere adulti insieme.

Infine, alle nove, la invase uno sfinimento che le faceva dolere gli occhi come se fossero pieni di sabbia.

I ragazzi entrarono, sfilando in cucina in cerca della colazione. Scalzi, in pigiama, sporchi e spettinati. Rose sorrise tra sé. Che preoccupazione sciocca.

Damien promise di restare a casa tutto il giorno per guardare Brian e Lisa. Appena i piccoli uscirono dalla cucina gli consegnò la cartellina azzurra.

«Sono spompata, Damien. Lasciami dormire fino alle tre, poi chiamami. Altrimenti finirò per passare un'altra notte in piedi.»

Damien sbirciò dentro la cartellina.

«Ti farò un prospetto per questo. Ce lo hanno insegnato a scuola. Darà un tocco più professionale alla cosa.»

Era pieno di voglia di aiutare. Diciassette anni, quasi diciotto. Poteva recitare il suo ruolo. Era giunta l'ora.

«Va bene» gli disse Rose, «poi potrai insegnarmi come si fa.»

Infine, riposò.

Prima che arrivasse il sonno, nell'istante che precedeva l'incoscienza, Rose si sentì gonfiare il petto di un senso di ottimismo, di speranza per il futuro.

Piano, piano, t'acchiappo, scimmietta. Ce l'aveva fatta: era libera.

Venerdì 15 settembre; ore 21.00

Adesso Martha chiamava Rose una settimana sì e una no per sentire come stava. A volte le capitava di coglierla in una giornata no, ma Rose era sempre più spesso allegra, e aveva il controllo della situazione.

Martha incoraggiava tutti i suoi progetti. Credeva in lei, e Rose le era grata.

Un venerdì di metà settembre, telefonò e trovò Rose in uno stato di grande eccitazione.

«Indovina cos'è successo!»

«Dimmi» disse Martha paziente. «Dai, che ce la meritiamo una bella notizia!»

«A quanto pare la banca ha intenzione di darmi i soldi! Non solo gli è piaciuto il prospetto, ma il mio libro delle ordinazioni è praticamente pieno, e questo li ha lasciati a bocca aperta!»

Rose scoppiò a ridere. Era contagiosa. Senza volerlo rise anche Martha.

«Non so perché rido, Rose. Te lo meriti, la tua impresa avrà successo. Perché stiamo ridendo?»

«Perché non indovinerai mai per che cosa mi pagano una fortuna... o comunque, quella che per me è una fortuna!»

Martha si sforzò di essere seria, ignorando il gorgoglio compiaciuto della voce di Rose. Decise di essere molto ferma.

«Dimmelo. Avanti, sputa il rospo.»

«Torte nuziali! Mi guadagnerò da vivere con le torte nuziali!»

E scoppiò di nuovo a ridere. Quando ebbe finito, Martha era lì, ad aspettarla.

«Ma è magnifico, Rose. In meno di un anno hai ribaltato la situazione. Adesso non ti limiti a sopravvivere... ricominci a vivere. Sei proprio grande.»

Ci fu un lungo silenzio. Martha voleva arrivare oltre, voleva sondarla nel suo intimo.

«Rose, sei una persona eccezionale. Dico sul serio. Te la stai cavando a meraviglia.»

Quando ricominciò a parlare, la voce di Rose era più calma.

«Sai, lo hanno trovato.»

«Chi è stato?»

Martha non aveva bisogno di chiedere chi avessero trovato.

«Maureen e Bernard. Lo hanno rintracciato. O meglio, lo ha fatto il padre. Povera Maureen. Ha detto che in più di cinquant'anni non aveva mai visto il marito tanto arrabbiato.»

Martha aspettò. Sapeva che c'era dell'altro.

«Ben si trovava a Londra. Lo hanno scovato in un alberghetto da quattro soldi. Bernard si è arrabbiato tanto che lo ha picchiato, gli ha dato un pugno in pieno petto. Maureen ha detto che era terrorizzata. Ha detto che la lampada è volata in aria e che c'erano vetri dappertutto.»

«Continua» disse Martha con voce sommessa.

«Poi se ne sono andati. Bernard voleva costringere Ben ad affrontare le sue responsabilità. Maureen ha detto che ormai era troppo tardi per pretendere una cosa del genere. Poi se ne sono andati, e da allora non lo hanno più visto né sentito.»

«E loro come stanno?»

Martha riuscì quasi a sentire la mesta alzata di spalle di Rose.

«Sono distrutti. Maureen dice che finalmente è riuscita a far parlare di nuovo Bernard, ma è ridotto a pelle e ossa. È la metà di quello che era prima. Credo proprio che Ben gli abbia spezzato il cuore.»

Martha lasciò calare una lunga pausa.

«Non è colpa tua, Rose. Nessuna di queste conseguenze è colpa tua. Te ne devi convincere.»

«Sì, sì. Ma è che è tutto così... triste. Mi sento come se stessi andando a un lungo, lentissimo funerale. Solo che non ho un cadavere da seppellire.»

«Arriverà anche quello. Nel frattempo continua a fare quello che stai facendo, e scrivimi. C'è una lettera in arrivo per te; dovresti riceverla la settimana prossima.»

Non era la prima volta che Rose si sentiva riconoscente per la solidità della sua amica. Ripensò a Ellen a Londra, e a Grace, in fondo alla sua stessa strada. Il sangue era acqua, ne era sicura.

Sabato 6 aprile 1996

«Buon giorno, Bonne Bouche Catering.»

Rose si appoggiò il ricevitore sulla spalla sinistra e allungò la mano per prendere il taccuino.

«Esatto, sono Rose Kelly.»

Cominciava ad abituarsi al suono del suo nome. Le piaceva.

«Per sabato quattro maggio, cioè fra quattro settimane? Sì, ce la facciamo. Per centoventi persone. Che genere di buffet ha in mente?»

Ultimamente Rose diceva sempre di sì. Solo dopo si preoccupava di come sarebbe riuscita a preparare tutto quanto.

Si mise a scrivere rapidamente sulla pagina che aveva davanti.

«È il circolo del tennis, vero? No, no, è tutto compreso nel nostro servizio.»

Il *nostro* servizio. Ogni volta che lo diceva, Rose si sentiva ancora grata nei confronti di Barry e Annie. Insieme, le avevano presentato un pacchetto che lei ancora immaginava avvolto con un nastro su cui era stampata la parola «salvezza».

Il nome della Bonne Bouche, il finanziamento, il furgone parcheggiato sul vialetto. Che anno.

E poi Caroline, che continuava a procurarle clienti. Ormai tra loro i rapporti erano più distesi. Da molto tempo Rose le aveva detto che doveva smettere di sentirsi in colpa; la responsabilità di tutte quelle pene era di Ben, forse anche sua. Ma non di Caroline.

Brian e Lisa facevano i compiti in silenzio, nella stessa stanza. Damien stava facendo le consegne del venerdì: Rose non smetteva un istante di preoccuparsi per lui che guidava.

E in giugno, locali nuovi, più centrali di Greystones.

Da anni, forse da sempre, Rose non era stata tanto contenta. Raramente pensava alla sua vita con Ben. A volte, per quanti sforzi facesse, non riusciva a ricordare la sua faccia.

Era grata per il week-end che le si stendeva davanti. Due mattine senza la levataccia alle cinque e mezzo. Che lusso.

Tirò fuori una pizza dal forno e chiamò i bambini per la cena. Stavano bene, erano contenti, avevano scarpe e vestiti e i libri di scuola.

Rose li guardò con un grande impeto d'amore. Pagava le bollette, sgobbava come un somaro, badava ai figli e aveva bisogno degli amici. E questo, per il momento, bastava.

Ogni giorno ha la sua pena. Quanto basta per arrivare a sera. Grazie, mamma.

Mise i piatti in tavola, si versò un bicchiere di vino, e un altro week-end ebbe inizio.

Epilogo

L'attenzione di Ben è attirata tutte le mattine dallo stesso ragazzino. Pigiato sulla piattaforma sotto l'anonimo cielo plumbeo, la sua faccia luminosa risplende alla maniera dello scolaretto appena strigliato.

Ben ha impiegato un po' di tempo a concentrarsi su quel ragazzo, piuttosto che su uno degli altri. Di solito se ne sta in disparte, appena discosto dal gruppo. Certe mattine gioca con un videogioco portatile.

Sale sulla stessa carrozza ogni mattina, come Ben, come sembrano fare tutti. Alza raramente gli occhi, tutto preso com'è dalle macchine letali che avanzano ronzando sul minuscolo schermo.

Il segreto è in quella testa china. Con uno shock che quasi gli mozza il respiro, Ben si rende conto che i capelli del ragazzo formano sempre una cresta appuntita sulla nuca. La prima volta che lo nota, gli vengono quasi le vertigini per il dolore.

Ormai la sofferenza è diminuita, ma Ben deve frenare l'impulso di allungare una mano e lisciargli la testa.

A Natale ha avuto la tentazione di telefonare. Ma che cosa avrebbe potuto dire? Era meglio lasciare le cose come stavano.

Ricorda quando il padre e la madre lo hanno trovato, diversi mesi fa, quando era ancora a Londra. La furia del padre ancora lo raggela.

Ha lasciato Londra quella stessa sera, troppo stanco per affrontare i genitori che avrebbero visto solo il suo egoismo. Non capivano che lui non voleva quello che avevano loro.

Non vuole finire rinsecchito e consunto, lasciando che la vita gli passi davanti. Si domanda se mai si parlino ancora.

Lui vuole di più dalla propria vita. La prossima fermata è la sua. Hull non è poi tanto male.

Ben si alza, si infila la valigetta da pochi soldi sotto il braccio. Risale la collina, allontanandosi dalla stazione diretto verso il centro.

Davanti a lui il ragazzino cammina insieme ai compagni. L'ultima cosa che Ben vede di lui, prima che il gruppo varchi il portone dell'enorme istituto superiore, è il ciuffo di capelli dritti. Ballonzola delicatamente, seguendo il ritmo dei suoi passi leggeri.

INDICE

Catherine Dunne
Quel che ora sappiamo

Daniel Grant è un adolescente appassionato e di talento; ha un amico del cuore, e una famiglia allargata calorosa e avvolgente. Non manca niente, e il futuro si preannuncia altrettanto generoso. Fino a una domenica di settembre e a un evento tragico che precipita Ella e Patrick, i suoi genitori, in una voragine di dubbi e sensi di colpa. Perché è accaduto? Scoprire la verità, per quanto dolorosa, è l'unico modo per dare un senso e prospettive dignitose a una vita che sembra aver perso ogni colore.
Comincia così una ricerca ostinata di tracce e responsabilità, fatta anche di brucianti attriti famigliari, che illumina a poco a poco di una luce diversa volti, situazioni, dettagli appena intravisti e poi rimossi, ma restituisce al tempo stesso la certezza della gioia condivisa, dell'amore ricambiato. E il finale è una festa, un commiato colmo di speranza da un gruppo di personaggi disegnati con una sapienza e una delicatezza sorprendenti, più veri del vero, eppure – anzi, forse proprio per questo – straordinari.

TEA

Finito di stampare nel mese di marzo 2016
per conto della TEA S.r.l.
dalla Press Grafica s.r.l.
Gravellona Toce (VB)
Printed in Italy